Manuela Martini

Puppenrache

Manuela Martini,
1963 in Mainz geboren, studierte Geschichte und Literaturwissenschaft in Mainz und München und arbeitete anschließend einige Zeit im Werbe- und im Dokumentarfilmgeschäft. Nach mehreren Jahren in Australien lebt sie heute in Spanien und schreibt neben Krimis und Romanen für Erwachsene auch für Kinder. »Puppenrache« ist ihr dritter Jugendroman.

Weitere Bücher von Manuela Martini im Arena Verlag:
Sommerfrost
Sommernachtsschrei

In dieser Reihe sind unter anderem erschienen:
Veronika Bicker: Schmetterlingsschatten
Ulrike Bliefert: Lügenengel
Beatrix Gurian: Höllenflirt
Beatrix Gurian: Liebesfluch
Krystyna Kuhn: Schneewittchenfalle
Krystyna Kuhn: Dornröschengift
Krystyna Kuhn: Aschenputtelfluch
Inge Löhnig: Schattenkuss
Susanne Mischke: Nixenjagd
Susanne Mischke: Waldesruh
Susanne Mischke: Zickenjagd

Manuela Martini

Puppenrache

Arena

Für meine australischen Freunde
Mark, Andrew und Sarah

FSC
www.fsc.org
MIX
Papier aus verantwortungsvollen Quellen
FSC® C022125

1. Auflage 2011

Covergestaltung: Frauke Schneider unter Verwendung eines Fotos von Valerie Wagner © plainpicture
Gesamtherstellung: Westermann Druck Zwickau GmbH
ISBN 978-3-401-06551-9

www.arena-verlag.de
Mitreden unter forum.arena-verlag.de

1

Ein perfekter Tag!« Er riss die gelben Vorhänge auf. Und noch bevor sie ihren Kopf unter die Bettdecke stecken konnte, fielen schon die Sonnenstrahlen über sie her.

Perfekte Tage machten ihr Angst. Weil sie eine Lüge waren. Sie machten einem vor, alles wäre in Ordnung, das Leben wäre großartig und man sei unbesiegbar. Und am Abend dann wirft der perfekte Tag seine Maske ab und plötzlich steht das Grauen vor einem.

Nein, sie mochte keine perfekten Tage. Sie hasste sie.

Er kniete sich aufs Bett und zog ihr die Decke vom Kopf. Widerstrebend öffnete sie ihre Augen ein Stück und blinzelte. Das Licht in dem sonnendurchfluteten Zimmer kam ihr unerträglich hell vor. Seine Sommersprossen waren ganz nah und eine blonde Haarsträhne berührte ihre Stirn. Sie hätte weinen können. Wenn sie gekonnt hätte.

»He, komm doch nachher auch runter zum Strand. Du kannst vielleicht noch 'n paar Wellen reiten.« Er küsste sie auf den Mund. Seine Lippen schmeckten süß und seine blauen Augen zwinkerten gut gelaunt. Sie hätte ihn gern umarmt. Aber sie konnte nicht.

»Mal sehen«, murmelte sie stattdessen und versuchte, nicht an diesen perfekten Tag zu denken. Sondern nur an den nächsten Schritt. Duschen und anziehen.

Er sprang vom Bett und grinste immer noch. »Du kommst, versprochen!«

Es tat fast weh, wie viel Mühe er sich gab. Noch nicht mal ihre mürrische Laune konnte ihn einschüchtern. »Von mir aus«, rang sie sich ab.

»Wie kann man an einem solchen Tag nur so schlechte Laune haben, frag ich mich!«

Sie fühlte sich schuldig. Wie so oft.

Kopfschüttelnd sammelte er seine Kleider vom Boden und verschwand im Badezimmer. Sie schloss erneut die Augen und lauschte dem plätschernden Wasser. Als er fertig geduscht hatte, lag sie immer noch im Bett.

Bevor er ging, kam er noch mal zu ihr und verabschiedete sich mit einem Kuss. »Bis heut Abend. Und bringst du was zu essen mit?«

»Ja«, sagte sie und atmete auf, als sie endlich die Apartmenttür ins Schloss fallen hörte. Vom Fenster drangen leise die Geräusche der Straße herauf. Sie wohnten an einer Hauptstraße, die in die Innenstadt führte, und schon am frühen Morgen zog der Verkehr hier vorbei. Und wenn sie heute einfach im Bett bleiben würde? Sie könnte sich krankmelden, dann müsste sie nicht aus dem Haus.

Schnell schälte sie sich aus der Decke und schaffte es gerade noch ans Fenster, als er heraufsah. Sie winkte. Er winkte. Wie jeden Morgen. Gleich würde er den Parkplatz gegenüber überqueren, in seinen VW-Bus steigen und losfahren. Zu *Dick Smith,* dem Elektroshop.

Während sie noch nach draußen starrte, zuckte sie zusammen. War da eben nicht ein Geräusch auf der Treppe gewesen? Sie wandte sich vom Fenster ab, schlich so leise wie nur möglich durch die Wohnung und legte ihr Ohr an die Tür. Da war jemand draußen auf dem Flur. Ihre Handflächen wurden feucht und ihr Herz schlug heftiger. Schritte. Hastig verriegelte sie die drei Türschlösser. Die Schritte kamen näher, jemand stieg die Treppe rauf.

Ihre Knie begannen zu zittern. Um durch den Spion sehen zu können, musste sie sich ein wenig auf die Zehenspitzen stellen. Aber sie konnte niemanden entdecken. Schließlich hörte sie über ihren hämmernden Herzschlag hinweg, wie eine Tür aufgeschlossen wurde, die dann gleich darauf zufiel. Sie atmete auf.

Nur ein Hausbewohner.

Sie rieb die Handflächen an ihrem langen T-Shirt ab und ging anschließend in die Küche, um die Kaffeemaschine anzuschalten. Dabei versuchte sie, die leere Stelle an der Wand zu ignorieren, an der sonst eigentlich ein Abreißkalender hing. Schnell drehte sie sich um und ging ins Bad, duschte, wusch die Haare, föhnte sie, nahm das grüne T-Shirt mit dem *Supercash*-Aufdruck über der linken Brust vom Haufen mit den frisch gewaschenen Sachen, zog eine weiße Hose darunter, trank eine Tasse Kaffee und verließ schließlich das Apartment. Sie war bereits ein paar Stufen nach unten gelaufen, als sie noch mal zurückging und sich vergewisserte, dass sie alle Schlösser auch tatsächlich zweimal zugeschlossen hatte.

Die Morgensonne schien noch nicht zu stark, der Himmel war blau, es roch nach Salzwasser und nur ein bisschen nach Autoabgasen. So mochte sie Sydney. Und ja, es war ein perfekter Tag. Und deshalb behielt sie heute ganz besonders die Leute im Auge, die hinter ihr an der Bushaltestelle standen, setzte sich im Bus auf den Gangplatz direkt gegenüber der Tür und warf, als sie ausstieg, immer wieder einen Blick über die Schulter. Aber da war niemand. Niemand, der ihr folgte, niemand, der sie beobachtete. Bloß Fahrgäste, die jeden Morgen denselben Bus nahmen wie sie.

Vierzig Minuten später stieg sie aus und sah bereits das große Schaufenster von *Supercash* in der Morgensonne aufblitzen. Lisa, die Chefin, sah sie kommen und schloss ihr die Tür auf. Sara sah auf ihre Uhr. Noch zehn Minuten bis zur Geschäftsöffnung.

»Hi, Sara!«, grüßte Lisa, während sie die Tür wieder zuschloss und dann mit schnellen Schritten quer durch den Gang mit den Kühlfächern in Richtung Aufenthaltsraum lief. Sara folgte ihr.

»Macht mal ein bisschen Druck, Jungs, Überstunden werden hier nicht bezahlt!«, rief Lisa im Vorbeigehen den beiden zu, die gerade dabei waren, die Artikel mit abgelaufenem Haltbarkeitsdatum aus den Kühlfächern herauszusortieren. Sara warf ihnen nur einen flüchtigen Blick zu. So hatte sie auch bei *Supercash* angefangen, dachte sie. Ein Gelegenheitsjob, für den sie dankbar war.

»Alles okay bei dir?«, erkundigte sich Lisa und hielt ihr die Tür zum Aufenthaltsraum auf.

»Ja, klar«, antwortete sie und verstaute Tasche und Jacke in ihrem Spind.

»Du siehst irgendwie blass aus. Ärger gehabt mit deinem Freund?« Lisa musterte sie mit ihren asiatisch geschnittenen Augen.

Sara schüttelte den Kopf. »Nein, wirklich, alles okay.«

»Wenn du Probleme hast, sag's mir. Im Vorfeld kann man oft Dinge viel leichter klären, als wenn es dann zu spät dafür ist.«

Sara nickte und nahm die Kassenschublade entgegen, die mit exakt hundert Dollar in verschiedenen Scheinen und Münzen gefüllt war. Alle waren so nett zu ihr . . .

»Kasse drei«, sagte Lisa noch.

Sara nickte kurz, versuchte ein kleines Lächeln und lief dann durch die Regalreihen des Supermarkts. Als sie im Kassenbereich ankam, konnte sie sehen, dass Hal heute direkt neben ihr arbeitete. Er zwinkerte ihr zu, während sie zu ihrer Kasse ging.

»Hi, Sara!« Er strahlte über das ganze Gesicht und Sara konnte förmlich spüren, wie sich sein Blick an ihr festsaugte.

Sara hob nur kurz den Kopf und schenkte ihm ein stummes Nicken. Hal war zwar auch nett, aber sie mochte ihn trotzdem nicht. Natürlich konnte er nichts für seine Akne, aber er hatte etwas Klebriges, Aufdringliches an sich. Doch was sie am meisten an ihm störte, war, dass er ihr immer zu nahe kam.

Sara beeilte sich, die Geldschublade in die Kasse zu schieben, und versuchte dabei krampfhaft, das Datum auf der Kassenrolle zu ignorieren. Trotzdem ätzte es sich in ihr Hirn. *18. April* hämmerte es in ihrem Kopf. Es hatte nichts geholfen, dass sie zu Hause den Kalender von der Wand genommen hatte.

Die nächsten drei Stunden arbeitete sie ohne Pause. Es war Freitag und die Leute kauften fürs Wochenende ein. Würstchen, Fleisch zum Grillen, Chips, Tiefkühlkost, fertig gebratene Hähnchen. Sie stellte sich vor, wie Familien und Freunde in ihren Gärten zusammensaßen, Musik hörten, Bier tranken und lachten. Früher hatten sie auch gegrillt. Früher, als sie noch eine normale Familie gewesen waren. Früher, als sie noch ihre alten Freunde hatte, als die Angst noch nicht ein ständiger Begleiter in ihrem Leben gewesen war, als . . .

»Schätzchen, also das kann ja wohl nicht stimmen! Ich hab nur eine Packung Eiscreme! Und was steht hier?« Plötzlich war der rot geschminkte Mund mit den Knitterfalten ganz nah und ein knochiger Finger zeigte auf den Kassenzettel. »Achtzehn Dollar!« Die Stimme der Frau überschlug sich fast.

Saras Augen waren auf den Kassenbon gerichtet, und ohne weiter auf die Schimpftirade der Kundin zu achten, starrte sie auf die Zahl, die dort stand.

18 . . . schon wieder . . .

»Also, Schätzchen, jetzt aber mal flott!«

»Ich storniere die zweite Packung«, sagte Sara schnell und klingelte nach ihrer Chefin.

»Das will ich hoffen!«

Sara betrachtete die gepflegte, sorgfältig frisierte blonde Frau und musste an Ambers Mutter denken. Und je länger sie sie betrachtete, umso mehr Ähnlichkeiten entdeckte sie, bis sie auf einmal gar nicht mehr sicher war, ob es nicht wirklich Ambers Mutter war . . . Aber die lebte in Brisbane – wieso sollte sie also plötzlich in Sydney sein?

»Was starren Sie so?« Die Frau funkelte sie aus grauen Augen an. »Stimmt was nicht?«

In diesem Moment kam zum Glück Lisa und strahlte die Kundin freundlich an. »Ein Storno, das haben wir gleich.« Sara war erleichtert.

Die Frau strafte Sara mit einem abfälligen Blick. Ganz schnell zog Sara ihre Mundwinkel nach oben, doch ihr Lächeln schien wohl mehr wie eine Grimasse zu wirken, denn jetzt starrte die Kundin sie ungläubig an. Blöde Kuh, dachte Sara und kramte einen Packen Plastiktüten unter der Kasse hervor, um beschäftigt zu sein.

»Geh doch schon in die Pause«, sagte Lisa, nachdem sie die Kundin abkassiert hatte. »Ist wirklich alles okay?«

»Jaja«, Sara nickte rasch, »kann ich lieber früher gehen?«

»Es ist Freitag – aber na gut, zwanzig Minuten.«

Sara nahm wieder ihren Platz hinter der Kasse ein. Pausen brauchte sie keine. Sie hatte selten Appetit. Oft kam es ihr vor, als hätte sie all die Sachen, die sie im Laufe einer Schicht am Scanner vorbeizog, auch gegessen. Stephen verdarb es die Laune, wenn sie abends mit ihm nichts essen wollte. Deshalb zwang sie sich manchmal zum Essen. Und ging dann rasch aufs Klo. Früher . . . früher hatte keine Portion für sie groß genug sein können.

Die nächsten Stunden vergingen ohne Zwischenfälle. Sara nahm die Waren vom Laufband, hielt sie mit dem Barcode an den Scanner, packte sie in die Plastiktüten und kassierte. Sie war gut, jeder Handgriff saß. Das gefiel ihr an der Arbeit: das Automatisierte. Je weniger sie dachte, umso reibungsloser funktionierte sie, umso schneller wurden die Kunden abgefertigt, umso kürzer wurde die Schlange – umso mehr Kunden wählten ihre Kasse – umso mehr Arbeit hatte sie.

Hal hatte mal gesagt, sie sei wie ein Hamster, der in seinem Laufrad immer schneller wird. Sie hatte müde gelächelt und ihm nicht gesagt, dass der Hamster das tat, weil er vielleicht auch etwas dabei vergessen wollte. Dass er im Käfig eingesperrt war, zum Beispiel. Oder dass er Angst hatte . . . vor . . . brutalen Kinderhänden . . .

»Vierunddreißig Dollar fünfzig, bitte. – Danke. Schönes Wochenende! – Hallo – Dreizehn Dollar zwanzig, bitte – Danke. Auf Wiedersehen, schönes Wochenende . . . Hallo . . .« Ketchup, Milch, Kaugummi, Tiefkühlpizza, Erdbeereis. Sie packte Eis, Pizza und Milch in eine Tüte, den Rest in eine andere. Vorschriftsmäßig. »Das sind dann vierzehn Dollar sechzig.«

»Du machst's aber billig, Puppe!«

Sara erstarrte. Die Geräusche drangen plötzlich wie durch dicke Watte an ihr Ohr. Alles um sie herum verschwamm, versank in einem schmutzigen Grau, nur sein Gesicht war da, sein Gesicht . . .

»He, was ist? Was glotzt du so?«

Irgendwo in ihr legte sich ein Schalter um und stellte ihr den Strom ab.

2

Sara?«

Eine Stimme drang durch dichten Nebel zu ihr. Sie kannte die Stimme. Es war die von Hal. War sie eingeschlafen? Aber wenn es tatsächlich Hals Stimme war, dann musste sie bei der Arbeit sein, im Supermarkt, an der Kasse –

Puppe . . .

Das hatte sie nicht geträumt, oder? Das war real gewesen. Er hat es wirklich gesagt. Sie schlug die Augen auf. Oder nicht?

Lisas und Hals Gesichter kamen in ihr Blickfeld. Die beiden knieten neben ihr und Hal hatte sich über sie gebeugt. Und sie . . . sie lag auf den Fliesen, neben ihrem Drehstuhl.

Sie schüttelte Hals Hand ab, die warm und schwer auf ihrem linken Arm lag.

»He, ich muss deinen Puls . . .«, protestierte er.

»Was ist nur los mit dir? Ist alles in Ordnung?«, fragte Lisa und drängte Hal zur Seite. Ihr schwarzer Pagenkopf war ganz nah.

»Ja, ist schon wieder okay«, murmelte Sara und versuchte aufzustehen. Ihr Arm knickte ein. Lisa half ihr.

»Hal, bring ihr 'ne Cola!«

Hal verschwand. Lisa half ihr auf den Stuhl und dirigierte die Leute an die übrigen Kassen.

Sara klammerte sich an Lisas Arm und versuchte, ruhig und gleichmäßig zu atmen. Doch plötzlich war sie wieder da, die Angst. Übermächtig nahm sie Saras Körper in Besitz, ohne dass sie etwas dagegen hätte tun können.

Nein, sie hatte nicht geträumt.

Puppe ...

Wo war der Typ? Eben war er doch da gewesen, oder? Er hatte direkt vor ihr gestanden. »Wo ...?« Hektisch schaute Sara sich um und suchte unter den vielen Gesichtern nach dem einen.

»Was ist denn passiert, Sara?«, wollte Lisa wissen.

Wie sollte sie Lisa das nur erklären? Sie hob ihre Hand und wischte den kalten Schweiß ab, der sich wie ein klebriger Film auf ihrer Stirn gebildet hatte. »Ich weiß nicht, ich hab niedrigen Blutdruck ...«

Hal kehrte mit der Cola zurück.

»Trink! Zucker und Koffein tun gut«, sagte Lisa und drehte den Verschluss auf.

Dankbar griff Sara nach der Flasche und trank. Wieder ließ sie ihren Blick über die Gesichter der umstehenden Kunden schweifen. Erschrocken stellte sie fest, dass die Leute sie neugierig musterten. Sie merkte, wie ihre Hand zitterte. Vielleicht hatte sie sich das alles nur eingebildet. Vielleicht hatten ihre Nerven ihr einfach nur einen Streich gespielt. Aber hatte er nicht genauso gegrinst? Genauso gesprochen? Und doch konnte es nicht sein. Es war einfach unmöglich.

»Es geht schon wieder, danke«, sagte Sara und gab Lisa die Flasche zurück.

»Bist du sicher?«, fragte Lisa besorgt und stellte die Flasche neben die Kasse.

Sara nickte und versuchte sogar ein Lächeln. »Wirklich, ich weiß auch nicht – vielleicht hätte ich heute Morgen doch mehr frühstücken sollen.« Sie zuckte die Schultern, als wäre sie selbst über sich erstaunt. »Kommt nicht wieder vor«, versicherte sie hastig. »Ich mach dann mal weiter.«

»Na gut.« Lisa seufzte. »Du siehst ja, wie viel hier los ist. Freitag halt. So schnell krieg ich keinen Ersatz für dich.«

»Ja«, sagte Sara, »kein Problem, wirklich, es geht.«

Lisa musterte sie noch mit einem längeren Blick, nickte dann aber und ging an die letzte Kasse, die sie nur aufmachte, wenn wirklich sehr viel Betrieb war.

»Kommen Sie rüber zu mir«, sagte sie zu den Leuten in der Schlange und Sara blieb noch ein wenig Zeit durchzuatmen.

Sie trank den Rest Cola und versuchte, den Vorfall aus ihrem Gehirn zu löschen.

Um zehn nach fünf nahm sie die Geldschublade aus der Kasse und lieferte sie bei Lisa im Aufenthaltsraum ab, die nachzählte, ob der Betrag auf der Kassenrolle mit dem Inhalt der Geldschublade übereinstimmte. Während Lisa zählte, musste Sara wieder an den Vorfall denken – das Gesicht wollte einfach nicht aus ihrem Kopf verschwinden, ganz egal, wie sehr sie sich auch bemühte.

»Es fehlen vierzig Dollar fünfundachtzig, Sara.« Lisa sah sie vorwurfsvoll an, doch nur eine Sekunde später nahm ihr Gesicht einen sorgenvollen Ausdruck an. »Was ist nur los mit dir?«

Sara zuckte die Schultern.

»Du hast falsch rausgegeben. Vielleicht waren zwei Scheine zusammengeklebt . . .« Lisa seufzte. »Tja, die 40 Dollar müsste ich dir eigentlich vom Lohn abziehen, aber . . . bist du krank?«

»Nein.«

»Schwanger?«

Sara erschrak und fasste sich unwillkürlich an den Bauch. »Nein!«

»Sicher?«

»Ja!«, sagte Sara ärgerlich. Stephen und sie benutzten immer Kondome.

Lisa zögerte, dann sagte sie: »Also, ich notier mir die vierzig Dollar . . . aber . . . es darf nicht wieder vorkommen, ja?«

»Danke«, sagte Sara leise, schloss ihren Spind auf und nahm

ihre Handtasche raus. Sie warf Lisa noch einen letzten Blick zu, verabschiedete sich dann und ging. Sie wollte nach Hause, sich verkriechen, tief und traumlos schlafen. Sie musste bloß den Weg dorthin bewältigen.

Ein scharfer Wind pfiff durch die Straßenschluchten und zwang sie, tief zu atmen. Der Sauerstoff tat ihr gut und sie stellte sich vor, wie er alle schrecklichen Gedanken und Bilder einfach mit sich davontrug.

Als Sara den noch immer makellos blauen Himmel über sich sah, fühlte sie sich erschöpft und wollte einfach nur nach Hause. Stephen war sicher schon zum *Bondi Beach* gefahren. Sein Chef im Elektroshop erlaubte ihm an solchen Tagen, früher Feierabend zu machen. Er war selbst mal ein begeisterter Surfer gewesen.

Sie probierte es zwar auch immer wieder und zuerst fühlte sie sich nicht allzu schlecht, wenn sie auf ihrem Board im Wasser lag und auf die Welle wartete. Aber dann, wenn die Welle heranrollte und sie langsam hinaufhob und sie sich aufs Brett stellte, in dem Moment überfiel sie eine schreckliche Panik. Ihr Magen spielte verrückt, ihr wurde übel und sie fing an zu zittern und musste sich wieder aufs Brett knien. Dann klammerte sie sich fest und hoffte nur noch, dass sie so schnell wie möglich zurück an den Strand getragen wurde.

»Wovor hast du nur Angst?«, hatte Stephen sie immer wieder gefragt. Aber sie hatte ihm keine Antwort geben können. Sie wusste es ja auch nicht. Früher hatte sie keine Angst gehabt. Da war sie öfter mit ihren Freundinnen und deren Eltern übers Wochenende zur *Goldcoast* gefahren. Sie dachte an Amber und wie sie am Strand in der Sonne gelegen und Eis gegessen hatten und ... Vielleicht lag es daran, dass sie einfach Angst davor hatte, den Boden unter den Füßen zu verlieren.

»Sorry!« Eine junge Frau im Bürooutfit hatte sie angerempelt und entschuldigte sich lächelnd. Sara wollte ihr Lächeln erwidern, aber ihre Gesichtsmuskeln fühlten sich an wie eingefroren.

Überhaupt, die Leute, die aus den Büros strömten, kamen ihr alle so fröhlich vor. Sie plauderten, lachten, telefonierten, verabredeten sich für den Abend. Für ein Treffen im Pub oder zum Essen oder . . . zum Tanzen . . .

Etwas in ihrem Innern tat weh. Etwas, tief in ihr, das auch so sein wollte wie diese Menschen, so . . . fröhlich . . . so normal.

Im Bus suchte sie sich einen Fensterplatz. Die Sonne stand schon tief und versah alles, Gegenstände und Menschen, mit langen dunklen Schatten. Früher war ihr nie aufgefallen, dass die Schatten größer sein konnten als man selbst.

Sara zählte die Autos, zählte die roten und die weißen, die Lieferwagen und die Motorräder, stellte fest, dass auf einer Fahrspur fünf silberfarbene Wagen hintereinanderfuhren, und zählte dann die Sekunden, die die Ampel brauchte, um von Grün auf Rot zu schalten. Sie tat all das, was sie sonst auch tat, nur konzentrierter. Sie wollte unbedingt vergessen, was heute passiert war.

Kurz vor der Wohnung, sie ging gerade die letzten zweihundert Meter zu Fuß, klingelte ihr Handy.

»Wo bleibst du denn? Du wolltest doch kommen.« Stephen. Im Hintergrund hörte sie Lachen. Seine Freunde. Sie sah sie am Strand, in ihren Neoprenanzügen, auf ihre Boards gestützt.

»Ich bin an der Kasse umgekippt.« In dem Moment, in dem sie den Satz ausgesprochen hatte, bereute sie ihn auch schon. Sie konnte Stephen nicht erklären, was passiert war. Vielleicht hätte sie es gar nicht erwähnen, sondern sich irgendeine Ausrede überlegen sollen, dachte sie, aber nun war es zu spät.

»Aber . . . was ist denn passiert?«, fragte er besorgt.

»Ich weiß auch nicht.« Sie war im Schutz einer Hauswand stehen geblieben. »Jedenfalls nichts Schlimmes.«

»Ich komme heim«, sagte er entschieden.

»Nein! Nein, bleib nur. Ich . . . ich leg mich ein bisschen hin.«

Sie wollte nicht, dass er ihretwegen aufs Surfen verzichtete, obwohl . . . ja, obwohl sie sich gern neben ihn gelegt, ihren Kopf in seine Armkuhle und ihre Hand auf seine Brust gelegt hätte.

»Soll ich nicht doch lieber kommen?«, fragte er noch mal.

»Nein. Bleib ruhig, wirklich. Es ist alles okay«, versicherte sie ihm eilig.

Wie gern hätte sie ihm alles erzählt . . .

Niedergeschlagen stieß sie die Haustür des Apartmenthauses auf, drückte den Lichtschalter. Flackernd sprangen die Neonröhren an und machten das enge Treppenhaus grell und schattenfrei. Sie ging am Aufzug vorbei, obwohl er bereitstand. Sie nahm nur ganz selten den Aufzug. Wenn Stephen dabei war oder wenn sie schwere Tüten zu schleppen hatte. Sie hielt dann immer die Luft an, wenn der Lift noch im ersten, zweiten und dritten Stock haltmachte und sie nicht wusste, wer gleich die Tür aufmachen würde.

Im vierten Stock angekommen, steuerte sie auf die dritte der insgesamt fünf Türen zu, schloss beide Schlösser auf, warf dann die Tür hinter sich zu und schloss sofort wieder ab.

Sie zog sich aus, stellte sich unter die Dusche und spülte den Tag ab – das jedenfalls stellte sie sich vor, während das heiß dampfende Wasser über ihre verspannten Muskeln lief. Anschließend zog sie ihren Schlafanzug an, ging in die Küche, goss sich ein Glas Milch ein, legte sich auf die Couch und machte den Fernseher an. Aber es kamen bloß Krimis und irgendwelche blöden Ratespiele. Sie ließ schließlich eine Rateshow eingeschaltet, ohne jedoch zuzuhören. Aber dadurch war es wenigstens nicht so einsam in der Wohnung. Von draußen drang das Brummen des Verkehrs herauf, der weiter über die *Harbour Bridge* in die nächsten Vororte und auf die Autobahn in den Süden floss. Oft wurde sie morgens vom Dröhnen der schweren Lkws geweckt. Und manchmal konnte sie deswegen auch nicht einschlafen. Dann war sie wieder in jener Nacht hinter den Felsen, kroch durch dorniges Gestrüpp, immer diesem Dröhnen entgegen, immer in Richtung der so nah scheinenden und doch unendlich weit entfernten Straße, ihre Hände waren schon ganz aufgeschürft . . .

Abrupt stand sie auf und ging in die Küche. *Unterbrich die Gedanken, wenn sie kommen,* hatten sie gesagt. *Sie dürfen gar nicht erst die Kontrolle über dich übernehmen.* Und sie versuchte es. Aus dem Schrank nahm sie eine Rolle Schokokekse, legte sich wieder auf die Couch und breitete eine Decke über sich. Und wenn es morgen wieder passiert? Wenn derselbe Typ wieder kommt . . . oder ein anderer?

Warum hatte sie sich ausgerechnet einen Job gesucht, bei dem sie so vielen Menschen begegnete?

Sie drehte den Ton lauter. Der höchste Berg in Australien?

»Mount Kosciuszko!«, sagte der Kandidat, ein blasser Buchhaltertyp.

»Leider falsch!«, bedauerte der Moderator.

Der andere Kandidat drückte die Lampe. »Der Mount Kosciuszko ist 2.229 Meter hoch, aber der höchste Berg ist der Big Ben mit 2.745 Metern. Er ist ein aktiver Vulkan und liegt auf der unbewohnten Insel Heard.«

»Absolut korrekt! Das sind fünfhundert Dollar für Peter!«

Das Publikum jubelte und applaudierte, aber Peter lächelte nicht. Mit versteinerter Miene nahm er den Gewinn zur Kenntnis. Wovor hat er wohl Angst?, dachte sie.

Dann rechnete Sara. 2.745 minus 2.229 sind – 516 Meter Unterschied . . .

Zählen half. Zählen half meistens.

Sie schreckte aus dem Schlaf auf, als Stephen nach Hause kam.

»He, geht's dir besser?«, fragte er zärtlich.

»Ja«, sie nickte. »Bin wohl heute einfach eingeschlafen bei der Arbeit . . .« Sie hasste ihre Lügen, sie verachtete sich dafür. Aber sie wusste keine andere Lösung.

Er trug sie ins Bett und gab ihr einen Kuss. Er roch nach Salz und Meer, das beruhigte sie, und bevor die Erinnerungen wieder an die Oberfläche drängen konnten, schlief sie ein.

3

Mann, echt Scheiße, was man alles so verpasst!«, murmelte er, schnüffelte hinauf in den blauen Himmel und kniff die Augen vor der blendenden Sonne zusammen. Jetzt noch 'ne Kippe und die Minute wär perfekt. Immer mit der Ruhe, Alter, mahnte er sich selbst, erst schieben wir unseren Arsch mal hier aus der Schusslinie, damit nicht noch was schiefgeht.

Er zog die zu weite Hose hoch, die ihm rutschte, strich die Jacke glatt, die zum Glück besser passte, und ließ das schwere Gittertor hinter sich, das sich langsam schloss. Lässig schlenderte er die Straße entlang und ließ seinen Blick über die parkenden Autos gleiten. Noch ganz cool bis zur nächsten Ecke dahinten, wo hoffentlich ein fahrbarer Untersatz mit einem Flyer hinter den Scheibenwischern wartete, wie abgemacht, und dann nix wie weg.

Geschafft! *Here we are!*

Ein dunkelroter Holden, 'ne alte Kiste – das durfte ja wohl nicht wahr sein! Erst spürte er Ärger in sich aufsteigen, aber dann musste er doch grinsen. Klar, ein Porsche wär natürlich aufgefallen! Wer drehte sich schon nach 'nem alten Holden um? Na ja. Immerhin ein Auto. Der Wagen stand am Straßenrand zwischen zwei anderen Autos; unauffällig, harmlos, wie normal abgestellt – und nicht wie gestohlen.

Na bestens, auf den alten Doug ist doch immer noch Verlass, dachte er, als er über das rechte Hinterrad tastete und der Autoschlüssel wirklich dort lag. »Brav, Doug, dafür kriegst du auch ein Extra-Tütchen Stoff, alter Junkie!«, murmelte er gut gelaunt, als er den Motor startete und aus der Parklücke rangierte. Und jetzt galt es, sich so schnell wie möglich aus dem Staub zu machen, ehe die Scheißbullen ihm auf die Schliche kamen.

Ich bin genial, ein genialer Hund! Er lachte und lachte noch mehr, als er die Schachtel Zigaretten bemerkte. »Auf den alten Sack ist wirklich Verlass!« Sogar die Marke stimmte. Mit der linken Hand schnippte er eine Zigarette aus der Packung und steckte sie sich in den Mund. »Ist ja 'n echter Luxusschlitten«, meinte er, als er den Zigarettenanzünder herauszog.

Er fuhr langsam die Straße hinauf bis zur Hauptstraße, während er genüsslich den Rauch einsog. Im Rückspiegel konnte er nichts Auffälliges entdecken. Nachdem er sich in den dicht fließenden Verkehr eingefädelt und dann auf die äußere Spur gewechselt hatte, beschleunigte er und atmete noch einmal auf.

»So und jetzt zum Eigentlichen.« Er fummelte am Radio herum, bis er einen Sender gefunden hatte, der Heavy Metal spielte. »Sogar Black Metal, kaum zu glauben! Scheint mein Glückstag zu sein heute!«

Er drehte die Lautstärke auf, nahm einen kräftigen Zug von seiner Kippe, lehnte den Kopf zurück und grölte mit *Bestial Warlust* mit. »*At the Graveyard of God* ... Ich bin genial. Ein genialer Hund!«

Mit einem selbstzufriedenen Lächeln auf den Lippen fuhr er seinem Ziel entgegen.

Heute hab ich keinen Fehler gemacht. Bin auch nicht umgekippt, sagte sie zu sich und war ein bisschen stolz, dass sie sich wieder im Griff hatte. Und deshalb konnte sie auch *Ja* sagen, als er vorschlug, in den Bars der Oxford Street abzuhängen. Sie hatten mit Stephens Freunden Van und Dean Stehplätze rund um eine Deckensäule ergattert. Die Bar war ziemlich groß und wirkte recht düster mit dem dunkelroten Teppich, dem schwarzen Tresen und den schwarz gestrichenen Wänden. Selbst die Kellner und die Barkeeper trugen schwarze Hosen und T-Shirts. Nur das verspiegelte Regal mit den Getränken leuchtete hellgrün. Die Musik dröhnte ohrenbetäubend aus den Boxentürmen und die Gläser auf den Tischen vibrierten mit den Frequenzen der Bässe. Sara war froh über die Lautstärke, weil sie dann nicht viel reden musste. Früher hatte ihre Mutter immer gesagt, sie rede wie ein Wasserfall.

Stephen und seine Freunde schrien gegen den Lärm an und bestellten eine Bierrunde nach der anderen. Sara lehnte jedes Mal ab und bestand auf Cola. Cola hielt sie wach. Und wachsam.

Irgendwann schmiegte sie sich an Stephens Schulter und er legte den Arm um sie. »Du bist schön«, sagte er ihr ins Ohr und lächelte sie an. »Wir könnten uns bald hier verdrücken, hm?«

Sie spürte die bekannte Panik in sich aufsteigen. Immer wieder kämpfte sie dagegen an. Immer wieder ...

»Ja, aber es ist doch gerade ganz nett und deine Freunde ...«, sagte sie rasch.

»Ach, die können auch ohne uns weitertrinken.«

»Lass uns noch ein bisschen bleiben. Mir gefällt's heute, wirklich.«

Er streichelte ihre Wange. »Klar. Ich freu mich, dass du auch mal gern unter Menschen bist.«

Sie lächelte und schmiegte sich enger an ihn. Er würde immer auf sie aufpassen. Er würde sie beschützen.

»Ich hol uns 'ne neue Runde«, sagte Stephen und machte sich von ihr los.

Bleib da, wollte sie ihm am liebsten sagen, aber das war albern, das wusste sie. Van und Dean hatten schon je zwei Runden geschmissen, Stephen war längst dran. Stephen tauchte in der Menge unter. Sie lehnte sich an die Säule, schloss die Augen und überließ sich für einen Moment der Musik, dem Dröhnen,

Stampfen und dem Schreien der Sänger. Die Bässe aus den riesigen Boxen wummerten in ihrem Bauch, breiteten sich von da überall in ihrem Körper aus, bis auch ihr Herz den Rhythmus übernahm. Sie wurde zur Musik, zum Rhythmus, sie löste sich auf, wurde leichter und leichter und mit jedem Beat fühlte sie sich befreiter – und weniger da. Alles verlor seine Dringlichkeit, seine Bedrohlichkeit . . .

»He, Puppe, hab ich dich doch gefunden!«

Die Stimme riss sie mit einem harten Ruck zurück in die Realität, die Beats wurden zu Peitschenhieben, die Luft legte sich wie ein Netz über sie, drohte enger und enger zu werden, sie wollte die Augen aufreißen, aber die Panik lähmte sie. Diese Stimme!

Unter ihr gab der Boden nach – oder waren es ihre Knie?, sie wollte sich festhalten, doch ihr Körper gehorchte ihr nicht, sie wollte . . .

»He, Sara!«

Stephen? Jetzt riss sie die Augen auf.

Stephen sah sie an, Gläser in seinen Händen, und hinter ihm wurde das Gesicht von der Menge verschluckt.

Es war nicht das aus dem Supermarkt.

Nein.

Diesmal war es das echte.

»Geht's dir gut?«, fragte Stephen besorgt und gab ihr die Cola.

Als sie die Hand ausstreckte, um die Flasche zu nehmen, zitterte sie.

»Sie hat geglaubt, du kommst nicht mehr, stimmt's?«, schrie Van grinsend herüber und saugte den Schaum von seinem Bier ab.

»Unser Stevie war ganz schön unterwegs, bevor er dich getroffen hat«, schrie Dean und nahm von Stephen sein neues Bier entgegen.

»Du solltest ihn beim Surfen nicht so oft allein lassen.«

Dann sagte Dean wieder etwas und Van lachte, Stephen ließ seinen Freunden gegenüber gespielt coole Kommentare ab und Sara war, als betrachte sie einen Film ohne Ton, während um sie herum die Wohnung brannte. Sie registrierte das alles zwar, aber nichts konnte zu ihr durchdringen.

Am liebsten wäre sie weggerannt, raus aus der dunklen, lärmenden Bar, in der es scharf nach Schweiß und sauer nach Bier roch – und wo etwas Bedrohliches lauerte. Aber wohin hätte sie laufen sollen?

»Glaub ihnen nichts!«, hörte sie Stephen sagen, »sie sind bloß eifersüchtig, weil ich nicht mehr so oft mit ihnen unterwegs bin!«

Van und Dean protestierten grölend. Sie musste weg, sie hielt es nicht mehr aus – da beugte sich Stephen zu ihr und küsste sie . . . holte sie zurück. Die Starre, die ihren Körper so steif und gefühllos gemacht hatte, löste sich, ihre Muskeln entspannten sich. Sara schloss die Augen und fühlte nur noch diesen Kuss. Wenn es nur immer so sein könnte wie in diesem Moment. . . .

Stephen war so nett zu ihr. Vielleicht liebte er sie wirklich? Sie, die man doch gar nicht lieben konnte. Aber er war arglos – und ahnungslos. Es war so schrecklich.

Sie war eine Verräterin und Lügnerin.

Sara stürzte die Cola in einem Zug hinunter, um wieder klar denken zu können. Aber das Einzige, was sie erreichte, war, dass sie jetzt dringend zur Toilette musste. Die Toiletten befanden sich am anderen Ende des Raums, sie müsste sich einen endlos langen Weg durch die Menge bahnen, durch die Menge, in der ER untergetaucht war. ER war es, ganz sicher. Obwohl es nicht sein konnte.

Litt sie vielleicht unter Halluzinationen? Dachte sie so intensiv an dieses Gesicht, dass sie sich einbildete, es wirklich zu sehen?

Der Druck in der Blase wurde immer stärker.

»Stephen«, sie reckte sich zu seinem Ohr, »macht es dir was aus . . . kommst du mit zur Toilette? Ich glaub, ein Typ ist hinter mir her.«

»Was?«

Der Lärm wurde immer unerträglicher.

»Ein Typ ist hinter mir her«, wiederholte sie lauter.

»Ein Typ? Versteh ich, du siehst ja auch scharf aus! Wo ist er?« Er blickte sich suchend um. Da nahm sie seine Hand. »Kommst du mit und wartest?«

Er nickte. »He Kumpels, Sara und ich gehen mal 'ne Nummer schieben.«

»Wow! Dann viel Spaß!« Van lachte lauthals und schüttete das Glas Bier hinunter. Dean warf Sara einen Blick zu, der ihr nicht gefiel.

»Warum hast du das gesagt?«, fragte sie Stephen, als sie in der Menge stecken blieben. Manchmal ging ihr Stephens Art seinen Kumpels gegenüber auf die Nerven. Warum musste er immer den Coolen geben? Dabei war er doch eigentlich gar nicht so.

»Ich wollte nicht, dass sie dich auslachen, weil du Angst hast, aufs Klo zu gehen.«

»Ich hab vor dem Typen Angst. Nicht davor, aufs Klo zu gehen.«

Er drückte sie fest. »Sorry, ich weiß.«

Sie wollte sich nicht ärgern, schließlich war sie ja froh, dass er sie begleitete. Dicht an seine Seite gedrückt schoben sie sich durch die Menschenmenge. Vor der Toilette war zum Glück keine Schlange und sie war schnell fertig.

Neben drei anderen Mädchen, die sich schminkten, wusch

sie sich die Hände und warf noch einen raschen Blick in den Spiegel. Das weiße, gleißende Licht erinnerte sie unwillkürlich an die Klinik. Schnell schob sie den Gedanken beiseite und konzentrierte sich auf ihr Spiegelbild. Wie blass und dünn sie war. Wenigstens machten sie die blond gefärbten Haare etwas lebendiger. Und auf einmal war ihr klar: Er konnte es gar nicht gewesen sein. Jetzt sah sie doch ganz anders aus! Wie hätte er sie also erkennen sollen?

Ich hab es mir eingebildet, weil ich so intensiv daran gedacht habe, versuchte sie, sich selbst zu überzeugen. Das muss sofort aufhören. Sofort. Ich darf nicht mehr daran denken.

Zwei Mädchen kamen kichernd rein und sie schob sich zwischen ihnen hindurch nach draußen.

Wo war Stephen?

Sara sah sich um, überall waren Körper und Gesichter, die Musik und das Stimmengewirr vermischten sich zu einem tosenden Brausen. »Stephen!« Ihr Schrei ging unter im brodelnden Lärm. »Stephen!«

Ein Strom von Menschen riss sie mit, wirbelte sie herum und sie sah nur noch in Augen und Münder. Und da war er wieder! Für Sekunden blickte sie ihm ins Gesicht. Das überhebliche Grinsen, der herausfordernde Blick und dieser Mund . . . der sich jetzt bewegte, Worte formte. Sie hörte sie nicht, aber sie wusste, was er sagte. »Ich krieg dich!«, sagte er, sie war ganz sicher . . .

»Steeephen!«

Ein harter Griff legte sich um ihren Oberarm. Sie versuchte, sich loszureißen. »Nein! Nicht!«

»He!«

Stephen! Es war Stephen, Stephen . . . wo warst du nur? Warum bist du nicht einfach da stehen geblieben, es hat doch nicht lange gedauert?

Er drückte sie an sich. »Du zitterst ja.«

»Ich hab solche Angst gehabt.«

»Warum? War er wieder da?«

Sie nickte.

»Zeig ihn mir! Ich knöpf ihn mir vor!«

»Er ist weg . . . irgendwo.«

»Hat er dich angefasst?«

Sie schluckte. Dann schüttelte sie den Kopf. *Er* würde Stephen mit einem Faustschlag fertigmachen.

»Lass uns heimgehen«, sagte er.

Diesmal nickte sie.

Stephen verabschiedete sie beide schnell bei seinen Freunden, und als sie endlich draußen in der kühlen Abendluft standen, die laute Musik und das Stimmengewirr immer leiser wurden, kam ihr das Erlebnis wie ein billiger Albtraum vor.

Aber es war kein Traum.

Es war real.

Bis zum Parkplatz in einer der Seitenstraßen ging sie schweigend und hielt sich eng an Stephens Seite gepresst. Ein paar Mal warf sie einen verstohlenen Blick über die Schulter und lauschte auf Schritte, ob ihnen jemand folgte, aber da war nichts. Nur ein paar Betrunkene kamen ihnen entgegengetorkelt und in einem Hauseingang hockten zwei Typen und rauchten.

Sie atmete auf, als sie an Stephens grünem VW-Bus angekommen waren, er ihr die Tür aufschloss und sie sich auf den Beifahrersitz fallen ließ. Als er dann losfuhr, musste sie plötzlich weinen.

»Hey, Sweetie, es ist okay, es ist alles okay.« Er legte den Arm um sie. »Wir fahren heim. Wein nur, es wird alles gut.«

Sie schmiegte sich in seinen Arm und roch seinen Duft. So gern würde sie ihm glauben, so gern.

Aber sie wusste, dass es nie gut werden würde.

Stephen wollte noch unter die Dusche, nachdem sie nach Hause gekommen waren. Sie wartete, bis sie im Bad das Wasser laufen hörte, dann eilte sie ins Schlafzimmer, zog die oberste Schublade der wackligen Kommode auf und tastete unter ihrer Unterwäsche nach dem geheimen Handy. Das Wasser lief immer noch. Sie schaltete es an und drückte auf die Kurzwahltaste. Nach vier Freizeichen meldete sich eine Frauenstimme. »Ja bitte?«

»Ich muss mit Dave sprechen.«

»Dave ist nicht mehr bei uns.«

»Was?« Ihre Hände begannen schon wieder zu zittern. »Aber warum?« Sie schrie fast und erschrak. Aber im Bad lief noch immer das Wasser.

»Kann Ihnen jemand anders weiterhelfen?«, fragte die Frau.

»Ja, Nate.«

»Einen Moment.«

Sara wartete, lauschte auf die Geräusche aus dem Badezimmer.

»Hallo, sind Sie noch da? Nate ist im Moment nicht erreichbar. Soll ich ihm ausrichten, dass er Sie anrufen soll?«

Im Bad war es still.

»Nein!« Hastig drückte sie die rote Taste und versteckte das Telefon wieder unter ihrer Unterwäsche. Auf einmal wusste sie nicht mehr weiter. Und wenn doch alles nur Einbildung war? So wie damals das eine Mal? Sollte sie die Klinik anrufen? Sich einweisen lassen?

Sie ließ sich auf die Bettkante sinken. Aber ... wenn es keine Einbildung war, dann ... dann wüsste er auch bald, wo sie wohnte.

Stephen legte sich zu ihr. Ja, sie mochte ihn, bei ihm fand sie Schutz, Geborgenheit und manchmal auch ein bisschen Vergessen. Aber sie konnte nie wirklich loslassen.

»Das Wichtigste ist, dass du wieder lernst, einem Menschen zu vertrauen.« Das war auch einer der klugen Sätze in der Therapie gewesen. Sie vertraute Stephen ja, aber ... aber sie traute sich nicht. Sobald sie sich in Sicherheit wiegte, stiegen die Bilder in ihr auf.

Sie sehnte sich nach seiner Nähe, liebte seine Berührungen. Er war so zärtlich. Und doch passierte es immer wieder, dass sie zusammenzuckte, wenn er näher an sie heranrutschte, dass sich ihr Körper versteifte, wenn er sie anfasste. Er fragte manchmal, ob alles okay für sie sei. Immer bemerkte er es, keine noch so kleine Reaktion von ihrer Seite schien ihm zu entgehen. Das waren die schwersten Momente. Doch ihr blieb nichts anderes übrig, als zu nicken und Stress in der Arbeit oder Kopfweh vorzuschieben. Sie fühlte sich so schäbig. In diesen Momenten besonders.

Als er eingeschlafen war, lauschte sie seinem Atem und starrte in die graue Düsternis. Draußen war es ruhiger geworden, nur noch hin und wieder donnerte ein Lkw vorbei. Schließlich stand sie auf, ging in die Küche und trank ein Glas kalte Milch. Das beruhigte sie. Sie hatte Milch schon immer gemocht. Selbst, als sie bereits größer war, hatte ihre Mutter ihr abends oft eine Tasse ans Bett gebracht ...

Als sie sich wieder hinlegte, schmiegte sie sich an Stephen, atmete tief seinen Duft ein, damit sie sich immer an ihn erinnerte, egal, was passierte.

4

Er war zum Auto zurückgegangen, hatte sich reingesetzt, das Fenster heruntergefahren und sich eine Zigarette angesteckt. Das war ein Spaß gewesen, da drin! Hab ich dich doch gefunden, Puppe!, dachte er zufrieden. Und ihr Gesicht dabei! Wie eine angestochene Sau!

Mann, Mann! Er schüttelte grinsend den Kopf und sah den Rauchkringeln nach, die in die Nacht schwebten. Wie dunkel es hier war. Das kannte er gar nicht mehr. Keine gleißenden Scheinwerfer, keine Bewegungsmelder . . . bloß ein paar Straßenlaternen an der Ecke. Er streckte den Kopf aus dem Fenster und sah in den Nachthimmel. Das Dröhnen aus den Bars klang wie aus weiter Ferne. Ihm summten jetzt noch die Ohren. Nichts mehr gewöhnt!, dachte er und warf die Kippe aus dem Fenster auf den Bürgersteig. Mann, das Leben konnte so einfach sein.

Allerdings – er hätte da drin ja schon gern ein bisschen Spaß gehabt. Da waren ein paar Bräute gewesen, die er nicht übel fand, an die hätte er sich gerne rangemacht. Aber er durfte kein Risiko eingehen, das wusste er. Das machte leider überhaupt keinen Spaß. Er fühlte sich so . . . so aufgeheizt . . .

Er zündete sich eine neue Zigarette an, vielleicht half die beim Entspannen.

»He Kumpel, du weißt, was du mir schuldig bist!«, hatte er dem Arschloch gesagt. Und das Arschloch hatte Grips genug, das zu kapieren. 'ne anständige Versorgung mit Kokain war schließlich keine Kleinigkeit! Das war echter Service! Und dieses Arsch-

loch hatte das für 'ne Weile vergessen! Bloß weil er, Troy, im Knast saß, in einer verpissten Zelle, die dieses Arschloch auf- und zuschloss. Tja, manche Typen hatten echt nur Kakerlakenkacke im Hirn!

Troy hatte ein bisschen fester zugetreten und zugedrückt als nötig. Um ihn noch mal dran zu erinnern. An die Facts! Um klarzumachen, wer hier am längeren Hebel saß. Im Endeffekt hatte er ihm damit sogar einen Gefallen getan. So musste das Arschloch sich jetzt beim Lügen wenigstens keine Mühe geben. Troy habe ihm beim Aufschließen der Zellentür ein Messer an die Kehle gehalten, ihn in die Zelle gezerrt, ihn bis zur Bewusstlosigkeit gewürgt und ihm anschließend seine Uniform genommen und den Schlüssel. *»Nein, ehrlich, ich weiß nicht, woher der Häftling das Messer hatte«*, würde das Arschloch den Bullen sagen, die den Ausbruch untersuchten. Und sie würden ihm sicher glauben, bei mindestens zwei gebrochenen Rippen. Er hatte es knacken gehört.

Das war erst gestern gewesen. *Super Timing.*

Er warf die Zigarette aus dem Fenster. Die Zigarette hatte ihm noch mehr Lust gemacht. Jetzt braucht Troy-Boy aber *unbedingt* eine kleine Belohnung! Bevor es zum Eigentlichen geht!

Er sah wieder aus dem offenen Fenster auf die Straße. Warf einen Blick in den Außenspiegel und setzte sein süßestes Grinsen auf. Die Scheißbullen hatten ja nichts Besseres zu tun gehabt, als seine Visage in den Zeitungen zu drucken und in der Glotze zeigen zu lassen. Aber so nett wie jetzt sah er da nicht aus. Er hatte viele Gesichter. Trotzdem. Aufpassen. Immerhin hatte er sie sich da drinnen im Klub schon mal aus der Nähe gezeigt. Langsam, langsam, sonst brachte er sich ja um den Spaß an der Sache. Zum Eigentlichen würde er später kommen. Und bis dahin wollte er sich noch ein bisschen die Zeit vertreiben.

Wie wär die kleine Schlampe dort drüben, die mit den langen blonden Haaren und den Pants, die gerade da aufhören, wo die Arschbacken anfangen? Echt nuttig. Wo will die denn hin? Die ist doch sicher noch nicht mal siebzehn. Gefällt sie dir, Troy-Boy? Sieh mal, wie sie sich von ihren Freundinnen verabschiedet! »Ciao, Tess!« Küsschen rechts, Küsschen links.

Mann, die sind alle ganz schön scharf, brav und scharf – und vielleicht sogar erst sechzehn. Troys Kehle wurde trocken und ihm entfuhr ein heiseres Keuchen. Noch einen Moment, bis sie sich alle abgeknutscht haben . . . hoppla, ganz nüchtern sind die Schlampen auch nicht mehr, so wie die gackern und torkeln.

Die drei zogen endlich ab und Tessie-Schatz machte sich nun allein auf den Weg. Tja, das arme Lämmchen musste definitiv gerettet werden!

Er öffnete die Tür.

»Tess? Richtig?«

Sie drehte sich in seine Richtung. Sie war etwa sechs Meter von ihm entfernt. Die Straße war nicht gerade hell beleuchtet, aber auch nicht ganz düster. Und still war es auch nicht. Sie hatte sicher keine Angst.

»Du bist doch Tess, oder?«

Sie nickte benommen.

»Gott sei Dank! Sorry, dass ich dich einfach so hier überfalle, aber ich soll dich abholen und nach Hause fahren.«

Er machte einen Schritt in ihre Richtung. Sah, wie sie unter dem Pony ihrer blonden Mähne die Stirn in Falten legte und offensichtlich nachdachte.

»Deine Mutter hat mich gebeten . . .« Ein Schuss ins Blaue. Blöd, wenn die Alte schon unter der Erde lag oder mit einem anderen Typen durchgebrannt war . . .

»Wieso?«

»Die Taxifahrer streiken. Und wie sollst du jetzt nach Hause kommen?«

Er sah, wie sich ihr süßes, alkoholgetränktes Hirn abmühte, seine Behauptungen zu prüfen. Zum Glück fuhr gerade kein Taxi hier vorbei.

»Wer sind Sie überhaupt?« Ihre Stimme klang schrill. Aber wahrscheinlich war das normal bei ihr. Passte jedenfalls zu diesem blasierten Blick und den ewig langen Beinen . . .

Er war jetzt fast bei ihr. Müsste bloß noch die Hand ausstrecken . . .

Er setzte sein kumpelhaftes, harmloses Lächeln auf. »Sorry, hab ich ganz vergessen. Tony.«

Tess stand da, irritiert, unentschieden.

»Meine Kumpels dürfen es natürlich nicht erfahren«, fügte er hinzu.

»Was?« Sie begriff überhaupt nichts mehr.

»Dass ich ein verfluchter Streikbrecher bin!« Er lachte: »Komm, beeilen wir uns, sonst glaubt deine Mom noch, ich bin einfach mit ihrem Geld abgehauen und hab mir einen schönen Abend gemacht.« Unauffällig tippte er in der Hosentasche auf sein Handy, dass es einen Probeklingelton spielte. »Entschuldige!« Er hielt das Handy ans Ohr.

»Ja, okay, wo? Ja, ist in Ordnung. Ich denke mal . . . in einer halben Stunde? Und wohin möchten Sie? Surry Hills. Okay, kein Problem, ich bin pünktlich.« Er steckte das Handy weg.

Oh, wie die winzigen Rädchen in ihrem kleinen, süßen Köpfchen ratterten!

»Viel los heute! Mann, wie sollen die Leute auch nach Hause kommen? Bezahlung hin oder her, aber ich finde, man hat eine Verantwortung als Taxifahrer.« Er lächelte wieder. »Also, hier entlang.« Er wies die Straße hinauf zu seinem Auto.

Sie folgte ihm, wenn auch etwas zögerlich, aber seine Handytour und diese Sache mit der Berufsehre hatten wohl gewirkt . . .

»Aber das . . .« Sie blieb plötzlich stehen, anstatt einzusteigen, wo er ihr doch schon die Tür aufhielt. »Das ist ja gar kein . . .«

». . . gar kein Taxi?« Er lachte. »Natürlich nicht, was glaubst du, was die Kollegen aus mir machen, wenn sie mich in meinem Dienstwagen sehen würden? Hackfleisch! Das ist natürlich ein Privatwagen.«

Irgendwas war wohl nicht ganz überzeugend, jedenfalls stieg sie noch immer nicht ein. Noch einen Versuch, dachte er, dann ziehen wir andere Saiten auf.

»Tess, ich dachte, deine Mutter hätte dir Bescheid gesagt, dass ein Taxi hier auf dich wartet – zumindest hat sie mir am Telefon gesagt, dass sie dich erreichen will. Also, wir müssen echt los oder ich muss dich hier stehen lassen, mein anderer Kunde wartet vor der Oper am Hafen und das ist noch ein ziemlich langer Weg bis . . .«

Endlich nickte sie, stieg ein und er warf die Tür zu. So ganz behaglich war ihr nicht zumute, merkte er, aber jetzt war sie drin. Er stieg auch ein, startete den Motor, fuhr los – und verriegelte die Türen.

»Ich bin letzte Woche hier in der Oxford Street überfallen worden. Von einem verdammten Junkie. Seitdem geh ich auf Nummer sicher.«

Sie nickte wieder. Er lächelte. Mann, war das ein Spaß! Und er hatte noch nicht mal richtig angefangen . . .

Als sie anfing, Fragen zu stellen: »Wie hat meine Mutter denn von dem Taxistreik erfahren?«, und auf dumme Ideen zu kommen: »Ich ruf sie schon mal an und sag ihr, dass wir unterwegs sind«, bog er in die Einfahrt der Lagerhalle ein.

»Aber . . . was machen wir denn hier?«, ließ er sie noch fragen, dann schaltete er die Scheinwerfer aus und zog ihren Kopf zu sich herüber. »Dreimal darfst du raten, Tessie.«

Ihr Blick, die Augen, der offene Mund! Schon dafür lohnte es sich – beinahe.

»Jetzt komm schon, stell dich nicht so an, je weniger du dich sträubst, umso leichter ist es. Glaub mir. Ich hab Erfahrung.«

Dann machte er seinen Reißverschluss auf.

Am Morgen, als Stephen ihr einen Kuss gab, schloss sie die Augen. Auch diesen Kuss wollte sie niemals vergessen.

»Bis heute Abend!«, rief er ihr zum Abschied zu.

»Pass auf dich auf«, sagte sie.

Die Tür fiel ins Schloss und sie hörte, wie sich auf der Treppe seine Schritte entfernten. Sie stand auf und ging wie immer zum Fenster und sah hinunter.

Zäh floss der Verkehr unten auf der Straße vorbei, auf allen vier Spuren, die einen wollten in die Stadt, die anderen hinaus. Die einen waren Pendler, die anderen auf dem Weg in den Süden oder in den Norden des Landes. Jetzt kam Stephen aus dem Hauseingang. Er drehte sich um und sah zu ihr hinauf, wie immer. Und sie winkte ihm zu, wie immer.

Er wusste nicht, dass es zum letzten Mal war, und lachte. Sie sah ihm zu, wie er sich zwischen den Autos den Weg über die Straße bahnte, und über den Parkplatz ging, zur vierten Reihe, wo der grüne VW-Bus stand.

Sie sah ihm zu, wie er aufschloss, einstieg, rückwärts aus der Parklücke rangierte und sich dann in den Verkehr Richtung Innenstadt einfädelte.

Manchmal stand sie noch eine ganze Weile da am Fenster und träumte von einem anderen Leben. Von dem, wie es vielleicht hätte werden können. Vielleicht wäre sie wie Amber aufs College gegangen, bestimmt wäre sie an den Wochenenden mit ihr und anderen Freunden ausgegangen. Und sie wäre wie immer der Mittelpunkt gewesen. Weil sie so lustig war, immer gut gelaunt, weil es mit ihr nie langweilig war, weil sie immer Ideen hatte. Weil sie nicht gern zu Hause hockte, sondern voller Energie war. Früher zumindest war sie so gewesen ...

Stephens VW-Bus war hinter der Kurve verschwunden, sie wandte sich ab und sah auf die Uhr. Kurz nach acht. In einer Stunde würde *Supercash* öffnen. Lisa würde glauben, dass sie trotz ihrer gestrigen Beteuerungen nun doch krank wäre.

Sollte sie ihr eine Nachricht schicken?

Nein, beschloss sie, so wenig Risiko wie möglich. So unauffällig wie nur möglich bleiben. Keine unnötigen Infos streuen. Nur Stephen schrieb sie eine Nachricht, legte den Zettel auf die Couch. Dort würde er ihn sofort finden, wenn er nach Hause kam.

Sie schob einen Stuhl vor den Einbauschrank im Flur, stieg hinauf und zog aus dem obersten Fach ihre Reisetasche, warf Unterwäsche, ein paar T-Shirts, zwei Hosen und ein Paar Schuhe hinein, schnappte ihren Kulturbeutel im Badezimmer, packte ihn auch in die Tasche, nahm ihre Denimjacke von der Garderobe und drehte sich noch einmal um.

Sie versuchte, alle Gefühle in sich auszuschalten, so, wie sie es schon den ganzen Morgen über getan hatte, nachdem sie aufgewacht war und ihr Entschluss feststand. Sie wollte sich verbieten zurückzudenken, aber es funktionierte nicht.

»Willst du nicht bei mir wohnen?«, hatte Stephen nach drei Monaten gefragt. »Wenn es dir nicht gefällt, ziehst du halt wieder aus.«

Das Apartment hatte ihr gleich gefallen. So hoch oben kam es ihr sehr sicher vor. Viel sicherer als ihr Zimmer im Wohnheim, das noch nicht mal ein stabiles Schloss hatte. Und es hatte sich tatsächlich gut angefühlt, hier zu sein. Eine Weile hatte sie sich tatsächlich gerettet gefühlt.

»Bye«, sagte sie leise. »Bye, Stephen, ich wär so gern anders zu dir gewesen, ich hätte dir so gern alles erklärt . . . danke für alles.« Ein paar Tränen kündigten sich an, entschieden wischte sie über die Augen. So war es am besten. Es gab keine andere Möglichkeit.

Schnell ging sie hinaus, schloss die Tür und warf unten am Hauseingang den Schlüssel in den Briefkasten.

Auf der Straße drehte sie sich nicht mehr um und schlug den Weg zur Bushaltestelle ein. *McCafferty* fuhr am Bahnhof ab und von dort gingen Busse überallhin.

5

Verfluchte Scheiße! Er gab der Autotür einen Fußtritt, dass sie zufiel. Das mit dieser Tessie-Schlampe hätte nicht passieren dürfen!

Mann, Mann, Troy-Boy, da hast du dir echt was geleistet! Hast sie unterschätzt! Warum hast du sie auch nicht gefesselt, wie die anderen sonst immer? Dann hätte sie nicht ihr verfluchtes kleines Springmesser aus ihren knallengen Pants ziehen können.

Die Stichwunde am Oberschenkel war zwar nicht groß, sie blutete auch kaum noch, aber darum ging es jetzt gar nicht. Sie war ihm entkommen! Und es war seine eigene Schuld, denn er hatte die kleine Schlampe in dem Moment losgelassen, als sie ihre Klinge zurückzog, und sie hatte es tatsächlich geschafft, aus dem Auto zu kommen und abzuhauen!

Er hatte sich aber auch zu blöd angestellt! Die Kindersicherung funktionierte ja nur hinten. Auf dem Beifahrersitz konnte man die Tür natürlich von innen öffnen. Er hatte es vergessen. Das letzte Auto, das ihm gehörte, hatte keine Zentralverriegelung, da hätte sie erst mal den Knopf hochziehen müssen.

Und dann war sie auch noch schnell gewesen. Mann, die hatte rennen können. Bis er aus dem Auto war, war sie um die Ecke und auf die Straße gelaufen.

Da hatte er schleunigst die Biege gemacht. Jetzt konnte er nur noch hoffen, dass sie nicht zu den Bullen gegangen war. Oder dass sie ihn wenigstens nicht beschreiben konnte.

Allerdings suchten sie ihn ja schon . . .

Er warf einen Blick auf den alten dunkelroten Holden. Zwischen den anderen Autos auf dem Parkplatz würde der erst mal nicht auffallen. Okay. Passiert ist passiert. Abgehakt. Vorwärtsdenken. Immerhin war er so geistesgegenwärtig gewesen und war nach der Sache mit dieser Tess noch zum Haus der Puppe gefahren. Dort parkte er jetzt.

Halb acht zeigte seine schicke Armbanduhr, die er mit einem zufriedenen Grinsen musterte. Der Typ in der Bar war schon so besoffen gewesen, der hätte es wahrscheinlich noch nicht mal geschnallt, wenn Troy ihm seinen Spießeranzug ausgezogen hätte.

Er überquerte den noch ruhigen Parkplatz und blieb dann an der Einfahrt stehen. Das Apartmenthaus, in dem sie angeblich wohnte, lag direkt gegenüber.

Ihr Freund war ein langhaariger Surfertyp, hatte er sich erzählen lassen – und gestern hatte er ihn ja auch gesehen. Die glauben, sie hätten die Coolness für sich gepachtet, dachte er abfällig. Dabei sind es Feiglinge, wenn's drauf ankommt. Springen aufs Brett und verschwinden. Er würde so ein Weichei in null Komma nix fertigmachen. Keine Frage.

Scheiß Morgenkälte. Er konnte Kälte nicht ausstehen! Und Hunger hatte er auch noch. Irgendwo musste er etwas zu essen und einen heißen Kaffee herkriegen. Dass die Heizung in dieser Scheißkarre nicht funktionierte, hatte er zu spät bemerkt. Das würde er dem alten Sack um die Ohren hauen. Zigarettenanzünder und Zentralverriegelung, aber keine Heizung, Mann! Wütend trat er gegen den Reifen eines geparkten Autos.

Er kam einfach nicht drüber weg, dass er einen Fehler gemacht hatte. Er hätte diese Tess nicht entkommen lassen dürfen. Sonst hatte sein Plan doch auch immer funktioniert. Gut, jedenfalls meistens . . .

Wenn man sich drauf verlassen könnte, dass diese Schlampen ihr Maul hielten, wär doch allen gedient ...

So, gleich acht. Um acht ging ihr Freund aus dem Haus, hatte er gehört. Danach sie. Er rieb sich die kalten Hände und spürte, wie das Adrenalin in seine Adern schoss.

Drei Jahre lang hatte er es sich in seiner Knastzelle immer wieder vorgestellt, wie er sie jagt, ihr hinterherschleicht, sie vor Angst wahnsinnig macht, dass sie an nichts anderes mehr denken kann als an ihn. In der Nacht soll sie von ihm träumen. Sie soll morgens mit dem Gedanken an ihn aufwachen und abends damit einschlafen.

Er wartete.

Acht. Fünf nach acht. Der Kerl hatte verschlafen! Scheiße, damit ging gerade sein ganzer Plan flöten. Und wenn sie beide zusammen aus dem Haus kämen? Und wenn sie beide heute nicht zur Arbeit gehen würden? Vielleicht hatten sie samstags frei? Oder sie hatten sich freigenommen. Oder sie hatten einen ordentlichen Kater – in dieser Bar gestern war zumindest ordentlich gesoffen worden.

Schließlich beugte er sich zu einem parkenden Auto und versuchte, durchs Fenster die Uhrzeit zu erkennen. Es war ein alter Wagen ohne Digitalanzeige. Viertel nach neun? Er hielt sich seine Armbanduhr ans Ohr, obwohl er wusste, dass sie ging. Dieser spießige Arsch in der Bar hatte 'ne falsche Uhrzeit! Bali-Zeit oder Neuseeland-Zeit oder ... jedenfalls nicht *die richtige* Zeit!

Wütend riss er sich die Uhr vom Handgelenk, schleuderte sie auf den Boden und trat darauf herum.

Er hatte seine Chance vertan! Sie war ihm entkommen!

Als er sich wieder ein bisschen beruhigt hatte, bückte er sich nach der Uhr. Außer ein paar Kratzern war sie intakt. Ha, der Bürotyp hatte wohl in echte Qualität investiert! Er zog die Uhr wieder an.

Na und, dann würde er eben am Abend vor *Supercash* warten. »Hi, schön, dich wiederzusehen, Puppe«, würde er sagen und sie angrinsen. Er freute sich schon, dabei ihr Gesicht zu sehen.

Endlich hatte sie es zum Busbahnhof geschafft. Ihre Schulter tat schon weh von der schweren Reisetasche. Und ihre Finger fühlten sich von der morgendlichen Kälte wie abgestorben an. Sie reihte sich in die Schlange ein. Fünf Leute zählte sie vor sich. Zwei Männer, drei Frauen, wenn keiner von ihnen komplizierte Fragen hatte, dürfte sie bald dran sein. Aber sicher würde sie sich erst wieder im Bus fühlen – zumindest so sicher, wie es für sie überhaupt möglich war. Hier draußen jedenfalls wurde sie ganz unruhig und nervös. Sie war so schutzlos. Jedes Geräusch, jedes Telefonklingeln, jeder Schatten erschreckte sie. Beruhig dich, sagte sie sich. Es ist alles okay.

Sie stellte die Reisetasche ab und suchte auf der Abfahrtstafel mit der Digitalanzeige nach dem nächsten Bus. Brisbane. Nein auf keinen Fall. Melbourne, Adelaide, Perth, in einer Stunde. Ja, den würde sie nehmen. Sie könnte auch den nach Broome oder den nach Alice Springs und Darwin nehmen. Hauptsache weg. Weit weg. Und Hauptsache gleich.

In keiner der Städte war sie jemals gewesen. Das, was sie über sie wusste, wusste sie aus der Schule. Perth lag ganz im Westen. In der Nähe gab es viel Weinanbau und dahinter dehnte sich die Wüste aus, wo Bodenschätze abgebaut wurden.

Und Broome ganz oben im Norden? Züchtete man da nicht Perlen? Und warm war es dort. Sehr, sehr warm. Sie fröstelte noch immer.

Was war mit Alice Springs? Mitten im Kontinent, in der roten Erde. Am Uluru, dem heiligen Berg der Aborigines . . .

Ein neuer Schalter machte auf, die Leute vor ihr verteilten sich und plötzlich war sie schon dran.

»Wohin?«, fragte die Frau durch die Sprechluke, ohne dabei von ihrer Tastatur aufzusehen. Sie trug eine dreieckige rote Brille.

Ja, wohin wollte sie eigentlich? Der Bus nach Perth fuhr als erster ab.

»Nach Perth.«

Die Angestellte hämmerte auf die Tastatur. »Perth, das macht . . .«

»Nein, warten Sie . . .«, unterbrach Sara sie. Die Frau hob den Blick und sah sie durch ihre komische Brille an.

»Nach Darwin«, sagte Sara. Darwin war viel, viel weiter weg. Und der Bus fuhr bloß eine Viertelstunde später.

»Wohin jetzt? Perth oder Darwin?« Die Frau war genervt.

»Perth.« Sara nickte. Der Bus nach Perth ging zuerst los.

»Sicher?«

»Ja. Nach Perth, bitte«, sagte Sara bestimmt.

Die Frau atmete hörbar aus.

Die Busfahrkarte nach Perth war nicht so teuer, wie sie erwartet hatte. Obwohl es eine sehr weite Strecke war. Ihr blieben immer noch dreihundertfünfzig Dollar. Das reichte, um sich für eine Woche was Billiges zur Miete zu suchen. Ein Zimmer irgendwo. Und dann einen Job. Supermärkte gab es schließlich überall. Sie könnte ja auch was anderes arbeiten. Irgendwas, es war egal.

Sie steckte das Ticket ein, schulterte wieder die Reisetasche und ging Richtung *Coffee Shop.* Ihre Augen scannten die Umgebung. Nein, da war niemand, den sie kannte. Und *er* war auch nicht da.

Sie überlegte, ob sie sich einen heißen Kaffee leisten konnte, denn sie musste mit ihrem Geld haushalten. Wer weiß, wann sie wieder etwas verdienen würde. Die dreihundertfünfzig Dollar mussten bis dahin für Unterkunft und Essen reichen.

Schließlich gönnte sie sich doch einen Latte Caramel, setzte sich draußen vor der Abfahrtshalle an einen freien Tisch und wärmte ihr Hände an dem heißen Becher. Ihre Augen wanderten permanent von einer Seite zur anderen. Unruhig schweifte ihr Blick über die Menschen, die sich auf dem Vorplatz des Busbahnhofs tummelten.

Und wenn sie sich ihn in der Bar doch nur eingebildet hatte? Die Beleuchtung war schlecht gewesen und außerdem hatte sie ihn zuletzt vor drei Jahren gesehen. Eigentlich wusste sie doch gar nicht mehr, wie er jetzt aussah.

Sie schob den Kaffee weg. Auf einmal mochte sie den Geschmack nicht mehr. Zu süß, zu klebrig.

Wenn ich ihn mir nur eingebildet habe . . . dann kann ich auch hierbleiben, schoss es ihr plötzlich durch den Kopf. Dann ist meine Flucht doch unsinnig und völlig überflüssig. Dann kann ich bei Stephen bleiben. Und alles wird wieder so, wie es war . . .

Nein. Denn egal, ob *er* es war oder nicht – sie konnte so nicht weiterleben. Mit all den Lügen. Und sie konnte Stephen nicht die Wahrheit sagen. Dafür war es zu spät. Dafür hatte sie ihm viel zu lange etwas vorgemacht. Punkt.

Sie konnte ihrem Albtraum nicht entfliehen. Er floh mit ihr. Wie ein lästiger Parasit, der so lang bei einem bleibt, bis er einen ausgesaugt – und getötet hat.

Sara lief ein Schauer über den Rücken. So weit durfte sie es einfach nicht kommen lassen! Und jetzt ruf endlich an, gab sie sich selbst einen Ruck. Ja, das sollte sie tun. Es war das Vernünftigste.

Aus der Seitentasche holte sie das geheime Handy und drückte auf die Kurzwahltaste.

»Ja bitte?« Diesmal meldete sich eine Männerstimme.

»Sara hier. Ich muss mit Nate sprechen.«

»Einen Moment bitte, ich verbinde.« Dave, Nate, zwei erfundene Namen, das hatten sie ihr gesagt. Damals. Dennoch taten alle so, als seien sie echt. Es rauschte ein, zwei Sekunden lang, dann meldete sich eine jugendliche Stimme. »Nate hier.« Ja, das war er.

Sie räusperte sich. »Hier ist Sara.«

»Sara! Ich hab damit gerechnet, dass du anrufst. Wir haben alles unter Kontrolle. Er kann dir nichts tun. Er weiß weder, wie du heißt, noch, wo du wohnst oder arbeitest!«

»Dann stimmt es also.« Einen Moment lang hatte sie gehofft, er wäre über ihren Anruf verwundert.

»Was? Was stimmt?«, fragte Nate.

»Er ist also tatsächlich ausgebrochen.« Ihre Stimme hörte sich tonlos an.

»Ja ... äh ... ja. Hast du es noch nicht in den Nachrichten gehört?« Nates Stimme klang verwundert.

Sara musste daran denken, wie sie es heute Morgen vermieden hatte, weder das Radio noch den Fernseher anzustellen. Und als sie eben am Zeitungsstand vorbeigelaufen war, hatte sie den Kopf zur anderen Seite gedreht. Sie wollte keine Gewissheit. Wollte sich in den Glauben flüchten, dass es einfach nicht möglich war. Doch nun konnte sie der Wahrheit nicht länger entfliehen. Sie fühlte sich, als würde ihr die Luft zum Atmen genommen, und sie zwang sich, sich wieder auf Nates Worte zu konzentrieren.

»... einen Wärter überwältigt. Er muss jemanden draußen haben, der ihm geholfen hat.« Nate räusperte sich hörbar. »Also, unser Plan ist, dass wir dich ...«

»Ich hab ihn gesehen«, unterbrach sie ihn.

»Was sagst du da? Du hast ihn gesehen?« Die Stille, die folgte, machte Sara nervös. Sie hatte das Gefühl, als würde sie in ein bodenloses Loch fallen. »Er kann es nicht gewesen sein,

Sara!«, versuchte Nate, sie zu beruhigen, doch sie konnte hören, dass seine Stimme angespannt klang. »Das ist nahezu ... das ist gänzlich unmöglich!«

»Er war aber da! In der Bar! Gestern!«

»Sara, langsam. Solche Zufälle gibt es nicht.«

»Es war ja auch kein Zufall!«, schrie sie ins Telefon und spürte, wie die Panik ihren Körper zu überrollen drohte. »Er hat mich aufgespürt!« Sie bemerkte, dass die Leute an den Nebentischen zu ihr herübersahen. Sie erhob sich, nahm ihre Reisetasche mit und stellte sich ein wenig abseits an die Hausmauer.

Als keine Antwort kam, sagte sie: »Nate?«

»Ja, ich bin noch dran.«

»Er hat irgendwie herausgekriegt, wo er mich finden kann.« Saras Puls hatte sich wieder ein bisschen beruhigt. Trotzdem spürte sie, wie ihr Herz hart gegen ihren Brustkorb schlug.

»Das ist nicht möglich. Außerdem weißt du doch gar nicht, wie er aussieht. Er hat sich in den drei Jahren im Gefängnis ziemlich verändert – ich habe die Fahndungsfotos gesehen. Er ist jetzt fünfundzwanzig und du bist auch nicht mehr fünfzehn.«

»Ich würde ihn auch nach zehn Jahren Arbeitslager wiedererkennen«, sagte sie bitter. Dieses Gesicht würde niemals in ihrer Erinnerung gelöscht. Niemals. Es hatte sich eingegraben, ganz, ganz tief. »Warum arbeitet eigentlich Dave nicht mehr bei euch? Wo ist er?«

»Das kann ich nicht sagen.« Seine Stimme klang auf einmal sehr nüchtern.

»Warum?« Plötzlich kam ihr ein schrecklicher Gedanke. War er gefeuert worden, weil er vielleicht nicht ehrlich gewesen war? Weil er Informationen verkauft hatte? Irgendjemand musste *ihm* schließlich gesagt haben, wo sie zu finden war ...

»Sara, ich kümmere mich jetzt um dich. Wo bist du gerade?«

»Ich fahre weg.«

»Wohin?«

Konnte sie Nate denn vertrauen?

»Wohin, Sara?«

Wenn sie ihm nicht vertrauen konnte – wem dann? Sie holte tief Luft. »Nach . . . nach . . . Perth«, sagte sie schließlich zögernd und schaute sich dabei wieder um, ob sie auch niemand belauschte.

»Perth? So weit? Bleib in Sydney, ich kann jemanden schicken.«

»Nein, ich . . . ich will . . . ich muss weg. Ich hab schon die Fahrkarte . . .«

»Warte, dann steig wenigstens in Melbourne aus, bis dahin kann ich jemanden organisieren, der dich dort abholt.«

Ihr Finger schwebte über der roten Auflegetaste. Warum hatte sie ihn überhaupt angerufen?

»Sara?«, kam es aus dem Telefon, »alles in Ordnung? Hast du verstanden? Mit welchem Bus fährst du?«

»McCaffertys«, sagte sie mechanisch. Das war alles ganz anders geplant gewesen. »Er fährt gleich los«, fügte sie hinzu.

»Lass das Handy an, Sara, ich melde mich.«

»Ja.«

Sie steckte das Telefon in ihre Jacke. Unsicher schaute sie sich auf dem Vorplatz um. Nur noch ein paar Minuten, dann war sie in Sicherheit, versuchte sie, sich zu beruhigen. Nate würde jemanden nach Melbourne schicken. Und der würde sie in eine sichere Wohnung bringen und sie würde so lange dortbleiben, bis sie ihn gefasst hätten. Danach würde sie irgendwo neu anfangen. Wieder einmal . . .

Ein Gedanke schoss Sara durch den Kopf – vielleicht konnte sie ja sogar nach Sydney zurückgehen. Doch im gleichen Moment, als sie dies dachte, schüttelte sie über sich selbst den Kopf. Sie konnte nicht zu Stephen zurück. Nie wieder.

Sie spürte diese Erkenntnis wie einen Messerstich.

Stephen ... Wie sollte sie ihm das alles erklären? Dann müsste sie ihm auch sagen, dass sie ihn seit über einem Jahr angelogen hatte. Dass sie nie die war, die er zu kennen geglaubt hatte. Nie im Leben würde er verstehen, weshalb sie sich ihm nicht anvertraut hatte.

Sie erinnerte sich an einen Samstagnachmittag mit ihm. Sie kannten sich fast einen Monat. Sie waren ein Stück aus der Stadt herausgefahren und hatten in den *Blue Mountains* mit einem wunderschönen Ausblick aufs Meer ein Picknick gemacht.

An diesem Tag hatte sie sich unglaublich glücklich gefühlt. Und einen kurzen Augenblick lang hatte sie daran gedacht, dass sie ihm die Wahrheit sagen könnte. Und wie sie so schweigend nebeneinander auf der Picknickdecke saßen, da hatte sie all ihren Mut gesammelt. Sie wusste, sie würde gleich diese Stimmung zwischen ihnen zerstören, aber er würde es verstehen und dann, dann könnte vielleicht alles, alles gut werden. Sie holte schon Atem – und in dem Augenblick sagte Stephen: »Als ich fünfzehn war, kam eines Tages eine fremde Frau mit einem achtjährigen Jungen zu uns. Sie sagte meiner Mom, dass das der Sohn von ihr und meinem Dad sei und er sich weigere, weiter Unterhalt zu zahlen. Und fragte, wie meine Mom das denn fände. Seit diesem Tag hab ich meinen Dad verachtet.«

»Warum?« In ihrem Hals war ein Kloß.

»Warum? Fragst du gerade ernsthaft, warum? Stell dir vor: Über acht Jahre lang hat er meine Mom und mich angelogen! Die ganze Zeit über hat er ein geheimes Leben geführt! Das Leben mit uns war eine Lüge! Ich hab das nie begreifen können! Meine Mom hat sich dann von ihm scheiden lassen.«

Ihr war plötzlich kalt geworden. Und als er gefragt hatte, ob alles okay sei, hatte sie nur gesagt, sie wolle jetzt nach Hause.

Sie war so sicher gewesen, dass, wenn sie ihm ihre Wahrheit

offenbart hätte, alles aus gewesen wäre. In der Nacht hatte sie sich auf die Couch gelegt und stumm geweint.

Mit aller Macht zwang sie sich, nicht mehr an Stephen zu denken. Es war vorbei. Sie würde ihn nie wiedersehen. Sie warf einen Blick auf die Uhr. Höchste Zeit, zur Abfahrbucht zu gehen, wo schon einige Fahrgäste warteten. Sie stellte sich ein wenig abseits. Nicht dass jemand auf die Idee kam, sie in ein Gespräch zu verwickeln.

Der Bus kam pünktlich, ihre Reisetasche war so handlich, dass sie sie nicht unten im Kofferraum verstauen musste. Sie suchte sich in einer freien Reihe einen Fensterplatz und verstaute ihre Tasche über sich im Gepäckfach. Hoffentlich setzt sich keiner neben mich, dachte sie, kauerte sich auf ihrem Sitz zusammen, machte sich klein und wünschte, sie könnte sich einfach auflösen und in einer anderen Zeit in einem anderen Land aufwachen. Ohne jede Erinnerung.

6

Na, wo bleibt denn unsere Puppe, dachte er und lugte so unauffällig wie möglich durchs Schaufenster zu den Kassen. War noch 'ne ganz schöne Ochsentour gewesen, sich erst 'nen neuen Wagen zu besorgen und dann quer durch die Stadt zu diesem Scheiß-Supermarkt zu gurken. Sicher suchten die Bullen schon nach dem dunkelroten Holden – falls die Schlampe so clever gewesen war, sich die Marke oder sonst noch was zu merken. Dieses Risiko wollte er nicht eingehen. Nicht noch einen Fehler machen.

Ein paar andere Klamotten hatte er auch noch aufgetrieben. Musste ihn ja nicht gleich jeder erkennen. Jetzt trug er einen übergroßen schwarzen Kapuzenpulli über der Jeans und eine Pilotensonnenbrille. Und endlich fror er nicht mehr.

Die neue Kiste hatte nämlich Sitzheizung, obwohl sie schon so alt war, dass sie nicht diese bescheuerte Wegfahrsperre hatte. Da hatte er sich erst mal einen warmen Arsch gegönnt.

So, jetzt aber endlich zur Sache!

Überraschung muss sein, dachte er und rieb sich die Hände. Macht die Sache viel lustiger!

Irgendwie musste er sie nach draußen locken, wenn er sich nicht bis zum Abend die Beine in den Bauch stehen wollte. Wenn er allerdings richtig gesehen hatte, saß sie nicht an der Kasse. Da stimmte was nicht. Außer sie war mal eben auf dem Klo oder hatte Pause. Aber irgendwie glaubte er das nicht.

Na, dann muss es wohl sein, dachte er, das kleine Risiko.

Er betrat den Supermarkt und zog den Reißverschluss seiner

Kapuzenjacke zu. Scheißkalt war's hier drin. Ließen wohl das ganze Jahr über die verdammte Klimaanlage laufen. Seit der Zeit im Knast fror er fast immer.

Sein Blick glitt über die Kassen – nein, da war sie wirklich nicht. Eine Kassiererin wollte gerade ein Kasse-geschlossen-Schild aufs Rollband stellen. Ja, genau die würde er fragen.

»Hi, ich such Sara.« Verdammtes Schlitzauge, du!

»Ja, wir auch!«, war die Antwort inklusive abschätzendem Blick.

Mann, die glaubt ja, sie hat die Weisheit mit Löffeln gefressen! Arrogante Schlampe.

»Wieso?«, fragte er.

»Sie ist heute nicht gekommen.«

»Sie ist gar nicht gekommen?«, wiederholte er blöd und ärgerte sich gleich darüber. Wie steh ich denn da vor dieser Schlitzaugen-Schlampe, die hält mich noch für bescheuert, wenn ich so weitermache.

»Nein. Sind Sie ein Freund?« Sie beäugte ihn misstrauisch. Ob sie ihn erkannte? Sein Bild war immerhin im Fernsehen und in den Scheißzeitungen.

Er setzte sein harmlosestes Lächeln auf. »Ja, ich bin ein paar Tage in der Stadt und sie wollte, dass ich sie hier treffe.« Er ließ seinen Blick über die Kassen schweifen. Falls er auch nur den leisesten Verdacht haben sollte, dass diese Tussi ihn erkannt hat, würde er sie kaltmachen. Keine weiteren Fehler mehr, Troy!

»Tja, tut mir leid.« Sie wollte sich gerade schon wieder bücken, um weitere Plastiktüten hervorzuholen, als sie plötzlich innehielt und ihn aufmerksam musterte. »Kann es sein, dass ich Sie schon mal gesehen hab? Sie kommen mir irgendwie bekannt vor . . .«

Verdammte Scheiße, dachte er. Und verdammt Scheiße für

dich, Schlampe. Er suchte noch nach einer Antwort, als die Schlitzaugentussi die Schultern zuckte.

»Na ja, hier kommen jeden Tag so viele Leute vorbei – man kann sich nicht alle Gesichter merken, was!«

Die war ja dümmer, als er gedacht hatte! Erleichtert setzte er ein Lächeln auf, gab ein »Na, dann werde ich's mal bei Sara zu Hause versuchen« von sich, hob die Hand und ging dann schnellen Schrittes zum Ausgang.

Mann, das war echt knapp gewesen!

Schlecht gelaunt verließ er den Supermarkt. Er durfte keine Fehler mehr machen. Wenn er zu viel riskierte, kassierten die Bullen ihn wieder ein, ohne dass er vorher mit seiner Puppe hatte spielen können.

Er steckte die Hände in die Taschen und ging nachdenklich die Straße vor dem Supermarkt bis zu seinem geparkten Auto hinunter. Er musste in ihre Wohnung. Vielleicht war sie ja statt in der Arbeit woanders gewesen und längst wieder zu Hause. Lag auf dem Bett, stopfte sich mit Chips voll und sah fern. Er hoffte bloß, dass dieses Surfer-Weichei nicht auch da war. Dass die beiden nicht blaumachten und sich einen freien Tag gönnten.

Verärgert kickte er eine Plastikflasche beiseite, die vor ihm auf der Straße lag. Nein, das wäre gar nicht gut.

Hinter der Scheibe flog die immer gleiche Landschaft vorbei. Stunde um Stunde. Flaches, trockenes Land. Endlos. So wie ihre Flucht.

Sie seufzte. Ein Schleier legte sich über ihre Sicht und ihre Augenlider wurden schwerer. Dreißigtausend Menschen verschwinden jedes Jahr in Australien, hatte sie mal irgendwo gelesen. Manche tauchten nach Jahren wieder auf, irgendwo, aber die meisten blieben verschwunden.

Warum soll mir das nicht gelingen?, fragte sie sich.

In der Ferne lief ein Emu mit dem Bus um die Wette, sie konnte deutlich seinen langen Hals und den wippenden Federkörper erkennen. Das Land war zwar ein Kontinent. Aber trotzdem war es eine Insel. Umgeben von Ozeanen, dem Reich von Haien, giftigen Quallen und tödlichen Strömungen. Und im Herzen war die trockene, lebensfeindliche Wüste.

Ich bin genauso wie dieses Land, dachte sie.

Der jüngere Typ, der sich kurz vor der Abfahrt noch neben sie gesetzt hatte, schnarchte. Irgendwie beruhigte sie das. Auch wenn Stephen schnarchend neben ihr lag, hatte sie sich sicher gefühlt.

Sie machte die Augen zu.

Wie hatte er sich auf den freien Nachmittag mit ihr gefreut. Jetzt war es halb vier und seine Welt war zusammengebrochen. Stephen lehnte die Stirn an die Fensterscheibe und starrte hinunter auf die Straße. Was war schiefgelaufen? Was hatte er übersehen?

»Ach, Frauen . . .!«, hörte er Vans Stimme und erinnerte sich an seine Anwesenheit. Van war sofort hergekommen, als Stephen ihn angerufen hatte. Auf ihn war Verlass.

»He, Alter, die hat dir was vorgemacht«, redete Van weiter und fuhr sich schon wieder durch seine roten, kurzen Haare, »die hat dich zum Affen gemacht. Wer weiß, vielleicht ist sie 'ne Irre, ein Freak! Vielleicht hat sie sich irgendwelches Zeug reingepfiffen und du hast's nicht gemerkt.«

Stephen drehte sich um. »Ich bin doch nicht blind! Das hätt ich gemerkt!«

Van zuckte die Schultern und machte den Kühlschrank auf. »Mann, hast aber nicht gerade einen großen Vorrat. Willst du auch eins?«

Stephen schüttelte den Kopf. Sie hat sogar noch das Bett gemacht, dachte er, während er das zerknüllte Stück Papier, das er in der Hand hielt, auf dem Küchentisch glattstrich.

Sorry. Aber ich kann nicht bei dir bleiben. Sara

Wie oft hatte er in der vergangenen Stunde den Satz schon gelesen? Sie hatte ihn auf einen Notizzettel geschrieben, als würde sie ihm nur mitteilen wollen: *Heute Abend komme ich später* oder *Essen steht im Kühlschrank*.

Sorry. Aber ich kann nicht bei dir bleiben. Es waren nur diese paar Worte. Nicht mehr. Und doch hatte sie damit seine Welt zum Einstürzen gebracht.

»Jetzt leg mal diesen Wisch hin!« Van riss ihm den Zettel aus der Hand und klatschte ihn auf die Küchentheke. »Und hör mir zu: Das sind alles Scheißbräute. Hey, vergiss die Schlampe einfach!«

»Red nicht so über Sara!«, fuhr er seinen Freund an.

»Sorry, bin manchmal bisschen impulsiv. Komm, Stevie, lass uns ein paar Mädels aufreißen gehn.« Van schraubte den Verschluss auf und nahm einen großen Schluck.

»Geh allein«, sagte Stephen niedergeschlagen. Dass sie ihm so etwas antun würde . . . Sie war doch noch am Morgen so . . . so zärtlich gewesen.

Van haute ihm auf die Schulter. »Komm schon, Alter, wegen so einer lässt man sich doch nicht das Leben versauen. Trink 'n Bier, das tut dir gut.« Schon streckte er die Hand zum Kühlschrank aus, aber Stephen schüttelte den Kopf.

»Ich bin müde. Wirklich.« Stephen ging wieder zum Fenster und sah hinaus. Vielleicht hatte sie es sich anders überlegt und stand da unten.

»Okay, aber sag später nicht, du hättest keine Freunde, die sich um dich kümmern.« Van rammte die Bierflasche auf die Küchentheke, dass das Bier rausschwappte. »Lass dir eins sagen:

Sie ist durchgeknallt. Hat zu viel Alk und Drogen im Mutterleib abbekommen. Hast du ihre Mutter mal kennengelernt? Bestimmt ist die auch schräg drauf.«

»Ihre Mutter ist tot.«

Van seufzte. »Sorry.«

»Ich bin die Nummern durchgegangen, die noch auf dem Telefon gespeichert waren«, sagte Stephen nun doch, obwohl er es zuerst für sich hatte behalten wollen.

Van sah auf. »He, du bist gar nicht so dumm. Und?«

»Sie hat nicht viel auf dem Festnetz telefoniert. Aber eine Nummer hat sie in den letzten zwei Tagen mehrmals angerufen.«

»Lass mich raten: Langley. Sie ist beim CIA. Richtig?«

»Van, deine Witze sind scheiße.«

»Du hast recht, also?«

»Eine psychiatrische Klinik in Brisbane.«

Van verschluckte sich fast. »Hab ich's nicht gesagt? Eine Durchgeknallte! Du kannst verdammt froh sein, dass du sie los bist. Irgendwann hätte sie mitten in der Nacht mit 'ner Axt vor deinem Bett gestanden.«

Stephen gab ihm einen Stoß vor die Brust. Er hatte genug. »Hat dir schon mal einer gesagt, dass du total geschmacklos bist? Am besten haust du ab, bevor ich dich rauswerfe.«

Van machte eine besänftigende Handbewegung. »Langsam, langsam, Stephen, hey, schon gut, ja? War nicht so gemeint. Ich bin nur . . . na ja, manchmal ein bisschen . . .«

»Dein *bisschen* ist mir heute definitiv zu viel. Verschwinde jetzt, Van!«

»Ich geh schon, aber . . . hast du vielleicht für den Heimweg . . . noch ein Bier . . .«

Stephen holte eine Flasche aus dem Kühlschrank, drückte sie Van in die Hand und schob ihn aus der Wohnung.

»Alter, so behandelt man doch keinen Freund! Aber Schwamm drüber, ist 'ne Ausnahmesituation«, protestierte Van, doch da machte Stephen schon die Tür hinter ihm zu.

Troy gähnte und steckte sich eine neue Zigarette an. Wenigstens Zigaretten waren in der Scheißkiste. Scheißwarterei! Er stand sich die Beine in den Bauch, während die beiden da oben ihren freien Nachmittag feierten.

He, da tut sich ja was. Dieser Typ, der da gerade aus dem Apartmenthaus kommt, das ist doch der aus der Bar. Groß, stämmig und rothaarig wie ein Ire – und genauso versoffen. Sieht ganz so aus, als hätte er schon wieder ein paar Bierchen intus, und eins in der Hand hat er auch. Troy grinste unwillkürlich. Wenn er eins und eins zusammenzählte, dann war dieser Kerl gerade bei den beiden gewesen. Und wusste vielleicht was.

Er warf die Zigarette weg, stieß sich mit der Schuhsohle vom Auto ab, an dem er gelehnt hatte, steckte die Hände in die Hosentaschen und schlenderte so lässig, wie man über eine befahrene, vierspurige Straße eben schlendern konnte, auf ihn zu.

»Hi!«

Der andere blieb stehen, drehte sich langsam um und hob träge die Augenbrauen.

»Du bist doch ein Freund von Sara, oder?«, fing Troy locker an.

»Und?«

Mann, war das Arschloch gesprächig!

»Ich wollte Sara noch was vorbeibringen, ist sie da? Ich hab 'n paarmal versucht, sie anzurufen . . .«

Die Augen des anderen wurden schmal, gefährlich schmal. Mit dem Typen könnte er es nicht aufnehmen, schoss es Troy durch den Kopf. Jedenfalls nicht ohne Waffe. Aber er wollte ihn nicht auf offener Straße abstechen. Troy wollte gerade den Mund für weitere Erklärungen aufmachen, da pikste der Typ ihm seinen Zeigefinger in die Brust. »Sie ist 'ne ganz miese Schlampe, hab ich auch Stephen gesagt. Er hat alles für sie getan, hat sie abgöttisch geliebt und sie lässt ihn einfach sitzen.« Er schüttelte den Kopf und zog den Arm zurück. »Kannst die Biege machen, Kumpel. Die ist auf und davon.«

Am liebsten hätte er vor Wut über diese Information den Typen verprügelt. Ruhig Blut, sagte er sich. Das wäre wirklich das Dümmste, was er tun könnte. »Das klingt echt mies, Kumpel. Und ihr Freund weiß nicht, wo sie ist?«

»Nee, der ist total fertig. Voll am Arsch. Kam alles wie aus dem Nichts. Mann, er hat mich sogar rausgeschmissen. Ist 'n armer Kerl gerade.«

Die Bierfahne von diesem Typen war enorm. Troy musste sich anstrengen, freundlich zu bleiben. Aber das war seine einzige Chance, was rauszufinden. »Und du? Hast du keine Ahnung, wo sie sein könnte?«, fragte er.

Der andere dachte ziemlich angestrengt nach. Kratzte sich am Kopf, zog die Augenbrauen zusammen und schüttelte schließlich den Kopf. »Nee, wirklich nicht! Mit mir hat sie eh nicht viel geredet. Kam sich als was Besseres vor, wenn du mich fragst.«

»Hm«, machte Troy und überlegte, wie er jetzt weiter vorgehen sollte.

»Tja, Kumpel, so sieht's aus. Kann dir auch nicht helfen.« Der andere wollte gehen, dann fiel ihm noch was ein. »Warum gibst du's nicht Stephen, ich meine, das, was du ihr geben willst. Würde mich nicht wundern, wenn er losfährt und sie sucht.«

Troy nickte. »Ja, super Idee. Welcher Stock?«

»Fünfter«, sagte der andere und setzte sich in Bewegung.

Troy blickte an der Fassade hinauf. Einen Moment überlegte

er, ob er hoch zu diesem Weichei sollte, um sich selbst davon zu überzeugen, ob er wirklich nichts wusste. Er faltete seine Hände und ließ die Fingerknöchel knacken. Doch dann entschied er sich, nicht unnötig Aufmerksamkeit zu erregen. Außerdem war er sich sicher, dass Stephen seinem Freund die Wahrheit gesagt hatte. Der Typ wusste wirklich nicht, wo seine Freundin war.

Sie hatte ihn gelinkt. Eine unbändige Wut kochte in ihm hoch. Diese miese kleine Puppe! Na, warte! So einfach entkommst du mir nicht!

Seine Wut half ihm nicht weiter. Jetzt nur keine Panik, sagte er sich, ich muss nachdenken und mich ausruhen. Ich brauch ein Bett, was zu essen und Kohle. Und dann geht's zum Eigentlichen.

Die Vorstellung dieses Rendezvous jagte ihm ein Kribbeln über den ganzen Körper.

Er überquerte wieder die Straße und stieg in den weißen Corolla. Eine Scheißkarre, aber wenigstens ohne Wegfahrsperre – und unauffällig.

Bis zu seiner Mutter waren es zwei Stunden mit dem Auto.

7

Sie hatte Hunger. Der Hunger kam manchmal ganz plötzlich, dann war da ein riesiges Loch in ihrem Magen, das immer größer wurde, sich ausdehnte bis zu den Rändern ihres Körpers. Die Vorstellung von diesem hungrigen Etwas in ihr drin machte ihr Angst. Es war etwas, worüber sie keine Kontrolle hatte, etwas Unberechenbares, Fremdes. Und je mehr sie daran dachte, umso stärker dehnte sich dieses dunkle tiefe Loch aus. Eigentlich war es kein richtiges Loch. Es war eher so etwas, wie sie sich die schwarzen Löcher im Universum vorstellte. Ein Vakuum, das alles in sich hineinsog und verschlang. Wie oft hoffte sie, dass die vierte Cola oder der dritte Hamburger, die zweite Tüte Chips endlich das erreichten, was ihr nicht gelingen wollte: Vergessen. Sich geborgen und sicher zu fühlen. Außer Gefahr. Gerettet. Warm und zufrieden – innerlich.

Zwei- oder dreimal hatte sie versucht, mit Stephen darüber zu reden, ihm zu erklären, wie das mit dem Essen für sie war, aber er hatte immer gleich die Stirn gerunzelt, ein sicheres Zeichen dafür, dass er keine Lust auf diese »psychologischen Gespräche« hatte, wie er sie nannte. Die hatte er wirklich nicht. Er war ein netter, liebenswerter Typ, bei dem sie sich sicher gefühlt hatte, aber reden – das war nicht wirklich eine seiner Stärken gewesen. Aber vielleicht war das ja auch nur so eine idealisierte Vorstellung von ihr. Wahrscheinlich konnte man nur mit einem Therapeuten über so was sprechen. Wie mit dem in der Klinik. Der war verständnisvoll, hatte genickt und leise gespro- . Und an den passenden Stellen gelächelt.

Sie starrte hinaus in die vorbeiwischende Weite aus trockenen Büschen und trockener Erde. Und sie fragte sich, ob Stephen darüber nachdachte, warum sie weggegangen war. Ob er wütend war oder traurig oder beides – oder ob er sich einfach mit seinen Kumpels betrank.

Es tat ihr leid, dass sie ihn so verlassen musste. Er hatte ihr vertraut und sie hatte ihn belogen. Sie erinnerte sich genau an das jämmerliche Gefühl, das sie befallen hatte, als er ihr tröstend über die Wangen gestrichen hatte, weil sie ihm erzählte, dass ihre Eltern beide früh gestorben waren. In dem Moment war sie ganz nah daran gewesen, ihm alles zu erzählen. Alles, vom Anfang – bis zum Ende. Aber dann hatte sie es doch nicht gewagt.

Das hatten sie ihr vor drei Jahren nicht gesagt, als Patricia sterben musste – dass es *so* schwer sein würde. Dass man immer lügen müsste. Natürlich hatte sie gewusst, dass es keine andere Möglichkeit gab. Sie war am Leben. Nur das zählte. Doch der Preis, den sie dafür bezahlen musste, war hoch.

Und jetzt hatte *er* es tatsächlich geschafft. Er war aus dem Gefängnis ausgebrochen. Und er würde Jagd auf sie machen. Sara war sich sicher, dass er es war, den sie in Sidney gesehen hatte. Deshalb hatte sie gar keine andere Chance, als sich wieder in ihre Hände zu begeben . . .

Aber ist das wirklich der einzige Weg?, fragte eine leise Stimme in ihrem Kopf. Sara bemerkte ein komisches Ziehen im Bauch, als sie den Gedanken, der in ihr aufkeimte, weiter verfolgte. Was wäre, wenn sie auf eigene Faust handeln würde? Wenn sie einfach das täte, was sie für richtig hielt?

Das Problem war, dass sie ja gar nicht wusste, was sie für richtig hielt. Falsch, sagte da wieder diese Stimme in ihr. Du weißt genau, was du für richtig hältst, du traust dich nur nicht, es zu denken. Es bis zum Ende zu denken.

Sara schüttelte entschieden den Kopf und lehnte dann ihre Stirn gegen das kühle Fensterglas.

»Nein«, murmelte sie und schloss die Augen, »nein, ich weiß es nicht.«

Fettkloß, schwabbelige Qualle hatten sie früher in der Schule seine Mutter immer genannt. Und er hat jeden von ihnen verdroschen. Einen sogar so schlimm, dass er nicht mehr richtig sprechen konnte. Da war Troy gerade mal neun gewesen und alle – außer den Eltern von diesem Arsch – waren sich einig, dass es ein Unfall war und dass Troy doch nicht absichtlich den Jungen mit dem Kopf auf den Eisenträger geschlagen haben konnte. Das stimmte auch – jedenfalls war der Eisenträger praktischerweise im Weg gewesen. Aber diesem Großmaul hatte es ganz gut getan, nicht mehr so viel quatschen zu können. Das hat Troy natürlich niemandem gesagt. Er war ja nicht dumm.

Troy schaltete das Autoradio wieder an und suchte einen neuen Sender. Noch nicht mal einen CD-Player hatte dieses Japsenauto! Und die Boxen sind auch der letzte Schrott, dachte er verärgert.

Endlich. Echter Hardrock. Sonst gab's doch nur noch weich gespülte Scheiße! Er drückte noch ein bisschen fester aufs Gaspedal, doch der Corolla fuhr nicht schneller als hundertzehn Stundenkilometer.

»Verfluchtes Weiberauto!« Er griff zum Zigarettenpäckchen, das neben der Gangschaltung lag, und zündete sich mit dem Zippo, das netterweise im Weiberauto war, eine Zigarette an, während er das Lenkrad mit dem Oberschenkel in Position hielt. Obwohl das Zippo ja nicht zu diesem Weiberauto passte. Hat vielleicht ein Typ liegen lassen. Nachdem sie ihren Spaß auf der Rückbank hatten!

Er musste an diese Schlampe mit den Pants denken. Ob sie schon bei den Bullen gewesen war? Mann, er hätte sich zurückhalten sollen mit dieser Tess! Unnötiges Risiko!

Er konnte sich schon nicht mehr an ihr Gesicht erinnern. Nur an die riesengroßen Kulleraugen, die sie gemacht hatte, als er den Motor ausstellte. Und an ihren Mund – ach, diese Schlampen waren doch alle gleich.

Er musste husten und kurbelte das Fenster runter. Scheißknast! Bestimmt hatten die mit ihm Versuche gemacht, von denen er nichts wusste. Medikamente getestet oder so was.

Und das alles hatte *sie* ihm eingebrockt!

Troy verpfeift man nicht! Troy entkommt man nicht!

Das hatte sie scheinbar noch nicht kapiert! Aber sie würde ihre Lektion schon noch lernen. Dafür würde er sorgen!

Im Takt klopfte er mit der flachen Hand gegen die Tür. Ich finde dich . . . ich jage dich . . . bis ich dich habe!

Er schloss für einen kurzen Moment die Augen und spürte die Sonne und den Wind auf der Haut.

Ja, das war sie, die Freiheit – die sie ihm für drei Jahre geraubt hatte!

Troy fragte sich, wie es sein würde, nach so langer Zeit wieder nach Hause zu kommen. Seine Mutter wusste es sicher schon. Sie hing den ganzen Tag vor der Glotze. Er musste vorsichtig sein. Nicht, dass die Bullen vor dem Haus auf ihn warteten. Aber er hatte genug falsche Spuren nach Brisbane gelegt. Bis die Bullen die alle geprüft hätten, wäre er schon längst wieder weg.

Er warf den Zigarettenstummel aus dem Fenster. Da vorn konnte er schon die drei großen Pinien sehen, wo der Feldweg abzweigte, der vierhundert Meter weiter am Haus seiner Mutter endete. Und wie immer fühlte er sich ein bisschen wie ein kleiner Junge, der nach Hause rennt, weil seine Mutter sein

Lieblingsessen gekocht hat. War das nicht der beste Beweis dafür, dass er ein guter Mensch – und ein guter Sohn war? Die dämlichen Bullen und diese verblödeten Geschworenen hätten mal seine Mutter nach ihm befragen sollen!

Als er an der Abzweigung ankam, blieb er einen Moment unter den Bäumen stehen und ließ seinen Blick über dieses armselige Stück Land schweifen. Jemand hatte einen Haufen alter Fliesen und ein paar Blechdosen und Eimer neben den Bäumen abgeladen, der rostige Sprungrahmen und die alten Reifen lagen immer noch da wie in seiner Kindheit. Als wäre das Leben hier nicht weitergegangen, als wäre hier nichts, gar nichts passiert! Er merkte, wie er wütend wurde. Das alles hier, die trockene gelbliche Erde, diese öde Weite, hatte ihn schon als Kind so wütend gemacht. Als wäre es völlig egal, ob er lebte oder nicht.

Immerhin, kein Mensch weit und breit. Sein Plan, die Bullen abzulenken, hatte also scheinbar funktioniert. Er schaltete in den ersten Gang, bog in die von Schlaglöchern zerfressene Straße ein und lenkte vorsichtig an den allzu tiefen Furchen vorbei. Schließlich blieb er vor der verrosteten Kiste, die wohl seinem Bruder gehörte, stehen. Bevor er ausstieg, warf er noch einen letzten Blick in den Rückspiegel. Nichts.

Das Haus war eine Bruchbude, musste er feststellen. Sein Bruder hätte sich längst mal kümmern müssen. Von den Holzlatten blätterte die Farbe ab, die Fliegengitter an den Fenstern hatten faustgroße Löcher, und als er zum Dach hinaufsah, fiel ihm auf, dass das Wellblech ziemlich verrostet war.

Er nahm die drei Stufen zur Tür mit einem Satz und klopfte.

»Mom?«

Von drinnen kam ein Poltern, dann hörte er ihre schweren Schritte. Die Tür wurde aufgerissen und vor ihm stand seine Mom, die ihn um einen halben Kopf überragte und dreimal so breit war wie er.

»Mein Junge!«, schrie sie auf und breitete ihre mächtigen Arme aus und er ließ sich einfach hineinfallen, so wie er es schon als Kind getan hatte. Und er fühlte ihren warmen, weichen Körper, der ihn umschloss wie frischer, duftender Teig.

»Sie haben's im Fernsehen gebracht. Hat dich auch keiner gesehen?« Sie strich ihm übers Haar.

»Wer soll mich denn gesehen haben? Die Nachbarn?«, fragte er, löste sich aus ihrer Umarmung und drehte sich nach draußen, wo bloß die beiden Autos standen und der Feldweg war und die drei Pinien an der Abzweigung wuchsen.

»Hast recht. Aber ich mach mir halt Gedanken.« Sie schob ihn ins Haus und schloss die Tür hinter ihm. Er glaubte sogar zu hören, dass sie sie verriegelte. Aber vielleicht bildete er sich das auch nur ein.

Es roch nach Essen, nach Pommes und gegrilltem Hähnchen.

So wie früher.

8

Ach Troy! Jetzt wird alles wieder gut. Wo du endlich wieder da bist!«

»Ja, Mama. Keine Bange.«

»Hast du Hunger, mein Kleiner?« Sie stemmte ihre fetten Arme, die gegen ihren massigen Körper wie verkümmert aussahen, in die Seite, dorthin, wo andere Hüften hatten.

»Ich könnt was vertragen.«

»Ich hab mir gerade was gemacht. Wir können zusammen essen.«

Seine Mutter legte den Kopf schief und strahlte ihn an. »Du bist mein bester Junge. Sie tun dir alle unrecht, da draußen.«

»Ja, Mom, ganz meine Rede.«

Sie watschelte an ihm vorbei mit ihrem immensen Körper, an dem die Kleider wie große Zelte hingen. Sie sollte sich die Haare auftoupieren oder sonst was mit ihnen machen, damit der Kopf größer aussieht, dachte er.

»Bleib ein bisschen! Dein Zimmer ist noch genauso wie früher, das weißt du ja!«, rief sie aus der Küche und machte den Backofen auf. Ein Schwall heißer fettiger Luft entwich. Mann, hatte er Hunger! Der Gefängnisfraß all die Jahre hatte ihn ausgemergelt.

»Ich hab was zu erledigen. Aber eine Nacht kann ich bleiben. Und das Zimmer ist gut.«

Er beobachtete, wie seine Mutter das Blech mit den Pommes rauszog und sie auf zwei Tellern verteilte. Es waren zwei große Berge und er fragte sich, ob sie die alle hatte allein essen wollen.

»Hast Glück, dass dein Bruder nicht da ist, ich hab für ihn mitgekocht.«

Er schob den Stuhl am Küchentisch zurück und setzte sich.

»Wo ist er? Sein Auto steht draußen.«

»Ach, er hat ein neues. Damit ist er gestern weggefahren. Er hat gesagt, er wüsste noch nicht, wann er wieder zurück ist.« Seine Mutter stellte die beiden Teller mit Pommes und je einem halben Hähnchen auf den Tisch. »Außerdem – du kennst doch deinen kleinen Bruder. Immer Probleme. Kümmer dich ein bisschen um ihn, ja? Er ist auch ein guter Junge.« Sie seufzte. »Aber seitdem du weg bist, hat er die Orientierung verloren. Er vergöttert dich doch. Ach Troy, wenn ich euch nicht hätte.« Sie schluchzte und Troy stand auf und legte den Arm um sie.

»Schon gut, Mom. Ich kümmere mich um alles. Und dann mach ich dir das Haus schön, ja? Die Wände könnten ein bisschen frische Farbe brauchen. Und die Türen quietschen. Wirst sehen, das Haus wird wie neu.«

»Ach Troy, du bist so ein guter Junge.« Sie tätschelte seinen Arm, als er sich wieder an den Tisch setzte.

Troy überlegte einen kurzen Moment. »Ich ruf meinen Bruder gleich mal an. Er soll gefälligst mit anpacken.« Er wollte aufstehen und zum Telefon im Flur. Er musste seiner Mutter ja nicht sagen, was er eigentlich wollte; bei der Suche nach diesem Püppchen brauchte er unbedingt die Hilfe seines Bruders.

»Hast du nicht ein eigenes Telefon?«, sagte sie scharf, als er aufstehen wollte.

Ihre Stimme traf ihn wie ein Peitschenhieb. Da war es wieder, was er nicht an ihr mochte. Dieser Ton, dieser Blick. War sie nicht verschlagen?

»Sie haben's mir nicht gegeben, als ich ausgebrochen bin!«, erwiderte er und sah ihr in die Augen. Und da dachte er zum ersten Mal, dass er sie gar nicht erkennen würde, wenn er nur ihr Gesicht sehen würde. Er hatte sie nie richtig angesehen, nur immer ihre gewaltige Masse wahrgenommen . . .

Sie wischte langsam die Hände an ihrer Schürze ab. »Ach so, ja. Dann ruf ihn an.« Mit einem Stöhnen ließ sie sich auf den extrabreiten Sessel fallen, der seitlich zum Tisch stand.

»Hat Zeit.« Der Anblick des Essens besänftigte ihn. Und sein Bruder würde ihm schon nicht weglaufen.

»Troy!«, sagte seine Mutter streng, als er sich wieder hinsetzen wollte.

»Was?«

Ihre Hände machten eine Bewegung und er wusste, was sie meinte. Artig ging er ans Spülbecken und wusch sich die Hände.

»Ich hab immer drauf geachtet, dass ihr anständig seid. Dass ihr saubere Kleider habt und dass ihr nicht stinkt.«

»Ist schon gut, Mom. Aber bei dem tollen Essen hab ich's einfach vergessen.« Das Handtuch hängte er wieder ordentlich an den Haken neben der Spüle. Seine Mutter klatschte mit der flachen Hand auf den Tisch.

»So und jetzt komm, mein Junge! Du brauchst was auf die Rippen. Sie haben dich ja ganz abmagern lassen.«

Gehorsam setzte er sich und machte sich über das Essen her. Hin und wieder wischte er die fettigen Hände und seinen Mund an der Papierserviette ab.

Das Essen schmeckte ihm, er wusste gar nicht mehr, wann er zuletzt so was Gutes gegessen hatte. Die Reste, die er in der Bar aufgegabelt hatte, waren nicht gerade das Wahre gewesen.

Seine Mutter sagte ab und zu etwas, aber er hörte nicht hin. Erst als er die letzten Pommes frites gegessen hatte und der Teller so sauber wie gespült aussah, sagte er so beiläufig wie möglich: »Hast du ein bisschen Geld? Ich muss ein paar Einkäufe machen. Benzin und so.«

Plötzlich versteinerte ihr Gesicht, dann ihr ganzer Körper. Ihre Mundwinkel zuckten, ihre Lippen und ihr Doppelkinn zitterten und ihr fetter Körper kam ihm auf einmal vor, als würde er sich aufpumpen und gleich platzen.

»Nein!«, stieß sie hervor und knallte den Teller auf den Tisch. Ihre Augen, die zwischen den Fettwülsten viel zu klein wirkten, blitzten gefährlich.

»He, du kriegst sie ja wieder, die Scheißkohle«, sagte er so ruhig wie möglich.

Sie erhob sich aus ihrem Sessel und stand schwer atmend vor ihm.

»Du bist genauso wie er. Wie dein Vater. Der wollte auch immer nur Geld von mir. Und dann ist er damit abgehauen! Mit meinem sauer Erspartem! Und was ist aus mir geworden?«

Troy ließ seine Mutter nicht aus den Augen. Wie ein bebender Fettkloß stand sie nun vor ihm.

»Aber Mom«, versuchte er, sie zu beschwichtigen, »was redest du denn da?« Er blieb sitzen und lächelte ihr zu, doch sie ließ sich davon nicht beeindrucken.

»Komm mir nicht so!«, keifte sie. »Scher dich zum Teufel! Es ist jedes Mal dasselbe. Und immer wieder geh ich dir auf den Leim! Du bist nur heimgekommen, weil du mein Geld willst!« Ihre Stimme schrillte in seinen Ohren, dass es ihm wehtat.

»Hör auf!«, schrie er und sprang auf.

»Du kannst mir nichts verbieten! Das ist mein Haus! Du kannst gern im Kinderzimmer schlafen. Aber das ist mein Haus! Meins! Meins! Meins!« Sie schlug sich mit der flachen Hand auf ihre wabblige Brust.

Reglos starrte Troy seine Mutter an. Da war er wieder. Der Hass. Der Hass in ihm, der ihn peinigte und gleichzeitig am Leben hielt. Der Hass, der in ihm wucherte, seit ihr Dad ihn und seinen Bruder verlassen hatte.

Mit einer Handbewegung fegte er alles vom oberen Regalbrett, die Marmeladengläser, die Cornflakes-Packungen, die Flaschen und Dosen. »Wo hast du die Kohle versteckt?«, brüllte er und sein unbändiger Zorn machte sich Luft.

»Du bist nicht mein Sohn! Du bist sein Sohn!«, kreischte sie und stürzte sich auf ihn, doch der Hass machte ihn stark und er stieß sie von sich, sodass sie taumelte und hinfiel.

Er schenkte ihr nur einen kurzen Blick. Wie ein fetter Käfer lag sie auf dem Rücken und jammerte. Jetzt waren die Schubladen dran. Eine nach der anderen riss er auf, wühlte darin, warf den Inhalt auf den Boden und knallte sie wieder zu.

»Wo hast du deine Scheißkohle hin?«, schrie er wieder und trat auf seine Mutter zu. Mit einer schnellen Bewegung, die er ihr gar nicht zugetraut hätte, schnappte sie seinen Arm und zerrte an ihm wie ein böser Hund. »Verschwinde! Los, verschwinde! Oder ich ruf die Polizei!«

Er schüttelte mühelos ihre Hand ab und nahm sich das nächste Regalbrett vor. Da war es!

»Du hast es in die Scheiß-Teedose gepackt!« Er riss die Scheine heraus, zählte – zwanzig, dreißig, fünfzig Dollar –, bückte sich zu ihr auf den Boden und wedelte damit vor ihrer Nase herum. »Und wo ist der Rest? Du willst mich wohl verarschen, was? Heute ist der Zwanzigste. Wo ist der Rest für den Monat? Na los, sag's schon!« Es war erst Mitte des Monats und seine Mutter holte immer am Ersten achthundert Dollar von der Bank.

»Leg sofort mein Geld zurück! Du verfluchtes Dreckschwein!« Sie zerrte wieder an seinem Arm, schlug mit der anderen Hand auf ihn ein und versuchte, sich gleichzeitig an ihm hochzuziehen. »Die haben recht! Du gehörst ins Gefängnis! Du gemeiner . . .«

»Wo hast du die Kohle? Los, sag's mir!« Seine Hände griffen

nach ihren fetten schwammigen Oberarmen, hielten sie fest, schüttelten den ganzen Körper.

»Au! Du tust mir weh!«, schrie sie auf.

Er drückte noch fester zu. »Dad hat dich einfach nicht mehr ertragen! Deshalb hat er dich sitzen lassen!«, schleuderte er ihr ins Gesicht. Und der Hass in ihm wurde noch stärker und wilder.

»Du Lügner! Du hinterhältiger Lügner! Ich hab alles für dich getan!«

»Hör doch auf mit dieser Scheiße! Du hast es allein für dich getan! Gegen Dad kamst du nicht an, aber deine Söhne konntest du beherrschen!«

Sie schlug ihm ins Gesicht. »Ich verbiete dir, so zu reden!«

Er schlug zurück. »Halt endlich dein verdammtes Maul!«

Sie rangen jetzt miteinander. Ihre unförmige, schwammige Masse gegen seinen drahtigen, muskulösen Körper.

»Du Loser, du jämmerlicher Loser! Hast noch nicht mal ein Mädchen abgekriegt!«, schrie sie und schlug immer wieder auf ihn ein.

»Weil du sie immer rausgeekelt hast!«, schrie er zurück. Er spürte sie anrollen, grollend und unaufhaltsam, die Wut. Wie ein glühender Lavastrom brodelte sie durch seinen Körper.

»Du bist ein Nichts! Selbst jetzt kommst du zu deiner Mutter gekrochen für ein bisschen Geld!«, stieß sie nach Luft ringend hervor.

»Halt 's Maul, du alte fette Sau!«, brüllte er und spürte, dass er keine Kontrolle mehr über sich hatte. »Halt endlich dein Maul!« Und er stopfte ihr die Scheine in den Mund mit den schlechten Zähnen. »Friss es! Friss dein Scheißgeld, bis du daran verreckst!«

Sie wehrte sich, strampelte und fuchtelte mit den kurzen, dicken Armen, doch er saß jetzt auf ihr und drückte ihr das Geld tief in den Rachen.

Er raste vor Wut und drückte die Scheine immer tiefer, bis er langsam eine Ruhe spürte, die sich in seinem Körper ausbreitete. Wie ein ferner Beobachter blickte er auf seine Mutter. Sie tobte immer noch, ihr Kopf war rot, ihre Adern angeschwollen. Schweiß glänzte auf ihrer Stirn. Auf einmal konnte er ihr in die Augen sehen, und als er die Angst darin erkannte, wurde er noch ruhiger. Eine große Befriedigung erfüllte ihn und er sah zu, wie die Angst zur Ungläubigkeit wurde, zu einem großen Staunen, und wie sie schließlich blau anlief und wenige Augenblicke später aufhörte zu zappeln.

Eine Weile blieb er einfach auf ihrem weichen, großen Bauch sitzen und genoss die Wärme und vollkommene Ruhe. Er schloss die Augen.

Sieg, dachte er. So fühlt sich Sieg an.

Dann zog er die Scheine wieder aus ihrem Mund, wischte sie an ihrer Schürze trocken und schob sie in seine Hosentasche. Selten ekelte ihn etwas. Aber diese feuchten Scheine schon. Die würde er zuerst loswerden.

Der Schweiß tropfte ihm von der Stirn, merkte er jetzt. In wenigen Stunden wären die ersten Scheißfliegen da. Ihm fiel die Garage ein. Dort in der Tiefkühltruhe hortete sie Essen wie für einen Atombombenangriff. Die Truhe war groß. Ziemlich groß.

Wie viele Stunden war sie schon von Sydney entfernt? Mussten sie nicht schon Melbourne hinter sich haben? Aber das hätte sie gemerkt. Melbourne war ja eine riesige Stadt, an der fuhr man nicht einfach so vorbei. Ich war noch nie in Melbourne, dachte sie und dann fiel ihr auch wieder ein, dass sie ja in Melbourne erwartet wurde. Der Bus fuhr langsamer und steuerte dann in eine Tankstelle. Zwanzig Minuten Aufenthalt, kündigte der Fahrer an.

Sie drängelte sich an den Sitzreihen vorbei, wollte unter den Ersten draußen sein, um nicht am Klo anstehen zu müssen. Das Neonlicht in der Toilette war grell und ihre Augen brannten. Zu spät. Sie musste warten, alle drei Kabinen waren besetzt. Der verspiegelte Raum machte sie nervös. Von allen Wänden blickte sie sich selbst entgegen. In ihrer Wohnung hatte sie im Bad nur einen kleinen Spiegel zum Schminken. Dabei konzentrierte sie sich auf Einzelheiten. Auf die Augen, auf die Nase, auf die Wangen, auf den Mund. Wie hätte sie Stephen erklären sollen, dass sie Angst vor diesem fremden Gesicht hatte? Das verstand nur ihre Mutter. Die Spülung rauschte und die Tür einer Kabine ging auf. Sie schlüpfte hinein, ohne der Frau ins Gesicht zu sehen.

Sie verschloss die Tür. Und da war sie wieder, die Panik in engen Räumen. Je schneller sie wieder draußen war, umso besser. Die beiden Kabinen rechts und links waren besetzt. Sie sah die Schuhe von Frauen. Wirklich? Waren das auch ganz sicher Frauenfüße? Sie beeilte sich beim Pinkeln, zog sich hastig wieder an. Plötzlich war sie sicher, dass die Schuhe in der linken Kabine von einem Mann waren. Er lauerte ihr auf . . . Ihr Blick wanderte nach oben. Er könnte über die Zwischenwand klettern, die ging nicht bis zur Decke . . .

Panik kroch in ihr hoch, sie fummelte am Türschloss, sie musste raus, was war bloß mit dem Schloss los? Es hakte! Sie rüttelte am Riegel und dann, endlich – sie schnappte nach Luft und stand wieder im Vorraum. Im selben Moment ging die linke Tür auf. Saras Muskeln spannten sich an, sie war bereit zur Flucht. Doch es kam nur ein Mädchen heraus, das ihr zulächelte. Trotzdem konnte Sara keinen klaren Gedanken mehr fassen und rannte raus. Erst dann fiel ihr ein, dass sie noch nicht mal die Hände gewaschen hatte.

Beruhige dich, ermahnte sie sich selbst. Sie atmete ein paar

Mal tief ein und aus, dann ging sie zurück und wusch sich auch das Gesicht. Wenn sie sich nicht waschen konnte, fühlte sie sich schnell schmutzig. Sie zog zwei Papiertücher aus dem Spender.

»Hallo«, sagte das Mädchen, das neben ihr am Waschbecken seine langen lockigen Haare bürstete. »Hab ich dich vorhin erschreckt?«

»Nein, nein . . .«, sagte Sara schnell und trocknete ihr Gesicht mit den Papiertüchern ab.

»Du fährst auch mit dem Bus, oder?«, fragte das Mädchen weiter und zog sich nun die Lippen nach.

»Ja«, sagte Sara.

»Ganz schön lang und öde so 'ne Fahrt. Fährst du weiter?«

Sara nickte. Sie sollte jetzt hier raus, bevor sie anfangen müsste zu lügen.

Über das Gesicht des Mädchens zog ein Lächeln. »Ich auch. Ich heiße Gwen.«

»Sara.«

»Und wohin willst du, Sara?« Gwen steckte den Lippenstift wieder in die kleine Umhängetasche aus besticktem Stoff.

»Weiß noch nicht.« Schon meldete sich wieder die Panik. Und wenn das Mädchen sie nur aushorchen wollte . . .

Gwen legte den Kopf schief und grinste. »Als ich dreizehn war, bin ich von zu Hause abgehauen. Mann, ich hab gedacht, alle sind nur hinter mir her und wollen mich zurückbringen. Was für ein Quatsch!« Gwen lachte leise.

Ich bin nicht von zu Hause abgehauen, wollte Sara protestieren, doch irgendwie stimmte es ja – falls sie ihre letzte Station in Sidney als Zuhause bezeichnen wollte.

»Wenn du willst, kannst du dich neben mich setzen, da ist frei«, sagte Gwen an der Tür. »Da können wir bisschen quatschen.«

»Danke«, sagte Sara. Gwen ging und Sara knüllte die feuchten Papiertücher ganz fest in ihrer Faust zusammen.

Er hatte eine ganze Menge Tiefkühlkost in die Mülltonne werfen müssen. Jetzt ging er ins Haus zurück, um weiterzusuchen. Es musste noch andere Geldverstecke geben.

Er zog die Schubladen der Kommode im Schlafzimmer auf, wühlte sich durch die Unterwäsche seiner Mutter. Riesige Büstenhalter, ausgeleiert und angerissen, *Unterhosen für Pferdeärsche!,* er warf die Sachen auf den Boden, riss das fadenscheinige Bettzeug von der Matratze, drehte alles um. Als er den Bettbezug ausschüttelte, knisterte es. Hier also! Die Alte schlief tatsächlich auf ihrer Kohle!

Ein breites Grinsen trat auf seine Lippen. Zufrieden zählte er das Bündel neuer, glatter Scheine. Fünfhundert, siebenhundert, eintausend, hehehe, eintausendachthundert Mäuse! Alter Geizhals! Da hatte sie ihn doch tatsächlich mit läppischen fünfzig Dollar abspeisen wollen. Aber nicht mit ihm. Ihn hatten bisher noch alle unterschätzt!

Er steckte das Geld ein, dann ging er mit einem Lappen über die wichtigsten Gegenstände. Tiefkühltruhe nicht vergessen! Allerdings: Ein paar Fingerabdrücke konnten nicht schaden. Schließlich war er früher ja öfter vorbeigekommen und so vergammelt, wie diese alte Drecksbude war, würde es nicht wundern, wenn die Alte mit ihrem fetten Hintern nicht in jede Ecke gekommen wäre.

Ein Einbruch, ganz klar, stellte er zufrieden fest, als er fertig war und das Chaos in der Küche betrachtete.

9

Seit Stunden schon hockte Stephen auf der Couch und starrte in den Fernseher. In regelmäßigen Abständen schreckte er auf, weil er glaubte, es habe an der Tür geklingelt. Wenn man ihn gefragt hätte, was er sich denn gerade anschaute oder in den letzen Stunden angeschaut hatte, dann hätte man einen verständnislosen Blick geerntet. Als er wieder aufschreckte, wurde ihm klar, dass das Geräusch nicht von der Tür kam. Und als es erneut klingelte, schoss er kerzengerade hoch und riss das Telefon aus der Station, die auf dem Couchtisch stand.

»Sara?«, platzte er heraus.

Zögern am anderen Ende der Leitung.

»Hallo?«, fragte er. »Sara?«

»Hallo, sind Sie . . . Stephen?«, fragte eine weibliche, nicht ganz junge Stimme.

»Ja . . . und Sie?«

»Ich wollte mit . . . Sara . . . sprechen.«

»Wer sind Sie?«, fragte er wieder.

»Ihre . . . ihre Tante.«

»Tante? Sie hat nie gesagt, dass sie eine Tante hat.« Nein, er konnte sich wirklich nicht daran erinnern –

»Nein? Na ja, vielleicht findet sie es nicht so . . . so wichtig.«

Was für ein merkwürdiges Gespräch, dachte er. »Tante . . . wie, wie heißen Sie denn?«

»Hören Sie, ich möchte gern mit Sara sprechen.« Die Frau wurde ungeduldig.

»Sara wohnt nicht mehr hier.«

»Was? Ist was passiert?«

»Das wüsste ich auch gern.«

»Wo wohnt sie jetzt? Hat sie nicht gesagt, wo sie hinwollte?« Die Frau wurde unsicher.

»Nada.«

»Und Sie sind sicher, dass nichts passiert ist? Kein Einbruch in der Wohnung, ein Überfall . . . haben Sie bei der Polizei nachgefragt?«

»Wieso? Sie hat mir einen Abschiedsbrief geschrieben. Sie wurde nicht verschleppt. Sie ist aus freien Stücken gegangen«, sagte er bitter.

»Das meinen Sie«, sagte die Frau leise.

»Was wollen Sie damit behaupten?«

»Gar nichts.«

Es klickte in der Leitung. Verärgert warf er das Telefon in die Ecke der Couch.

Eine Tante . . . Saras Eltern waren bei einem Verkehrsunfall umgekommen. Und von einer Tante oder einem Onkel hatte sie nie etwas gesagt.

An der Tür klingelte es – nun wirklich. Van und Dean fielen ihm wieder ein. Sie wollten unbedingt heute ein zweites Mal vorbeikommen. Er hatte keine Lust zum Surfen – oder Saufen. Er hatte zu überhaupt nichts Lust.

Sturmklingeln jetzt. Er schlurfte zur Tür, drückte auf den Türöffner und hörte sie gleich darauf die Treppe herauftrampeln. Dean trug einen 24er-Karton Bier auf der Schulter und Van einen Stapel DVDs unterm Arm.

»Die Girls kommen im Aufzug nach!«, sagte Van breit grinsend. Dean lachte und Stephen überlegte, wie er die beiden wieder loswerden konnte. Doch sie hatten sich schon an ihm vorbei in die Wohnung geschoben, Dean verstaute ein paar Flaschen im Gefrierfach und Van kniete sich vor den Player unter dem Fernseher.

»Was guckst du eigentlich die ganze Zeit für 'ne Scheiße?«, fragte er und meinte die Familiensitcom, die gerade lief.

»He, was haltet ihr davon, einfach wieder zu verschwinden?« Stephen sah auf Van hinunter, der gerade Kabel umstöpselte.

»Nichts, ehrlich gesagt. Du hast von uns dreien den besten Fernseher. Und dieser Streifen hier . . .«, er wedelte mit der Hülle der DVD wie mit einem politischen Manifest, »ist der Hammer!«

»Hier!« Dean warf ihm eine kalte Bierflasche entgegen, Stephen fing sie gerade noch auf, bevor sie auf den Couchtisch geknallt wäre. »Drei hab ich schon vorgekühlt!«

Er warf Van eine zu und ließ sich auf die Couch fallen. »He!« Er zog das Telefon unter seinem Hintern hervor und betrachtete es neugierig. »Haben wir dich gestört, Stephen?«

Stöhnend ließ sich Stephen neben ihm auf der Couch nieder. »Könnt ihr vielleicht einmal eure Scheißbemerkungen lassen?«

»Aber sicher, Steph«, sagte Van übertrieben besänftigend, »wir sind jetzt ganz, ganz brav . . .«

»Ach, leckt mich!« Irgendwann würden sie schon wieder verschwinden, dachte Stephen und stellte die Flasche weg. Er wollte sich nicht besaufen.

»He, Alter, chill mal!« Van prostete ihm zu.

»Oh, was haben wir denn da?« Dean hatte das Telefon in der Hand und drückte auf den Tasten herum. »Wir haben unseren Stephen tatsächlich gestört! Hat mit Brisbane telefoniert!«

»Na, welche Schnecke wohnt denn da, Steph?«

»Hört auf!« Stephen griff nach dem Telefon, während Dean damit vor seinem Gesicht herumfuchtelte. »Hör endlich auf!« Stephen hatte genug, er ballte die Faust und verpasste Dean einen Schlag auf die Brust.

»He!« Erschrocken und überrascht sah Dean ihn an.

Van stand auf einmal vor ihnen. »Sag mal, bist du jetzt total durchgedreht!«, schrie er Stephen an.

»*Ihr* seid doch durchgedreht!«, gab Stephen zurück. »Ihr habt doch überhaupt keine Ahnung! Ihr habt keine Freundin, die einfach abgehauen ist! Ihr reißt doch nur irgendwelche Mädels auf, die sich nach einer Nacht wieder verdrücken! Ihr lebt allein in euren versifften Buden und sauft euch jeden Abend zu! Ihr habt einfach keine Ahnung!«

Niemand sagte etwas. Van ließ sich in den Sessel sinken und Dean kauerte in der Couchecke und starrte auf den Boden. Stephen stöhnte und nahm den Telefonhörer aus Deans Hand. Schließlich sagte er: »Die Nummer in Brisbane ist die einer angeblichen Tante von Sara. Aber Sara hat nie was von 'ner Tante erzählt.« Er stand auf und ging im Zimmer auf und ab.

»Hm«, machte Van. »Das ist aber nicht gerade . . . normal.«

»Das hat auch keiner behauptet, Van«, bemerkte Dean leise.

»Es hat in der Bar angefangen, an diesem Abend mit euch«, redete Stephen weiter, ohne auf die beiden zu achten. »Da hat sie einen Typen gesehen, der ihr eine panische Angst eingejagt hat. Deshalb hat sie mich gefragt, ob ich mit ihr zur Toilette gehe.«

»Aber du hast doch gesagt, dass . . .« Van brach ab.

»Ja, wegen euch, weil ich mir eure blöden Witze schon wortwörtlich vorstellen konnte.«

Van und Dean tauschten Blicke.

»Dann fängt sie im Auto auf dem Nachhauseweg an zu weinen. Aber sie sagt mir nicht, was los ist. Dann ruft sie mitten in der Nacht jemanden an.«

»Davon hast du uns auch nichts . . .«

»Ich hab die ganze Zeit gedacht, dass ich es mir eingebildet habe, aber inzwischen bin ich mir sicher, dass es wirklich so war. Ich hab nur nicht gehört, was sie gesagt hat.« Stephen blieb am Fenster stehen. »Und dann ruft diese Tante an und will mir ihren Namen nicht sagen.«

»Und du meinst, dass das alles irgendwie . . . mit Saras Verschwinden zu tun hat?« Van runzelte die Stirn.

Stephen hob die Schultern und ließ sie wieder fallen. »Jedenfalls ist das alles in den letzten zwei Tagen passiert.«

»Hm«, machte Van und kratzte sich an seinem unrasierten Kinn, »also, da fällt mir auch was ein. Gestern, als ich hier weggegangen bin, hat mich unten auf der Straße ein Typ angesprochen.«

»Was für ein Typ?« Stephen horchte auf.

»Na ja, blass, kurze Haare, Kapuzenpulli, Sonnenbrille . . . sah irgendwie nach Ärger aus.«

»Und, was wollte er von dir?«

Van zuckte die Schultern. »Sara was zurückgeben.«

»Was?«, fuhr Stephen auf.

Van fuhr sich durch die roten Haare und machte ein angestrengtes Gesicht. »Also ehrlich, ich weiß es nicht. Er hat es nicht gesagt und ich hab ihn nicht gefragt.«

Stephen stöhnte. »Du fragst doch sonst immer alles!«

»Tu ich eben nicht, wie du siehst!«

»Ja, wenn es wirklich mal wichtig wäre!«, sagte Stephen verärgert.

»Immerhin konnte ich ihn beschreiben!«

»Wie alt?«, fragte Stephen.

»Schätze, ungefähr so alt wie wir. Bisschen älter vielleicht. Dreiundzwanzig oder vierundzwanzig oder so.«

Stephen dachte nach. Und wenn es der Typ aus der Bar gewesen war? Vielleicht hatte er schon länger da vor dem Haus rumgestanden und Sara hatte Angst bekommen? Und deshalb . . . »Aber warum hat sie mir nichts gesagt?« Stephen schüttelte den Kopf. »Und dann diese psychiatrische Klinik. Davon hat sie auch nie was gesagt.«

Er begann wieder, im Zimmer auf und ab zu laufen. Van und

Dean beobachteten ihn mit betroffenen Mienen, bis er vor ihnen stehen blieb.

»Ich könnte zur Polizei gehen.«

Dean grunzte missbilligend. »Hast du sie nicht mehr alle? Nachher hängen sie dir noch was an, weil du mit ihr zusammen warst.«

Stephen sah ihn verständnislos an.

»Na, du hast doch gerade was von dieser Klapse gesagt. Vielleicht hat sie . . . hat sie ihre Geschwister oder ihre Eltern umgebracht oder . . .«

»Sag mal, hast du sie noch alle?«, brauste Stephen auf und wollte sich auf Dean stürzen, doch Van sprang auf und hielt ihn an der Schulter zurück. »Setz dich«, sagte er, »Dean sagt doch nur, was alles vielleicht möglich wäre, stimmt's, Dean?«

Dean nickte.

»Also«, sagte Van und beugte sich ein wenig vor. »Nur mal angenommen – dieser Typ da war ihr Partner und will 'ne neue Sache mit ihr durchziehen, sie will es aber nicht und haut ab.«

Stephen schluckte. Die Vorstellung, dass Sara eine Kriminelle sein sollte, war seiner Meinung nach vollkommen absurd. Auf so eine bescheuerte Idee konnten echt nur Dean und Van kommen. Allerdings . . . war sie nicht oft mitten in einem Gespräch verstummt? Und: Sie hatte so gut wie nichts von ihren Eltern oder ihrer Vergangenheit erzählt und oft genug hat sie bei dem Thema einfach abgelenkt, hatte gesagt, sie sei müde oder müsse jetzt was essen – wo sie doch so selten aß – oder es gäbe einen Film. Dann hatte sie aber gar nicht richtig hingesehen, sondern gedankenverloren aus dem Fenster oder an die Wand gestarrt . . .

»Also«, Dean räusperte sich, »ich würde erst mal nicht zu den Bullen gehen.«

»Ich auch nicht«, stimmte Van zu. »Außerdem – vielleicht will sie ja auch gar nicht gefunden werden.«

Stephen sah die beiden an. Dean zuckte die Schultern. »Betrügerin? Weißt du, ob was bei ihrem Job vorgefallen ist? Sie sitzt doch an der Kasse, oder?«

»Ja ...« Er hatte bei *Supercash* angerufen und dort erfahren, dass sie gestern nicht zur Arbeit gekommen war. Mehr hatte Lisa ihm aber auch nicht sagen können. »Ich hätte die Sache mit dem Typen nicht so einfach abtun sollen.« Er machte sich Vorwürfe. Aber sie war immer so verschlossen gewesen ... Und irgendwann hatte er sich eben damit abgefunden und keine Fragen mehr gestellt.

Van machte sich am Etikett der Bierflasche zu schaffen.

»Ich weiß, wie die Bullen ticken. Meine Schwester hat mal 'ne Brieftasche gefunden und sie zur Polizei gebracht. Schön blöd, was? Aber sie war so drauf. Nächstenliebe und Wahrheit und so 'ne Scheiße. Und statt dass die Bullen ihr 'nen Orden verleihen – verhören sie sie. Woher sie die Brieftasche hat. Und wieso sie überhaupt zu dieser Uhrzeit dort an diesem Ort war und warum sie nicht das Geld genommen hat. Oder hat sie nicht alles abgeliefert und so weiter. Mann, das Problem war, der Typ ist nämlich kurz darauf in 'nem Hinterhof gefunden worden. Tot. Und jetzt war sie auch noch 'ne Verdächtige. Nie wieder bringt sie irgendwas zu den Bullen.«

Stephen griff nach dem Telefon.

Van legte die Hand auf seinen Arm. »Dean hat recht. Halt dich da raus. Ich spür so ein Jucken, das sagt mir, du ersparst dir 'ne Menge Ärger, wenn du anfängst, dich um *dein* Leben zu kümmern. Morgen gibt's 'ne Party bei Will. Da sind 'n Haufen heißer Bräute da, ist bestimmt eine für dich ...«

Stephen schüttelte Vans Hand ab. »Ich ruf diese angebliche Tante an«, erklärte Stephen. »Gleich morgen.«

»Du bist ein echter Sturkopf!«, brummte Dean.

10

Sara wachte auf, halb sieben, sah sie auf ihrer Uhr. Der Bus fuhr durch graues Morgenlicht. Ein paarmal war sie in der Nacht aufgeschreckt, ohne zu wissen, wo sie war. Sie hatte sich schließlich doch neben Gwen gesetzt. Es war ganz seltsam gewesen. Ein Teil von ihr hatte Nein geschrien und wollte sich wieder an den alten Platz verkriechen. Doch ein anderer Teil in ihr hatte gesiegt. Der Teil, der sich nach Freundschaft und menschlicher Wärme sehnte.

Gwen hatte auch keine Fragen gestellt, sondern von sich erzählt. Und Sara hatte sich für Momente vorgestellt, Gwen zu sein – und wie es wäre, ihr Leben zu führen. Sie war auf dem Weg zu ihren Eltern, die eine Farm hinter Melbourne besaßen. Rinder und Schafe, und ein paar Pferde hatten sie auch. Und Hühner. »Aber glaub mir, nach ein paar Tagen dort reicht's mir wieder«, hatte Gwen gesagt, »dann will ich nur noch in die Stadt. Auf dem Land hast du echt das Gefühl, dass alles andere woanders passiert, nur nicht dort, wo du bist.«

»Ich stell's mir ganz schön vor, wenn nichts passiert«, hatte Sara erwidert und Gwen hatte sie ein bisschen verwundert angesehen. Nach einer Weile hatte Gwen etwas gesagt, worauf Sara keine Antwort gewusst hatte. »Du rennst vor jemandem davon, stimmt's? Nein, du brauchst mir nicht zu antworten. Ich spüre es einfach. Deine Angst wird immer größer. Glaub mir, das Einzige, wie du die Angst loswerden kannst, ist, wenn du dich ihr stellst. Sonst bist du immer eine Gejagte.«

Du weißt nicht, wovor ich weglaufe, hatte Sara gedacht. *Ihm* kann ich mich niemals stellen. Niemals!

Der Fahrer kündigte endlich Melbourne an. Sara rutschte unruhig auf ihrem Sitz herum. Plötzlich überfiel sie Panik. Vor dem Fremden. Vor einer unbekannten Wohnung. Vor dem Warten. Vor dem Unsichtbarsein.

»Du steigst hier aus?«, fragte Gwen, die so ausgesehen hatte, als würde sie schlafen. Jetzt gähnte sie, streckte ihre Arme.

»Ja.« Sara nickte.

»Melbourne. Dahin bin ich damals abgehauen. Das war ein Erlebnis!« Sie lachte und gähnte wieder. »Meine Eltern hatten mich ganz schnell gefunden, eher als die Polizei. Und ich war doch ganz froh. Es war nämlich alles anders, als ich mir das so vorgestellt hatte. Zwei Tage auf der Straße haben mir echt gereicht.«

Sara lächelte. »Ich werd abgeholt.« Einen Augenblick lang gab sie sich der Vorstellung hin, dass jemand von ihrer Familie dort wartete. Oder Stephen. Dass sie umarmt, dass ihre Tasche zum Auto getragen wurde. Und dass man als Überraschung einen Barbecue-Abend mit Freunden vorbereitet hatte. Sie freuen sich alle, dass du wieder da bist! Sie kommen alle!, hörte sie in Gedanken die Stimme ihrer Mutter.

»Und ich hab die ganze Zeit gedacht, du bist menschenseelenallein«, riss Gwen sie aus ihrer Wunschwelt.

»Mach's gut«, sagte sie zu Gwen, stand auf, holte ihre Tasche aus dem Gepäckfach und bahnte sich ihren Weg durch den Gang.

Beim Aussteigen blickte sie sich um. Nate hatte ihr keine Beschreibung gegeben, sie hatte keine Ahnung, wer hier auf sie warten würde. Ein Mann im dunklen Anzug kam auf den Bus zu. War er das? Aber er sprach sie nicht an, sondern ging an ihr vorbei und überquerte die Straße. Ihr Hals fühlte sich trocken und wund an.

»Er muss jemanden draußen haben, der ihm geholfen hat.« Nates Satz kam ihr wieder in den Sinn. Und sie dachte an Dave, der ausgeschieden war –

»Sara?«, rief eine Stimme.

Sie drehte sich um und sah einen Mann winken. Schon wollte sie Ja rufen, als ihr ein schrecklicher Gedanke in den Kopf schoss. Und wenn dieser Mann gar nicht der von Nate geschickte war? Er muss einen Helfer draußen haben . . . oder wenn Nate . . . oder wenn es eine undichte Stelle . . . ihre Gedanken überstürzten sich – der Bus stand noch da, die Türen geöffnet –, drei Schritte, höchstens vier und sie wäre wieder da drin und würde einfach weiterfahren –

»Sara?«, rief der Mann noch mal und war jetzt nur noch wenige Schritte von ihr entfernt.

Jetzt, geh zurück, steig einfach wieder in den Bus . . . Doch so laut die Stimme in ihrem Kopf auch schrie, ihr Körper gehorchte ihr nicht. Sara stand einfach nur da, erstarrt, erschöpft, unfähig, sich zu bewegen, während ihre Chance zu entkommen geringer wurde.

Die Türen schlossen sich. Der junge Mann kam näher.

Der Bus fuhr an. Vorbei.

»Ich bin Tim. Nate schickt mich«, sagte er lächelnd und nahm ihr die Reisetasche ab. Dabei legte er kurz seine Hand auf ihren Arm.

Und diese kleine Geste war es, die Sara aus ihrer Angststarre erlöste. Sonst reagierte sie eher ungehalten auf Berührungen, doch Tims warme Hand wirkte beruhigend auf sie. Tröstend, beschützend. Es war das erste positive Gefühl, seit sie *ihn* vor zwei Tagen im Klub gesehen hatte.

»Hallo«, sagte sie, sah ihm in die Augen und war ein bisschen beruhigt. Er hätte ein Verwandter von Nate sein können. Die gleichen dunklen, kurz geschnittenen Haare, das gleiche offene Lächeln, der gleiche kräftige Körperbau. Vielleicht wurden alle nach denselben Kriterien für diesen Job ausgewählt, dachte sie. Oder es meldeten sich immer dieselben Typen für diese Arbeit.

»Hattest du eine gute Fahrt?«, fragte er freundlich.

»Ja«, sagte sie bloß. Und obwohl sie sich in Tims Nähe sicher fühlte, wollte das Misstrauen nicht von ihr weichen. Es war wie eine Rüstung, die sie niemals wieder würde ablegen können.

»Diese Busfahrten können einem ganz schön auf die Nerven gehen. Ich bin früher oft von Brisbane zu meinen Eltern gefahren. Fünfzehn Stunden!« Er hatte schöne Zähne und am Kinn ein Grübchen. Das hatte Dave auch gehabt.

Sie wollte mitlachen, er gab sich doch Mühe, aber ihr Gesicht fühlte sich so kalt und steinern an. Einen Moment lang sah er sie an, als überlegte er gerade, ob er etwas Falsches gesagt hatte. Dann sagte er nur: »Du bist sicher müde.«

»Ich kann im Bus nicht gut schlafen.«

Er lachte. »Ich schlaf nirgendwo besser als im Bus. Außer vielleicht noch im Flieger.«

Sie war ihm zum Auto gefolgt, einem weißen Ford. Er legte die Reisetasche behutsam in den Kofferraum und hielt ihr die Beifahrertür auf. »Die Wohnung ist nicht weit weg. Ein ruhiger Vorort. Einkäufe hab ich hinten drin. Falls du noch was brauchst, sag mir Bescheid.« Er lächelte freundlich. Und seine Stimme war auch freundlich. Sie könnte sich ein bisschen entspannen.

»Gibt's Fernsehen?«, fragte sie beim Einsteigen.

»Klar!«, lachte er und warf die Autotür zu. »Und auch 'ne Menge DVDs«, fügte er hinzu, als er einstieg und den Motor anließ.

»Und wie lang muss ich dableiben?«, fragte sie.

»Sara, das weißt du doch.« Seine Stimme klang weich, nicht tadelnd, eher ein bisschen mitfühlend. Sie beobachtete ihn, während er aus der Parklücke steuerte und sich in den Verkehr einreihte.

Ja, natürlich wusste sie das. Vor drei Jahren hatte es zwei Monate gedauert. Zwei Monate in einer fremden Wohnung in einer fremden Gegend. Ohne Freunde. Aber wenigstens mit ihrer Mom. Sie hatte sogar ihren Geburtstag dort gefeiert. Mit ihrer Mom, Dave und Nate. Damals hatte sie gedacht, es sei ihr traurigster Geburtstag. Aber inzwischen wusste sie, dass ihr nächster noch viel trauriger würde. Und für einen Moment war ihr, als blicke sie in ihre eigene Zukunft. Und dort sah sie sich selbst, wie sie allein in einer einsamen, fremden Wohnung saß, einen Fertigkuchen mit einer Kerze vor sich.

»Gibt's immer noch keine Spur von ihm?«, drängte die Frage aus ihr heraus.

Tim schüttelte den Kopf. »Nein . . .«

In ihrer Nase und ihren Augen zog sich etwas zusammen, sie schniefte unwillkürlich, Tim sah zu ihr herüber. Sara schluckte tapfer die aufsteigenden Tränen hinunter und wandte sich ab.

Schweigend sah sie aus dem Fenster, blickte in Autos und in Schaufenster. Als sie sich weiter aus dem Zentrum entfernten, reihten sich Einfamilienhäuser mit Gärten aneinander, in denen Blumen blühten, Kinder spielten, Hunde lagen. Sie dachte an das Haus ihrer Eltern in Brisbane. Auch sie hatten einen Garten gehabt. Einen vor und einen hinter dem Haus. In dem vorderen pinkelten oft die Hunde und im hinteren stand der Grill, auf dem ihr Dad an den Wochenenden Steaks und Würstchen briet. Einen Augenblick lang war dieses Bild in ihrem Kopf, dann erlosch es und ein anderes blendete auf. Ihre Mom, die in der offenen Haustür stand und sorgenvoll die Straße hinaufblickte, und sie, Sara, die im Auto an ihr vorbeifuhr . . .

»Hast du Hunger?« Tims Stimme ließ sie zusammenfahren. Er zeigte auf ein Schild am Straßenrand, das in einem Kilometer einen *McDonald's* ankündigte. Früher hätte sie jeden Tag vier Hamburger essen können und Pommes dazu. Aber jetzt bekam sie meistens nur noch einen halben hinunter. Stephen hatte immer wissen wollen, was ihr Lieblingsessen war. Und er hatte nicht verstanden, dass sie nichts mehr mochte. »Du musst doch auf irgendwas Lust haben«, hatte er es versucht. »Vielleicht ist es das Fleisch, das du nicht magst. Vielleicht bist du eine geborene Vegetarierin, Sara! Ich kann uns Pizza holen. Eine mit viel Tomaten und Käse und« . . . Er hatte sich so viel Mühe gegeben. Und sie? Sie hatte ihm diesen Abschiedsbrief hingelegt. Selbst das Wort Brief war übertrieben, es waren ja nur ein paar Zeilen gewesen. Und selbst da hab ich ihm nicht die Wahrheit sagen können, dachte sie verbittert. Energisch schob sie diese Gedanken von sich. Sie musste sich auf das konzentrieren, was nun vor ihr lag.

»Bleibst du eigentlich in der Wohnung bei mir?«, fragte sie.

»Nein.« In seinem Lächeln lag ein wenig Mitleid, das bemerkte sie sofort.

»Ich weiß, es ist sicher nicht gerade lustig, so allein, aber es dauert sicher nicht lange. Sie werden ihn bald gefunden haben, Sara, da bin ich mir sicher. Du rufst mich an, wenn irgendwas ist, und ich rufe dich regelmäßig an und komme regelmäßig vorbei.«

Sie wäre also allein. Den ganzen Tag allein. Ohne Beschäftigung. Allein . . .

»Ja.«

»Was ja?«, fragte er und sah verwundert zu ihr herüber.

»Ich hab Hunger.«

Er lachte und sie musste sogar auch ein bisschen lachen.

Sie ließ ihn am Drive In für sich einen Big Mac, Pommes und eine große Cola bestellen. Er nahm für sich das Gleiche.

Es gefiel ihr, dass sie im Auto zusammen aßen. Gern hätte sie ihm etwas Lustiges erzählt, weil er so nett aussah, wenn er lachte. Aber ihr wollte einfach nichts einfallen. Ich hab schon lang nicht mehr richtig gelacht, dachte sie, obwohl sie für Stephen oft so getan hatte, als müsste sie über seine Witze oder die der anderen lachen, wenn sie zusammen ausgingen.

Tim erzählte ihr von seinen Brüdern, wie er mit ihnen früher an Essenswettkämpfen teilgenommen hatte. Wer schaffte die meisten hart gekochten Eier? Die meisten Würstchen oder die meisten Chips. »Ich hab achtzehn Tüten geschafft und gewonnen. Und dann gab's einen Preis: eine Riesenpackung Chips!« Er lachte. »Ich hab seitdem keine Tüte mehr angerührt. Wirklich!«

Sie lachte und da merkte sie, dass er sie betrachtete und verstummte.

»Was ist?«, fragte er.

»Ach nichts«, sie zuckte die Schultern. Und dann kam sie wieder, diese Traurigkeit, die sie niederdrückte, tief hinunter in eine dunkle, einsame Schlucht.

»Glaub mir, es wird alles gut, bestimmt!« Er knüllte den Müll zusammen und stopfte alles in die *McDonald's*-Tüte. Wie gern sie ihm geglaubt hätte. Aber sie wusste, dass es nicht stimmte.

11

Das Apartment befand sich im zweiten und zugleich obersten Stockwerk eines modernen, schmucklosen Hauses in einer ruhigen Wohngegend. So einer, in der sie früher auch gewohnt hatte. Das Haus hatte man wohl vor Jahren in Pistaziengrün angestrichen, inzwischen war es jedoch verwaschen und verblasst. Fünf weitere Parteien wohnten hier, aber zurzeit standen außer ihrer Wohnung im zweiten Stock noch zwei weitere leer, erklärte Tim und schulterte ihre Tasche. Sie folgte ihm über die Waschbetonplatten durch den kleinen Vorgarten mit den niedrigen Büschen hin zur Haustür. Als er aufschloss, schlug ihr der Geruch nach chinesischem Essen entgegen und sofort rebellierten ihre Magennerven.

»Alles okay?«, fragte Tim und sah sie besorgt an.

»Der Geruch . . .«

»Ja?«

»Wenn es in der Wohnung auch so riecht . . .« In *seinem* Auto hatte es auch so gerochen. Auf der Rückbank hatten leere Essensschachteln vom Chinesen gelegen und auch im Kofferraum war dieser Geruch gewesen. Nie, niemals würde sie ihn vergessen. »Es ist . . .«

Er nickte und sah sie verständnisvoll an. »Schon gut. Wir checken das.« Er ging voran, nahm zwei Stufen auf einmal. Sie würde den Geruch nicht aushalten. Unmöglich . . .

Er zog den Schlüsselbund aus der Hosentasche, schloss die Tür auf und knipste das Licht an. Vorsichtig setzte sie einen Fuß über die Schwelle und schloss danach gleich die Tür. »Und?«, fragte er.

Sie schüttelte den Kopf. Nein, es roch zum Glück bloß nach einer schon länger nicht mehr bewohnten Wohnung. Nach Staub und alter Luft.

»Gut, dann können wir ja den Palast besichtigen!« Er machte lächelnd eine einladende Geste.

Die Wohnung bestand aus einem Schlaf- und einem Wohnzimmer mit Küche. Das Bad befand sich gleich an der Eingangstür. Die Couch war aus Leder und abgesessen, die Tapeten altmodisch und auf dem beigen Teppich waren genug Flecken, dass man ihn längst hätte ersetzen müssen. Aber offenbar wohnte ja selten jemand hier. Und diejenigen, die hier wohnten, hatten wohl andere Sorgen.

»Zugegeben. Es ist nicht gerade gemütlich«, Tim seufzte. »Leider haben wir im Moment nichts anderes gekriegt. Aber . . .«

». . . es ist ja nur vorübergehend«, beendete sie seinen Satz.

Er lächelte dankbar. »Und es gibt einen Balkon.«

Sara hasste Balkone, aber das würde sie jetzt nicht sagen.

Tim lief noch einmal die Treppe hinunter zum Auto und kam mit dem Aufzug zurück. Er stellte die Einkäufe in der Küche ab. Dann verabschiedete er sich und speicherte seine Nummer in das geheime Handy ein. »Du kannst mich jederzeit anrufen. Auf der Eins. Entweder bin ich sofort dran oder ein Kollege. Ist das okay? Fühlst du dich damit sicher?«

»Ja«, hatte sie aus Höflichkeit geantwortet und weil er so bemüht und so nett war. Und wie hätte sie ihm auch erklären können, dass verriegelte Türen, anonyme Wohnungen und Notrufhandys nur einen kleinen Teil ihrer Angst nahmen? Und nichts gegen den tiefen, einsamen Abgrund in ihr ausrichten konnten.

Als sie allein war, ließ sie sich auf die verschlissene Ledercouch sinken und schloss die Augen. Warum konnte nicht alle Anspannung der letzten Tage einfach von ihr abfallen? Sie hatten ihr doch versichert, dass ihr hier nichts passieren konnte.

Sara kannte die Antwort. Es lag nicht nur daran, dass er frei dort draußen herumlief. Es war nicht nur die Angst, die sie quälte. Es war ihre Einsamkeit. Niemand war bei ihr, um das gemeinsam mit ihr durchzustehen. Sie war allein.

Sie ließ den Gedanken an Stephen einfach zu. Rief sich sein Gesicht vor Augen. Sah sein Lachen, das dem von Tim ein wenig ähnelte. Genauso sorglos, genauso aufmunternd, genauso ... liebevoll. Hat Tim mich nicht auch ein bisschen liebevoll angesehen?

Quatsch!, schalt sie sich ärgerlich. Wunschdenken! Das hast du dir eingebildet!

Sie hatte ihn zwar nicht gefragt, aber sie hatte den Goldring an seiner Hand gesehen. Natürlich wartete seine Frau zu Hause auf ihn, deshalb hat er es so eilig gehabt wegzukommen. Sonst hätte er doch auch noch länger bleiben können. Wir hätten ein bisschen gequatscht, vielleicht zusammen ferngesehen oder die DVD-Sammlung durchgeschaut. Vielleicht interessiert er sich ja für Filme oder für Bücher oder für Reisen ...?

Sara seufzte. Sie hatte jegliches Interesse an normalen Dingen verloren. Weil ihr ganzes Leben nur um eine Sache kreiste. Sie dachte wieder an die Wohnung in Sydney, an Stephen ...

Er hatte es nicht verdient, so verlassen zu werden, so plötzlich, so ohne Erklärung, so ohne Abschied ... Was hatte sie sich nur dabei gedacht, ihn mit den paar Zeilen abzuspeisen?

Lieber Stephen, schrieb sie in Gedanken einen neuen Brief an ihn.

Hasst du mich? Quälst du dich schon mit der Frage, was du falsch gemacht hast? Hast du den Abschiedsbrief, diesen blöden Wisch, schon zerrissen? Grübelst du darüber nach, was ich dir damit sagen wollte?

Ach, Stephen, manchmal hast du es tatsächlich geschafft, mich mit deiner guten Laune und deiner Unbeschwertheit anzustecken. Und weißt du, was? Ich hab mich bei dir aufgehoben gefühlt. Du hast mich oft nicht verstanden, ja, nicht verstehen können – wieso auch? Ich habe dir ja nie erklärt, warum ich mich so verhalten habe, oft so in mich gekehrt, so verschlossen und ängstlich war. Du hast nichts falsch gemacht, es lag an mir.

Ich durfte dir nicht die Wahrheit über mich sagen. Die Wahrheit könnte tödlich für mich sein – aber wie hätte ich dir das erklären sollen? Du weißt nicht, wie es ist, wenn man gezwungen wird, sein altes Leben zu vergessen.

Er hat es geschworen, die Worte mit den Lippen geformt, im Gerichtssaal, ich wollte nicht hinsehen, aber etwas zwang mich, es doch zu tun. *Ich krieg dich, Puppe! Ich krieg dich!*

Zuerst hab ich nur Angst gehabt vor dem Tag in fünfundzwanzig Jahren, wenn er wieder freigelassen würde. Aber dann kamen die Drohungen per Telefon, per Post und einen Monat nach der Verurteilung habe ich meinen Hund Dexter tot aufgefunden. Er war vergiftet worden. Jemand hatte ihm eine Wurst mit Rattengift gefüttert.

Da haben sie mir einen neuen Namen gegeben. Einen neuen Pass. Eine neue Geschichte. Meine Freunde existierten nicht mehr, offiziell verreiste ich nach Europa – und meldete mich nicht mehr. Die Geschichte einer treulosen Tomate.

Kannst du dir vorstellen, wie es ist, keine Freunde mehr zu haben? Mit der besten Freundin nie wieder lachen zu dürfen?

Sie nie wieder anrufen, nie mehr mit ihr in Kontakt treten zu dürfen? Doch es gab keine andere Möglichkeit, haben sie gesagt. Denn was, wenn einer seiner Kumpane meine beste Freundin bedroht hätte, damit sie ihm meine neue Adresse verrät? Das Risiko durfte man nicht eingehen. Es hätte meinen Tod bedeuten können.

Ich hab Angst gehabt. Ich wollte es dir sagen – auch wenn es verboten ist –, aber dann hast du die Sache mit deinem Vater erzählt und da wusste ich, dass ich alles zwischen uns kaputt machen würde. Also hab ich nichts gesagt.

Du hättest mich zu Recht als Lügnerin und Heuchlerin bezeichnet. Mit jedem Tag wiegen die Lügen schwerer, das kannst du mir glauben. Sie drücken mich nieder und machen mich traurig. Noch nicht einmal weinen kann ich mehr.

Kannst du dir vorstellen, dass ich früher immer total lustig war? Dass ich wie ein Wasserfall geredet habe? Dass ich wie andere in meinem Alter mit Freundinnen shoppen ging? Ja, dass ich sogar surfen konnte und keine Angst hatte? Dass ich zu den Beliebtesten in meiner Klasse gehörte? Dass ich aufs College gehen und später Tierärztin werden wollte? Und dass ich Kinder haben wollte. Mindestens vier. Und einen netten Mann, der auch Tierarzt ist. So hab ich mir mein Leben vorgestellt.

Aber an einem Nachmittag wurde alles zerstört.

Seitdem es passiert ist, hab ich keine Träume mehr. Nur noch Albträume.

Ich lebe . . . ein verlorenes Leben, Stephen . . .

Ich hab dir deine Zeit gestohlen . . . ich . . .

Sie zog die Beine an, kauerte sich eng in die Couchecke und schlang die Arme um die Knie. Ihr war so, so, so kalt.

Es war stockfinster, als sie wach wurde. Da erst merkte sie, dass sie auf der Couch in ihrer Embryostellung eingeschlafen war.

Die Tränen waren auf ihren Wangen getrocknet und die Haut spannte an den Stellen. Es war das erste Mal seit sehr langer Zeit, dass sie wieder hatte weinen können. Und es war, als wäre in ihr ein Damm gebrochen. Als hätten die Ereignisse der letzten Tage auch Zurückliegendes an die Oberfläche gespült. Nun fühlte sie sich taub und leer. Der Schmerz und die Angst waren weg. Doch an ihre Stelle war einfach nur eine dumpfe Leere getreten.

Ich darf nicht mehr so viel an die Vergangenheit denken, sagte sie zu sich. Alles wird sonst nur noch schlimmer.

Sie erhob sich und tastete an der Wand nach einem Lichtschalter. Ein gelbes Licht aus einer Röhre hinter der Vorhangblende sprang an und ließ die geschmacklose, heruntergekommene Einrichtung nun auch noch vergilbt erscheinen: die braun-beige gemusterten Vorhänge, die moosgrüne, abgewetzte Couch, der wacklige Couchtisch, von dem sich das Furnier löste, und die blasse altrosa Tapete.

In der Küche standen noch die beiden Tüten, die sie nicht ausgepackt hatte, genauso wie ihre Reisetasche, die im Schlafzimmer sein musste. Sie räumte kurzerhand alle Lebensmittel in den Kühlschrank. Sie wollte gar nicht erst wissen, in welchem Zustand die Küchenschränke waren und welchen Geruch sie ausdünsteten, und ließ sie lieber geschlossen.

Jetzt war sie hellwach. Sie nahm ein Joghurt und setzte sich an den kleinen, eckigen Küchentisch mit der verkratzten Resopalplatte. Sie hätte so gern ihre Mutter angerufen. Manchmal war das Heimweh so stark. Aber man musste immer vorsichtig sein. Und ihre Mutter rief sie dennoch ab und zu an. Sie stand wieder auf, suchte in einer der Schubladen nach einem Löffel und ging damit ins Wohnzimmer zurück, wo sie sich wieder auf die Couch setzte und den Fernseher anschaltete.

Sie schaffte es nicht, rechtzeitig zum nächsten Programm zu zappen. *Er* war in den Nachrichten. Sein Bild. Und die Nachrichtensprecherin nannte gerade seinen Namen. Troy H.

Er wurde immer noch gesucht. Bevor die Sprecherin etwas über seine Verbrechen sagen konnte, hatte Sara schon weggeschaltet.

Sie starrte in den flimmernden Bildschirm und drehte die Lautstärke noch ein bisschen höher. Erst als der Morgen graute, legte sie sich ins Bett.

12

Halb zehn hielt er für eine gute Zeit. Wenn sie nicht abnehmen würde, wäre sie entweder schon aus dem Haus gegangen oder sie würde noch schlafen. Dann würde er es einfach weiter probieren.

Stephen rief die Nummer aus Brisbane im Speicher ab und drückte auf *Wählen*. Bis der Ruf durchging und das erste Freizeichen ertönte, erschien ihm unendlich lang. Zweimal, dreimal, viermal. Seine Hoffnung schwand. Auch nach dem achten und neunten Mal nahm niemand ab. Vielleicht hatte der andere Apparat auch ein Display, auf dem seine Nummer erschien – und die Frau wollte einfach nicht noch mal mit ihm reden. Enttäuscht legte er auf.

Wieder zog er den zerknitterten und inzwischen schon angerissenen Zettel aus der Tasche. Er trug ihn mit sich, als könnte er ihm helfen, Sara wiederzufinden. Je öfter er ihn betrachtete, umso sicherer wurde er, dass Sara sich in großer Gefahr fühlte.

Er schnappte sich ein Couchkissen und schleuderte es voller Wut auf den Boden. Vor Verzweiflung hätte er jetzt am liebsten die ganze Wohnung zertrümmert! Was zum Teufel sollte er bloß tun, um Sara zu finden? Sie hatte auch keine Freunde, die er hätte fragen können. Hatte sie irgendwann mal Schulfreundinnen oder so was wie eine »beste« Freundin erwähnt? Nicht dass er wüsste. Ja, selbst im Supermarkt, wo sie doch jeden Tag arbeitete, wusste niemand etwas über sie.

Noch nie war ihm so klar geworden wie jetzt, dass sie völlig isoliert gelebt hatte. Nur mit ihm. Und hin und wieder war sie mit ihm und seinen Freunden weggegangen. Das war alles. Mehr Freunde hatte sie nicht. Er hatte sich eingeredet, sie wäre einfach schüchtern, zurückhaltend, eine von jener Sorte, die eben lieber im Hintergrund blieb. Aber wenn er jetzt genauer darüber nachdachte, war es etwas anderes gewesen. Angst.

Sara war nicht schüchtern. Sie war ängstlich. Und an jenem Abend in der Bar, so kam es ihm jetzt vor, hatte sie so richtig Angst gehabt. Als sie sagte, ein Typ sei hinter ihr her.

Aber sie hatte ihm nie etwas über einen Exfreund erzählt. Oder über jemanden, der sie schon öfter belästigt hatte.

Das Handyklingeln weckte sie und zuerst dachte sie, sie wäre zu Hause in Sydney und es sei der Wecker auf Stephens Bettseite. Dann realisierte sie, dass sie allein in einem Bett lag, das fremd roch, und der schrille Ton vom Handy auf ihrem Nachttisch kam.

Tim zeigte das Display. Und schlagartig wurde ihr alles wieder klar.

»Ist alles okay? Gut geschlafen? Ich bring gleich das Frühstück vorbei!« Er klang gut gelaunt und wollte wissen, ob sie etwas Besonderes haben wollte, aber ihr fiel nichts ein. Allein beim Gedanken an Essen bekam sie ein mulmiges Gefühl.

Am liebsten wäre sie aus dieser Wohnung zum nächsten Bus gerannt und weitergefahren. Sie fühlte sich besser, wenn sie unterwegs war, statt an einem Ort zu verharren. Sie hätte Nate gar nicht erst anrufen, sondern einfach weiter nach Perth fahren sollen, ohne jemandem etwas zu sagen. Aber nun war es zu spät.

Sie ging ins Badezimmer. Die beigen Fliesen mit dem Blumendekor waren stumpf und passten nicht zum grünlich geflammten PVC-Boden. Obwohl sie wusste, dass sie sich nicht daran stören sollte, machte sie diese Hässlichkeit wütend. Weil sie zufrieden sein musste, weil sie sich damit abzufinden hatte. Weil sie ausgeliefert war.

Und all das wegen *ihm.*

Er hatte ihr einfach ihr Leben genommen.

Das heiße Wasser kam in müden Strahlen durch den Duschkopf. Etwas anderes war ja in diesem Apartment kaum zu erwarten gewesen. Sie trocknete sich mit einem vom häufigen Waschen knochenharten gräulichen Handtuch ab, schlang es um den Kopf und kramte aus ihrer Reisetasche etwas Frisches zum Anziehen. Sie hätte die Sachen schon längst in den Schrank im Schlafzimmer einräumen können. Aber wenn sie das tat, dann richtete sie sich auf Bleiben ein – und sie wollte nicht bleiben. Wollte nicht wieder warten müssen, bis etwas passierte.

Sie trocknete ihr Haar mit einem überraschend neuen Fön und räumte in der Küche ein paar Sachen für das Frühstück aus dem Kühlschrank. Bevor es zweimal kurz klingelte, hatte sie Kaffee gekocht und in der Küche zwei Teller mit Besteck und zwei Tassen gedeckt.

Sie hörte, wie sich der Schlüssel im Schloss drehte. Er hatte ihr eingeschärft, nie zu öffnen. Klingeln würde er bloß, um sich anzukündigen. Auch an den Türspion sollte sie nicht gehen und immer beide Schlösser verriegeln. Das waren keine neuen Regeln für sie und sie hatte einfach nur genickt.

»Schokoladen-Croissants!« Er hielt eine duftende Papiertüte durch den Spalt, dann kam er selbst herein und verriegelte die Tür hinter sich. »Mhm, Kaffee!«, sagte er und schnüffelte in die Luft.

»Ich weiß nicht, ob er schmeckt, manchmal mach ich ihn zu stark, manchmal zu dünn.«

»Kein Problem, ich trinke Kaffee in jedem Aggregatzustand!«, gab er zurück und lachte. Er brachte einen kräftigen Geruch nach Rasierwasser mit, sein dunkles Haar glänzte feucht und sein kurzärmeliges blaues Hemd über der Jeans war einwandfrei gebügelt. Sie mochte seinen sauberen Geruch und Anblick.

»Gibt's was Neues?«, fragte sie so beiläufig wie möglich, während sie ihm Kaffee eingoss – als würde sie sich gerade erkundigen, wie das Wetter draußen war.

»Nein, bis jetzt nicht. Die Polizei hat ein paar Spuren verfolgt, die nach Brisbane führten, doch die sind bisher alle ins Leere gelaufen.« Er hatte sich auf den Stuhl gesetzt und die Tüte mit den Croissants aufgemacht. »Für dich. Ich hab schon.« Er klopfte auf seinen Bauch, der keiner war. Wahrscheinlich hat er schon zu Hause gefrühstückt, mit seiner Frau. Vielleicht hatte er auch Kinder. Nate und Dave hatte sie damals gefragt, aber schnell gemerkt, dass sie nicht gern über ihr Privatleben sprachen.

Manchmal stellte sie es sich vor, wie es wohl wäre, sich einfach so zu verlieben. Einfach so, wie alle anderen. Verrückte Dinge zu tun oder auch bloß gemeinsam alte Fotoalben durchzublättern, darüber zu lachen, wie pummelig man als Baby aussah oder welche abartige Frisur die Mutter hatte und was für Koteletten der Vater, oder von Klassenpartys zu erzählen und von Ferien mit den Eltern, von Freunden . . . oder ausgelassen herumzualbern und dem anderen alles anzuvertrauen, was einem so in den Kopf kam – und auch, was man in der Nacht träumte.

Noch vor drei Jahren hatte sie nie daran gezweifelt, dass sie sich verlieben und dass dann alles eben genau so wie in ihren Vorstellungen werden würde. Doch dann war dieser Nachmittag gekommen, dieser Nachmittag eines perfekten Tages. Sie war bei Amber . . .

»Kommst du zurecht?«, riss Tims Frage sie aus ihren Gedanken.

»Ja, klar.«

»Ich weiß, es ist nicht toll, aber . . . es ist ja nur vorübergehend. Wir tun unser Bestes.«

»Ja.«

Er nickte mehrmals. Sein Lächeln wirkte, als müsste er sich selbst von dem überzeugen, was er gerade gesagt hat, dachte sie.

»Schon mal in den DVDs gestöbert?«, fragte er aufmunternd. »Haben ein paar Kolleginnen zusammengestellt.«

»Nein, mach ich noch.«

»Sind bestimmt ein paar brauchbare darunter.«

Sie merkte, dass er unruhig wurde. Mehrmals sah er verstohlen auf die Uhr, rutschte auf dem Stuhl herum, wollte keinen Kaffee mehr, obwohl er schon zweimal zur leeren Tasse gegriffen hatte.

»Ich muss los, Sara«, sagte er schließlich entschuldigend und schob den Stuhl zurück.

»Klar, kein Problem«, log sie und setzte auch noch ein Lächeln auf.

»Hab ein bisschen Geduld, hm?«

»Ja, sicher.«

»Und«, sein Blick wurde eindringlich, »keine Außenkontakte, ja? Keine Telefonate. Wenn er dich wirklich in Sydney aufgespürt hat, dann . . .«

Sie wusste, was er gleich sagen würde.

». . . dann hat er irgendwo eine Quelle«, fuhr er fort. »Und solange wir die nicht aufgedeckt haben, müssen wir vorsichtig sein.«

»Eine Quelle?«, fragte sie, obwohl sie ja gestern bereits diesen furchtbaren Gedanken hatte. Aber jetzt wollte sie es genau wissen.

»Ja . . .« Er zögerte.

»Das heißt, jemand hat mich verraten, oder? Es könnte also auch jemand von der Polizei gewesen sein«, brachte sie es auf den Punkt.

Er zögerte wieder. »Na, ich denke, nicht unbedingt von der Polizei . . . er hat sicher genügend Kontakte im Gefängnis geknüpft, aber . . . aber . . . ja, alles ist möglich.«

Sara spürte, wie sich der unsichtbare Panzer, der sie umgab, wieder enger zusammenzog. Alles ist möglich . . . ich kann niemandem trauen . . .

Er fragte noch, ob sie was brauche, dann war sie wieder allein. Sie räumte auf, spülte, setzte sich auf die Couch und schaltete den Fernseher ein.

Doch es kam nichts, was sie interessierte, außerdem nervten sie die Werbeunterbrechungen. Sie stellte den Ton ab und starrte auf die Bilder, bis ihr die Augen zufielen.

Am Mittag rief Tim an und fragte, ob alles in Ordnung sei. Sie war auf der Couch eingeschlafen. Sie sagte Ja, stand auf und verließ die Wohnung. Keine Stunde länger würde sie es in diesem Gefängnis aushalten.

Nur eine Straße weiter entdeckte sie eine Straßenbahnhaltestelle und fragte einen Fußgänger mit Hund, ob die Straßenbahn in die City fahren würde. Er bejahte, sie kaufte sich einen Fahrschein und wartete.

Wenige Minuten später kam schon die Straßenbahn und eine halbe Stunde später stieg sie im Zentrum aus. Sie erkundigte sich nach den Einkaufsstraßen und schlenderte dort umher, schaute sich die Auslagen der Schaufenster an, ging durch Kaufhäuser, hörte in einem Laden Musik, setzte sich mit einem Eis auf eine Bank und stellte sich vor, dass sie das völlig normale Leben einer völlig durchschnittlichen Achtzehnjährigen führte. Irgendwann kam sie auf ihrem Streifzug an einem Supermarkt vorbei. Am Schaufenster klebte ein Zettel:

Schüler/Studenten als Mitarbeiter gesucht

Sie überlegte nur kurz. Warum bleibe ich nicht einfach hier, in Melbourne?, fragte sie sich. Wieso sollte er mich hier eher finden als in Perth oder Adelaide? Und wenn er mich hier finden kann, dann kann er mich dort genauso gut finden! Saras Entschluss stand fest.

Sie ging in den Laden, sprach mit dem Abteilungsleiter und erklärte, dass sie bereits in einem anderen Supermarkt gearbeitet hätte. Man wollte Zeugnisse sehen. Sie ließ den Abteilungsleiter eine Mail an Lisa schicken, in der sie um ein Zeugnis bat und ihre überraschende Abreise mit einem unvorhergesehenen familiären Problem entschuldigte.

Anschließend arbeitete sie eine halbe Stunde an der Kasse, um zu zeigen, dass sie Erfahrung hatte.

Der Abteilungsleiter war mit ihrer Leistung sehr zufrieden. Sobald er Nachrichten aus Sydney hätte, könnte sie anfangen, versprach er ihr. Er würde sie anrufen. Sie gab ihm ihre Handynummer und verabschiedete sich.

Als sie wieder draußen im Freien stand, atmete sie auf. Es fühlte sich an, als wäre diese schwere Last, die sie seit Tagen zu erdrücken drohte, ein wenig leichter geworden. Sara war sogar ein bisschen stolz auf sich. Und sie konnte es kaum abwarten, wieder einen Job zu haben – so, wie andere auch.

Sie überquerte den großen Parkplatz und steuerte auf die Straßenbahnhaltestelle zu, als Tim sie auf ihrem Handy anrief. Sie sagte ihm, er brauche nicht vorbeizukommen, es wäre alles okay.

»Was ist das für ein Lärm?«, fragte er.

»Fernsehen«, log sie.

Dennoch beeilte sie sich, zurück in die Wohnung zu kommen. In ihr vorläufiges Zuhause.

13

Stephen saß draußen im Wasser auf seinem Board und wartete auf die richtige Welle. Aber so richtig war er nicht bei der Sache. Zwei gute Wellen hatte er schon verpasst. Van und Dean waren gerade zum zweiten Mal bis zum Strand gesurft, während er langsam steif fror. Er konnte einfach nicht begreifen, was genau der Grund für Saras Verschwinden war. Was verbarg sie vor ihm? Als er einen leichten Sog unter sich spürte, machte er sich bereit. Keine gute Welle, aber er wollte jetzt zurück. Langsam hob sie ihn hoch, er stellte sich auf und die Kraft der Welle reichte gerade so aus, ihn an den Strand zu spülen.

»Na Alter, demnächst kannst du dich bei den Senioren-Meisterschaften anmelden!«, rief Van ihm zu, der sich aufs Board warf und an ihm vorbei wieder hinauspaddelte. »Hast du sie angerufen?«

Stephen schüttelte den Kopf, löste den Halteriemen am Fußgelenk, klemmte das Brett unter den Arm und ging durch den Sand zu seinem Bus. Sara war manchmal schon seltsam gewesen. Von einer Sekunde auf die andere konnte sie verstummen und völlig abwesend wirken. Er schälte sich aus seinem Neoprenanzug und trocknete sich mit dem großen blauen Delfin-Badehandtuch ab, das sie ihm geschenkt hatte. »Delfine sollen ja schon Haie vertrieben haben«, erinnerte er sich an ihre Worte. Er hatte sie in die Arme genommen und sie hatte ihn ganz fest gehalten. Sie hat mich oft fest umarmt, dachte er jetzt. Als wäre ich ihre Rettung.

Rasch zog er Jeans und ein warmes Sweatshirt an, frottierte kurz sein Haar und ließ den Motor an. Er konnte sie nicht einfach so aus seinem Leben verschwinden lassen.

Eine Stunde später stand er zu Hause vor der Kommode, in der sie beide ihre Unterwäsche, ihre Socken, Strümpfe und T-Shirts aufbewahrten.

Die beiden oberen Schubladen waren ihre gewesen und sie hatte sie komplett ausgeräumt. Wie oft hatte er sie in den letzten Tagen schon aufgezogen in der Hoffnung, etwas zu finden, das sie vergessen hatte?

Und wieder zog er die erste auf, beugte sich hinunter, sah hinein, bis in die hinteren Ecken. Seine Hand tastete nach oben, nein, auch da nichts. Er nahm sich die zweite Schublade vor. Nichts. Er zog beide Schubladen heraus, drehte sie um, untersuchte die hinteren äußeren Wände – nichts. Was hast du erwartet?, fragte er sich. Ein geheimes Tagebuch?

Er setzte die Schubladen wieder ein. Die zweite hakte. Das hatte er jetzt davon. Er musste die erste seiner Schubladen herausziehen und dann die obere einsetzen. Es war eine billige Kommode, sie hatten sie secondhand gekauft. An einem Sonntag auf dem Flohmarkt. Er erinnerte sich genau. Und danach hatten sie einen Milchkaffee in einem winzigen Café getrunken.

Die Kommode war schon vor einem Jahr wacklig gewesen. Es war bloß eine Frage der Zeit, wann dieses Ding auseinanderfallen würde. Nur dass es gerade jetzt sein musste . . .

Die Seitenwände wankten, dabei löste sich die obere Platte aus ihrer Verankerung an der Rückwand. Er stöhnte. Es blieb ihm nichts anderes übrig, als die Holzplatten systematisch neu zu befestigen. Am besten mit Nägeln. Er rückte also die Kommode von der Wand ab. Im gleichen Moment segelte etwas zu Boden.

»Was? Einen Riesen?«, schrie Troy ins Telefon.

»Er will es dir erst sagen, wenn er das Geld auf der Kralle hat«, sagte sein Kumpel Ivan, der schon seit zwei Wochen aus dem Knast draußen war. Allerdings offiziell entlassen.

Troy biss sich auf die Lippen. Bleibt mir wohl nichts anderes übrig, als diesem Arsch noch einen Tausender rüberzuschieben, dachte er wütend.

»Okay, gib ihn mir ans Ohr.«

»Hallo. Wie geht's?« Die Stimme klang forsch, aber Troy wusste, dass der Typ dahinter ein Weichei war.

»Was hast du mit deinem Kumpel gemacht? Willst du jetzt allein kassieren?«, sagte Troy und wartete nicht auf die Antwort. »Pass auf, der erste Tipp war okay. Du und dein Kumpel, ihr habt tatsächlich die Wahrheit gesagt. Aber wenn du mich jetzt abzocken und verarschen willst, mach ich Hackfleisch aus dir und packe es zur Tiefkühlkost, verstanden?«

Lachen aus dem Telefonhörer.

»Ich schwör dir, das ist nicht zum Lachen. Wenn ich dir Stück für Stück was abschneide . . .«

Das Lachen verstummte abrupt.

»Ich finde dich. Ich weiß, wo du arbeitest, kapiert?«

»Äh . . .«

»Ich hab gefragt: kapiert? Du verarschst mich nicht.«

»Nein . . . ja . . . äh«, hörte Troy die Stimme stammeln, »ich meine, natürlich, keine Verarsche! Wirklich! Ganz bestimmt.«

»Also?«

»Äh . . . erst das Geld . . .«

»Was? Du . . .« Er wollte ihm gerade erneut drohen, als ihm klar wurde, dass der Typ doch am längeren Hebel saß – er war der Einzige, der ihm Informationen liefern konnte. Außerdem hatte er keine Geduld mehr für weitere Verzögerungen.

»Dann gib mir meinen Kumpel ans Ohr.«

»Ich bin's, Troy.«

»Gib ihm die Scheine. Und dann soll er's mir sagen.«

»Okay.«

Troy wartete, hörte Rascheln und im Hintergrund Verkehrsgeräusche.

»Und?«, fragte er. Die Antwort ließ ihn grinsen.

Hab ich dich, du Puppe . . .

Sie schloss beide Schlösser der Wohnungstür ab und rüttelte am Griff. Zu. Sie überlegte, ob sie den Aufzug nehmen sollte, entschied sich aber dagegen. Also lief sie durchs Treppenhaus hinunter. Es war eng und selbst tagsüber nicht richtig hell. Doch sie musste ja bloß zwei Stockwerke überwinden. Bevor sie die Haustür aufzog, holte sie tief Luft. Nein, er würde nicht da draußen stehen. Sie war hier in Sicherheit. Niemand außer Nate und Tim wussten, wo sie war. Sara streckte den Arm aus und drehte den Türknopf.

Ein kühler Wind riss an ihren Haaren. Wolkenfetzen trieben über den Himmel und verschleierten die Sonne. Gleich zwölf Uhr mittags. Sie ging die Straße hinunter an den Vorgärten vorbei und bog an der Kreuzung rechts ab. Aus einem Lokal drang Essensgeruch; viele Leute würden bald Mittagspause machen. Als Sara um die Ecke ging, konnte sie schon die Straßenbahnhaltestelle sehen, die sich nur hundert Meter weiter befand. Hoffentlich müsste sie nicht so lange warten, bis die nächste Bahn kam. Sie hatte dem Abteilungsleiter zugesagt, um eins da zu sein.

Sie fror und steckte die Hände in ihre Denimjacke. Dann ließ sie ihre Augen die Straße auf und ab wandern. Ein alter Mann stand neben ihr und las in einer Zeitung. Eine junge Mutter schob mit einem Kinderwagen vorbei und ein Stadtarbeiter leerte gerade die Mülleimer an der Haltestelle aus. Es war ein ganz normaler Tag. Nein, er würde sie hier nicht finden, sagte sie sich. Und außerdem würden sie ihn bald geschnappt haben.

Auf Saras Lippen trat ein kleines Lächeln. Sie musste nur weiterhin fest daran glauben, dann würde alles so geschehen – und sie könnte vielleicht endlich so etwas wie ein normales Leben anfangen.

»Die sind alle verbrannt«, hatte Sara geantwortet, als er nach Kinderfotos oder Fotos ihrer Eltern gefragt hatte. Jetzt wunderte er sich, dass er ihr das einfach so abgenommen hatte.

Stephen betrachtete das Foto nun schon eine ganze Weile und suchte nach irgendwelchen Ansatzpunkten, die ihm Saras Verhalten erklären könnten, fand aber nichts.

Patricia und Mom stand da in etwas ungelenker Handschrift auf der Rückseite. Das Mädchen auf dem Foto sah Sara verblüffend ähnlich. Sie hätte die dunkelhaarige jüngere Schwester oder sogar ihr Zwilling sein können – oder eben Sara selbst, vor drei oder vier Jahren, schätzte er. Nur hatte ihm Sara nie etwas von einer Schwester erzählt.

Oder . . . oder Sara war jemand anders. Und hatte ihm ein Jahr lang etwas vorgespielt. Vielleicht hatten seine Kumpels recht und Sara war tatsächlich irgendwie gestört? Schizophren? Hieß das nicht so, wenn sich ein Teil der Persönlichkeit abspaltete und man glaubte, jemand anders zu sein? Aber vielleicht lief sie auch vor etwas davon. Vielleicht vor ihren Eltern. Und deshalb hatte sie einen anderen Namen angenommen?

Sara fürchtete sich vor etwas, so viel stand für ihn fest, und deshalb hatte sie sich eine andere Biografie zugelegt. Aber er hatte ihren Pass gesehen. Und darauf stand eindeutig Sara – und nicht Patricia oder ein anderer Name.

Wie lange war es her, dass sie sich zum ersten Mal begegnet waren? Ein Jahr? Er rechnete nach. Vierzehn Monate. Er war mit Van und Dean am *Bondi Beach* zum Surfen gewesen. Und da hatte sie gesessen, wie vom Himmel gefallen, im Sand und hatte aufs Meer hinausgesehen.

Er hatte immer wieder zu ihr hingeschaut und sich gefragt, ob sie ihrem Freund beim Surfen zusah. Aber da war kein Freund. Auch keine Freundin. Sie hatte einfach nur dagesessen und verloren ausgesehen, als hätte sie selbst vergessen, dass sie existierte.

Stephen schüttelte ärgerlich den Kopf. Diese Erinnerungen halfen ihm auch nicht weiter. Er fühlte sich wie in einem Hamsterrad. Seine Gedanken drehten sich im Kreis, diese ganze Grübelei machte ihn wahnsinnig. Nun hatte er zwar tatsächlich etwas gefunden, doch dieses Foto führte nur dazu, dass sich noch mehr Fragen vor ihm auftürmten.

Er ließ sich mit einem lauten Stöhnen auf die Couch fallen und nahm das Telefon in die Hand. Zum hundertsten Mal öffnete er den Speicher mit den eingehenden Telefonnummern und seine Augen scannten die lange Liste. Diesmal tatsächlich Ziffer für Ziffer.

Moment. Da war noch eine Brisbane-Nummer. Es war nicht die der Klinik und auch nicht die, die er schon angerufen hatte. Er hatte sie bisher übersehen, da sie sich von der einen Nummer nur in den letzten beiden Zahlen unterschied.

Einen Versuch war es wert. Er holte Luft und drückte auf die Wahltaste. Als nach dem siebten Mal Klingeln niemand abnahm, wollte er schon auflegen, doch da meldete sich eine Stimme. »Hallo?«

»Hier ist Stephen.«

Pause.

»Woher haben Sie meine Nummer?« Es war DIE Stimme.

Ganz sicher. Dabei hatte sie unter der anderen Brisbane-Nummer angerufen . . .

»Sie haben mich angerufen, die Nummer war gespeichert«, erklärte er.

»Ja, entschuldigen Sie, es war ein Fehler.« Die Stimme klang gehetzt.

»Was?«

»Sie anzurufen.« Er hörte ihre Eile.

»Halt, warten Sie!«

»Ich sage es Ihnen jetzt ganz deutlich: Rufen Sie mich nicht mehr an. Niemals mehr. Und vergessen Sie sie.«

Ein Klicken in der Leitung – aufgelegt.

Fassungslos starrte Stephen auf das Display. Sein Gefühl sagte ihm, dass hier eindeutig etwas nicht stimmte und dass diese Frau ihm definitiv Informationen über Sara geben konnte – auch wenn sie das nicht wollte. Doch so schnell gab er nicht auf. Er rief das Menü auf und unterdrückte die eigene Ruferkennung. Dann wählte er dieselbe Nummer noch einmal – die Frau würde nur einen anonymen Anrufer sehen.

»Hallo?«

»Hier ist Stephen.«

»Ich hab Ihnen . . .«

Er fiel ihr ins Wort. »Ich weiß nicht, warum Sie mir Ihren Namen nicht sagen wollen. Und ich weiß nicht, warum Sara einfach verschwunden ist. Aber ich habe ein Foto gefunden. *Patricia und Mom* steht hinten drauf. Sagt Ihnen das was?«

Stille.

»Hallo? Sind Sie noch dran?«, fragte er.

»Ja.«

Immerhin legte sie nicht auf. »Was ist das Problem? Wer sind Sie? Was haben Sie mit Sara zu tun? Wissen Sie, wo sie ist?« Die Fragen sprudelten einfach so aus ihm heraus, doch am anderen

Ende der Leitung blieb es still. »Reden Sie doch mit mir, bitte!«, flehte er.

Wieder keine Antwort.

»Warum antworten Sie mir nicht? Ich will wissen, was mit Sara passiert ist!« Er klang nun wirklich verzweifelt, aber es war ihm egal. Er hatte nichts mehr zu verlieren.

Ein Seufzen. »Es tut mir leid, ich weiß es wirklich nicht.«

»Das glaub ich Ihnen nicht!«

»Es ist aber so. Bitte, glauben Sie mir. Und das Foto ... das dürfte gar nicht dort sein!«

»Wer sagt so was?«

Pause. Stephen lauschte.

»Hallo?«, fragte er, »Sie können doch nicht einfach schweigen, bitte ... sagen Sie mir ...«

»Es tut mir leid, dass ich Ihnen nicht weiterhelfen kann«, unterbrach sie ihn, »aber wenn Ihnen wirklich etwas an Sara liegt, dann ... dann forschen Sie nicht weiter nach.« Es klang fast bittend, stellte er verwundert fest, aber das war ihm egal.

»Was? Aber warum nicht?« So schnell würde er nicht aufgeben. »Hat Sara irgendetwas ...«

»Ich kann Ihnen nicht helfen«, unterbrach die Frau ihn erneut. »Aber ich gebe Ihnen folgenden Rat: Versuchen Sie, sie zu vergessen.«

»Was?«, schrie er wütend.

Freizeichen. Saras Tante oder wer immer diese Frau war, hatte einfach aufgelegt.

Ratlos starrte Stephen auf das Telefondisplay.

14

Deine ehemalige Chefin ist eine von der schnellen Sorte, was?« Der Abteilungsleiter wedelte mit einem Fax. Er hatte Sara heute Vormittag angerufen und sie hatte sich sofort auf den Weg in die Stadt gemacht. Pünktlich um eins war sie im Supermarkt gewesen.

Es war mehr als nur Erleichterung und Freude. Es war ... der Anfang eines neuen Lebens! Letzte Nacht hatte sie kaum geschlafen. Jetzt hab ich endlich wieder eine Aufgabe, dachte sie. Ich werde so viel wie möglich sparen, und wenn ich genug zusammenhabe, suche ich mir irgendwo eine eigene Wohnung in einem Haus, in dem nicht permanent dieser Geruch in der Luft hängt. Tim darf ich allerdings erst mal nichts sagen – doch die ganze Geheimnistuerei würde sowieso bald ein Ende haben, wenn sie ihn erst zurück ins Gefängnis gebracht hätten.

Sie bekam einen orangefarbenen Kittel und die dritte in der Reihe der acht Kassen zugeteilt. Die Kollegen rechts und links von ihr lächelten sie an und sie lächelte, so gut es ging, zurück. Auf Anhieb fand sie sich zurecht. Es tat ihr gut, wieder zu arbeiten. Wieder dieselben automatisierten Handgriffe zu verrichten. Wieder beschäftigt zu sein. Wieder vergessen zu können.

Stunde um Stunde verging und plötzlich war es Abend. Und dunkel. »Gute Arbeit, Sara«, lobte sie der Abteilungsleiter, ein Kleiner mit dickem Bauch und rosigem Gesicht. »Bis morgen dann.«

Sie zog ihren Kittel aus, hängte ihn in dem winzigen Aufenthaltsraum an den Haken, den man ihr zuwies, zog ihre Jacke an, schulterte ihre Tasche, nickte den Kollegen zu und verließ ihren neuen Arbeitsplatz durch die Hintertür, die der Abteilungsleiter für jeden extra aufschloss. Zwei Kolleginnen hatten sie eben noch in ein Gespräch verwickeln wollen. Die beiden wirkten sehr nett, aber Sara musste sich erst noch überlegen, was sie ihnen erzählen würde, wenn sie nach ihrem Leben fragten.

Sara sah sich kurz um, dann überquerte sie den Supermarktparkplatz, um sich auf den Weg nach Hause zu machen.

Das schwarz-gelbe Absperrband kannte Stephen nur aus Fernsehkrimis. In Wirklichkeit hatte er noch keins gesehen. Die Sirenen der beiden Polizeiwagen, die schräg auf dem Bürgersteig parkten, hatte er vom Apartment aus gehört. Ein Unfall, hatte er gedacht. Doch als er jetzt die Straße überquerte und sich durch die Menschengruppe drängelte, weil er zu seinem VW-Bus wollte, ahnte er, dass es sich nicht um einen Unfall, zumindest nicht um einen gewöhnlichen, handelte. Zwei Gestalten in weißen Overalls machten sich an einem geparkten dunkelroten Holden zu schaffen, mehrere Polizisten standen um den Wagen herum. Vielleicht ein gestohlener Wagen, dachte Stephen, oder ein Auto, das in einen Unfall verwickelt war und dessen Fahrer Fahrerflucht begangen hatte?

»Ich muss zu meinem Auto«, erklärte er dem Polizisten an der Absperrung.

»Welches Auto?«

»Der grüne VW-Bus, dahinten.« Er zeigte auf seinen Wagen.

»Ihre Papiere bitte.«

»Die hab ich im Auto.«

Der Polizist sah ihn misstrauisch an.

»Wenn Sie mir nicht glauben, dann lassen Sie mich zu meinem Auto, dort zeige ich sie Ihnen.«

»Tut mir leid, Sir, ist zur Zeit nicht möglich.«

»Was?«

»Dass Sie zu ihrem Wagen gehen.«

»Sagen Sie das meinem Chef?«

Der Polizist überhörte die Frage.

»Was ist denn passiert?«, wollte Stephen wissen. Doch der Polizist gab sich taub und drehte sich weg.

»Soweit ich gehört hab«, raunte ihm ein Mann zu, der neben ihm stand, »ist das Auto gestohlen. Der Dieb hat da drin wohl ein Mädchen . . . vergewaltigt.«

Stephen schnürte es die Luft ab.

Der Mann hatte einen Hund an der Leine, der laut winselte und unter der Absperrung hindurchzog. »Ziemlich brutale Geschichte wohl«, sprach der Mann weiter. »Sie soll erst sechzehn gewesen sein.«

»Sechzehn?« Ihm wurde flau.

Der Mann nickte. »Sechzehn.«

»He«, rief er dem Polizisten zu, »Officer! Ich muss mit jemandem reden!«

»Das müssen wir alle, oder?«, bemerkte der Mann neben ihm, doch Stephen reagierte nicht.

»Sir?« Der Polizist wandte sich ihm wieder zu. »Hören Sie, ich muss unbedingt mit dem zuständigen Detective . . .«

Der Polizist musterte ihn. »Haben Sie sachdienliche Hinweise?«

»Vielleicht! Bitte!« Nein, hoffentlich nicht! Hoffentlich hatte das nichts mit Sara zu tun . . .! Stephen drängte mit aller Macht die Vorstellung beiseite, dass sie vielleicht gar nicht weit gekommen war, nachdem sie die Wohnung verlassen hatte. Was, wenn der Typ sie aufgegabelt . . .

»Vielleicht?«, blaffte der Polizist.

»Officer!«

Der Polizist nickte schließlich und hob das Absperrband. Stephens Herz klopfte in einem unregelmäßigen Rhythmus, als er über den Parkplatz ging.

Sara hatte vergessen, wie schnell es jetzt dunkel wurde. Zum Glück lag der Supermarkt nicht abseits, sondern an einer belebten Straße mitten in der Stadt. Und Laternen brannten auch. Allerdings nur wenige, die meisten auf dem Parkplatz waren kaputt. Na ja, dachte sie, es ist ja nicht weit. Und stockdunkel ist es auch noch nicht. Sie ging über den Parkplatz direkt zur Straßenbahnhaltestelle.

Langsam wachte sie aus der Betäubung auf, in die die Arbeit sie versetzt hatte. Wie viele Waren hatte sie heute wohl in der Hand gehabt? Dreitausend? Fünftausend? Jedenfalls genug, um sie müde zu machen. Und genug, um ihre Gedanken zu betäuben. Während sie gearbeitet hatte, war die Zeit nur so verflogen. Doch nun wartete ein langer, einsamer Abend auf sie.

Sie hielt nach der Straßenbahn Ausschau. Laut Fahrplan müsste sie in wenigen Minuten da sein, aber Straßenbahnen und Busse fuhren nur selten nach Fahrplan, das hatte sie schon in Sydney gemerkt. Inzwischen drängten sich immer mehr Fahrgäste an der Haltestelle unter das Plexiglasdach. Zwei ältere Frauen saßen auf der Bank, ihre Einkaufstüten hatten sie auf dem Schoß abgestellt. Eine von ihnen hatte vorhin bei ihr an der Kasse bezahlt. Sara konnte sich alle Gesichter merken, die sie während eines Tages sah, und auch die alte Dame schien sie wiederzuerkennen, denn sie lächelte Sara freundlich zu. Neben ihr hatte gerade eine Mutter mit kleinem Kind Platz genommen. Ein Mann im Anzug telefonierte und ein jüngerer drehte an seinem iPod, in seinen Ohren steckten Kopfhörer.

Sara dachte an Stephen. Wenn sie mit seinem Bus zum Surfen unterwegs waren, hatte er immer zuerst die Anlage aufgedreht. Sie versuchte, sich an die Musik zu erinnern, aber da kam die Straßenbahn vor ihr mit einem schrillen Quietschen zum Stehen. Sie stieg vorne ein und kaufte einen Fahrschein. Am nächsten Ersten würde sie sich eine Monatskarte besorgen. So, wie alle, die einen normalen Job hatten. Sie setzte sich ans Fenster.

Der junge Typ mit dem iPod setzte sich neben sie, ohne Notiz von ihr zu nehmen. Er las in einer Musikzeitschrift, was sie beruhigte. Sie blickte sich rasch um. Er hätte sich nur noch auf zwei freie Plätze setzen können. Beruhig dich, sagte sie zu sich. Er verfolgt dich nicht. Er ist ein ganz normaler Typ mit braunen Haaren, Sneakers, Jeans und kariertem Hemd. Er sieht weder gefährlich noch schräg aus, eher sogar ein bisschen langweilig und nett.

Sie sah zum Fenster hinaus. Stundenlang könnte sie so durch die Stadt fahren, anstatt nach Hause. Nach Hause, das sagte man so einfach ... Für sie war es nicht mehr als eine leere Worthülse.

Vor ihrer Haltestelle erhob sie sich, worauf der junge Typ von seiner Zeitschrift aufblickte. »Ich muss aussteigen«, sagte sie.

Er sah sich um. »Oh, ich auch«, lächelte er und klappte die Zeitschrift zu, ehe er aufstand und im Wagen nach vorne lief.

Sie stand hinter ihm an der Tür. Ist es Zufall, dass er neben mir sitzt und mit mir ein und aus steigt? Hör auf!, sagte sie sich. Wenn sie doch nur einmal diese Gedanken abstellen könnte, dachte sie genervt. Aber es half nichts. Es war wie ein Verhaltensmuster, das sich ihr eingraviert hatte. Wahrscheinlich würde sie es nie wieder loswerden.

Die Tür öffnete sich. Er stieg zuerst aus und ging zielstrebig nach links, ohne sich zu ihr umzudrehen. Erleichtert wandte sie sich nach rechts. Bevor sie nach links in ihre Straße einbog, vergewisserte sie sich, dass er ihr nicht doch gefolgt war. Nein.

Nichts. Niemand. Natürlich nicht. Sie atmete auf. Wieso hätte er sie auch verfolgen sollen?

Zum Hauseingang führte ein kurzer, gerader, mit Waschbetonplatten belegter Weg, den man über den Rasen und an niedrigen Büschen vorbei angelegt hatte. Hier stand keine Laterne, nur über der Haustür brannte ein Licht, das einen kleinen Halbkreis auf den Boden warf.

Schon in der Straßenbahn hatte sie den Schlüssel aus der Tasche genommen. Jetzt steckte sie ihn ins Schloss und öffnete die Tür. Der Geruch im Treppenhaus hatte sich seit gestern kaum verändert. Er schien zum Haus zu gehören. Sie versuchte, durch den Mund zu atmen, als sie durchs Treppenhaus in den zweiten Stock hinaufstieg. Als sie vor ihrer Tür stand, fiel ihr wieder auf, wie still es im Haus war. Keine Geräusche von Fernsehern, kein Geschirrklappern, keine Schritte, keine Stimmen. Irgendwie unheimlich. Aber Tim hatte ja gesagt, dass die Wohnungen bis auf zwei vermietet waren. Darüber muss ich mir nicht auch noch Gedanken machen, sagte sie sich, sperrte beide Schlösser auf und schlug die Tür schnell hinter sich zu, damit dieser widerliche Geruch nicht in die Wohnung dringen konnte.

In der Küche packte sie ihre Einkaufstüte aus; sie hatte sich im Supermarkt noch Chips und eine Diet Coke mitgenommen. Sie hatte vielleicht sogar Lust, nachher noch eine DVD anzuschauen.

Gerade als sie ins Bad wollte, schrillte ihr Handy. Tim erkundigte sich, wie es ihr ginge, ob alles okay wäre oder ob er vorbeikommen sollte. Saras Blick fiel auf die Tüte aus dem Supermarkt und sie sagte ihm, dass das nicht nötig sei. Es war besser, wenn er keine unangenehmen Fragen stellte – was sie den ganzen Tag gemacht und welchen der Filme sie schon gesehen hätte . . . Da er ihr dann auch gleich eine gute Nacht wünschte, fragte sie gar nicht erst, ob es Neuigkeiten gab.

Als sie aufgelegt hatte, war die gute Stimmung, die sie nach ihrem ersten Arbeitstag überfallen hatte, plötzlich wie weggeblasen. Sie fühlte sich unendlich traurig und einsam. Saras Blick fiel auf die Chips und die Cola. Sie hätte so gern ihren neuen Job mit jemandem gefeiert.

15

Ich hab also dem Cop gesagt, sie heißt Sara ... Und ist seit zwei Tagen verschwunden. Und dass wir gegenüber von diesem Parkplatz wohnen und sie sich außerdem vor 'nem Typen gefürchtet hat, der sie verfolgt hat.« Stephen lehnte an seinem VW-Bus, den er endlich am Abend vom Parkplatz hatte holen dürfen. Er hatte zwar wieder keine Lust zum Surfen, aber Van und Dean hatten ihn überredet, mit ihnen zum Strand zu fahren. Doch auch sie machten keine Anstalten, ins Wasser zu gehen. Nicht mal ihre Neoprenanzüge hatten sie angezogen.

»Erst haben sie mir gesagt, dass ich mir keine Sorgen machen muss. Das Mädchen, das beinahe vergewaltigt worden wäre, heißt nicht Sara. Dann hab ich aber mit allem rausgerückt, hab ihnen von dem Foto erzählt und hab gesagt, dass ich mir gar nicht sicher wäre, ob Sara mir tatsächlich ihren richtigen Namen gesagt hat. Ich hab nicht lockergelassen, bis sie mir schließlich ein Foto gezeigt haben, um mich zu beruhigen.«

»Und?«, fragten Van und Dean wie aus einem Mund.

Stephen schüttelte den Kopf. »Ich kann euch gar nicht sagen, wie erleichtert ich war, als ich mit eigenen Augen gesehen habe, dass es tatsächlich ein anderes Mädchen war. Ich musste mit ins Präsidium, dort hab ich alles zu Protokoll gegeben. Sie wollten genau wissen, was in der Bar passiert ist. Und dann haben sie gefragt, ob ich den Kerl auch gesehen hätte und ob ich ihn beschreiben könnte.« Stephen fuhr sich durchs Haar. »Aber, hey, da waren so viele Typen, hab ich denen gesagt.«

Van klopfte ihm auf die Schulter. »Mach dir keine Vorwürfe,

Mann.« Dean nickte, Stephen schüttelte den Kopf. Dann holte er tief Luft, bevor er weitererzählte. »Ich hab den Cops gesagt, dass ich ihn nicht gesehen hätte. Aber dann haben sie mir ein paar Fotos von irgendwelchen Typen gezeigt. Eins davon war eben von dem, der dieses Mädchen, ich glaube, sie heißt Tess, zu sich ins Auto gelockt hat. Sie haben mir natürlich nicht gesagt, welcher es war, aber dann kam der Schock. Ich war mir auf einmal ganz sicher, dass ich einen von diesen Typen schon mal gesehen habe, eben neulich abends in der Bar. Er hatte blasse Haut und so merkwürdige Augen, bei denen man nicht genau weiß, ob er dich nun freundlich ansieht oder dir ein Messer zwischen die Rippen stoßen will. Und er hatte eine ziemlich krasse Narbe ...»

». . . am Mundwinkel«, fiel Van ihm ins Wort.

»Ja! Genau!« Stephen sah Van überrascht an. Van, der sich bisher lässig gegen den Bus gelehnt hatte, stand plötzlich kerzengerade da und starrte Stephen ungläubig an.

»Was ist denn los, Van?«, wollte Stephen wissen.

»Du wirst es nicht glauben, Steph, aber so eine Narbe hatte der Typ vor eurem Haus auch! Du weißt schon, der Typ, der mich nach Sara gefragt hat. Mann, ich hab echt Gänsehaut gekriegt«, sagte Van.

Stephen schluckte. Die Polizei hatte ihm gesagt, wer der Typ auf dem Foto war – und er hatte sich einzureden versucht, sich geirrt zu haben, ihn doch noch nie gesehen zu haben, erst recht nicht an jenem Abend in der Bar . . .

»Stephen?«

»Ja?« Er fuhr zusammen.

Van und Dean starrten ihm in die Augen. »Was?«

Er konnte es immer noch nicht glauben . . . »Der Typ ist aus dem Gefängnis ausgebrochen, haben mir die Bullen gesagt.«

»Ach du Scheiße . . .« Van schnaubte. »Und warum war er eingelocht?«

Stephen zögerte.

»Warum?«, wiederholte Van eindringlich.

Stephen schluckte noch einmal und gab sich dann einen Ruck. »Ich . . . hab nicht gefragt.«

»Wie?« Seine beiden Kumpel starrten ihn ungläubig an.

»Ich . . . ich war so geschockt . . . ich wollte nur weg . . . nur weg . . .«, stammelte Stephen und sah auf den Boden. Er fühlte sich so elend.

Van fuhr sich übers Gesicht. »Mann, aber so ganz krieg ich das noch nicht zusammen. Der Typ bricht aus dem Knast aus und steht vor eurem Haus und fragt nach Sara . . .«

Stephen merkte, wie der Boden unter seinen Füßen schwankte. Das durfte alles nicht wahr sein.

»Mann, Stephen, dann ist doch wohl klar, dass sich Sara das nicht nur eingebildet hat, dass sie verfolgt wird! Es war der Typ aus dem Klub!« Van schnaubte wieder. »Er ist hinter ihr her! Warum auch immer!«

»Mann . . .« Dean schüttelte fassungslos den Kopf.

Stephen ballte die Fäuste vor Wut. »Dieses Schwein! Er hat Sara gekannt! Und als er sie nicht gekriegt hat . . . ist ihm vielleicht dieses andere Mädchen über den Weg gelaufen!«

Van nickte langsam. »Ja . . .«

Stephen starrte einen kurzen Augenblick gedankenverloren aufs Meer hinaus, ehe er sich umwandte und Van direkt in die Augen sah. »Du musst zur Polizei! Und zwar sofort.«

An der Haltestelle warteten an diesem Abend zwei Mädchen, der Mann im Anzug, der wieder telefonierte, und der junge Typ mit dem iPod. Als er sie sah, lächelte er sie an. Sara nickte ihm nur zu und sah dann demonstrativ die Straße hinunter.

»Hoffentlich keine Verspätung«, sagte er dennoch und lächelte etwas unsicher.

Sie nickte wieder.

Er nahm die Stöpsel aus den Ohren. »Manchmal steht man hier echt lang rum, ehe die nächste Bahn kommt.«

»Hm.« Was soll das, will er mir jetzt hier unbedingt ein Gespräch aufzwingen?, dachte Sara genervt.

Er schwieg, steckte sich die Stöpsel aber nicht wieder in die Ohren. »Ich bin erst hierher gezogen.« Er kratzte sich im Nacken.

»Hm«, machte sie wieder. Wann kapiert er endlich, dass ich mich nicht unterhalten will?

»Hab einen Job gekriegt. Lagerarbeit. Kartons packen und so«, redete er weiter.

Sie nickte mehrmals, erwiderte aber immer noch nichts. Langsam müsste er es doch merken.

»Und, was machst du?«, wollte er wissen.

Er merkte es offensichtlich nicht.

Ihre Hand zeigte nachlässig über ihre Schulter. »Supermarkt.«

Unwillkürlich drehte sie sich um, als müsste sie sich vergewissern, dass der Supermarkt noch existierte. Die Schaufenster leuchteten.

»Und, guter Job?«, fragte er.

»Hat gute und schlechte Seiten«, sagte sie gleichgültig.

»Ich hab mal für ein paar Wochen in den Ferien die Regale aufgefüllt«, sagte er. »Am zweiten Tag konnte ich schon keine Cornflakes mehr sehen.« Er lächelte und wurde ein bisschen rot.

»Bin an der Kasse«, erklärte sie unbeeindruckt von seiner nicht gerade besonders lustigen und ausgefeilten Anekdote.

»Da musst du gut rechnen können.«

»Nö. Steht immer genau drauf, was ich rausgeben muss. Keine Kunst.«

»Verstehe«, murmelte er.

Botschaft angekommen, dachte sie erleichtert und wandte sich wieder der Straße zu. Dicht an dicht krochen die Autos über die vierspurige Fahrbahn. In den meisten Autos saß nur der Fahrer. Manche telefonierten, andere starrten bloß geradeaus. Sara wippte ungeduldig auf den Ballen vor und zurück.

Endlich kam die Straßenbahn. Ohne ihn weiter zu beachten, stieg sie ein und setzte sich neben einen älteren, Zeitung lesenden Mann. Der Typ ging weiter und setzte sich auf einen Platz im hinteren Teil des Wagens.

Obwohl sie genervt von ihm gewesen war, tat ihr ihre unwirsche Art gerade doch irgendwie leid. Er hat dich angesprochen, na und? Ich muss entspannter werden, sagte sie sich selbst.

Beim Aussteigen hielt sie sich also zurück, um nicht gleich kopfüber loszurennen.

»Warte!«, rief er ihr dann auch tatsächlich hinterher.

Sie blieb stehen. Das hatte sie nun davon.

»Ich heiße Chris.«

»Becky«, log sie und wollte weiter.

»Wohnst du hier in der Gegend, Becky?«

Eine Alarmglocke schrillte in ihrem Kopf. »Wieso?«

»Sorry, ich wollte . . .«

»Was?«, fragte sie nicht besonders freundlich.

»Ich hab gedacht, wenn du willst, also . . . ich meine, wenn du nichts Besseres vorhast, könnten wir was trinken gehen.«

Sie starrte ihn an. Panik keimte in ihr auf. Nein, wollte sie sagen, doch da redete er schon weiter.

»Wir könnten ein bisschen . . . quatschen.« Auf seinem Hals waren nun rote Flecken zu sehen. Er war ganz schön nervös.

Sara steckte die Hände in die Taschen, trat von einem Fuß auf den anderen. Und jetzt? Was sollte sie tun?

»Quatschen? Über was denn?«, fragte sie und hoffte, dass ihre Unfreundlichkeit ihn abschreckte.

Er kratzte sich wieder am Nacken. »Na ja, über ... über Musik vielleicht?«

»Musik?« Eine bessere Erwiderung fiel ihr nicht ein. Sollte sie nicht einfach Nein ...

»Wie wär's mit ... kennst du das *Weathervane?«,* kam er ihr zuvor. »Ist gleich hier links.« Er deutete mit dem Daumen über die Schulter.

Die Kneipe war ihr schon aufgefallen, gestern um die Zeit war sie ziemlich voll gewesen. Sara bemerkte ein merkwürdiges Ziehen in ihrem Bauch. Sehnsucht? Freude? Ein Bedürfnis nach menschlicher Nähe? Unauffällig tastete sie in der Jackentasche nach dem Handy. Sie musste nur zwei Tasten drücken und Tim wäre dran. Ihr Verstand sagte ihr zwar, dass sie sich eigentlich entschuldigen und ins Apartment gehen sollte. Aber die Vorstellung, dort wieder allein vor dem Fernsehen zu sitzen und einen weiteren einsamen, öden Abend zu verbringen, deprimierte sie. »Okay«, sagte sie also, »gehn wir.«

16

Das *Weathervane* war ein Pub mit dunkel gebeizten Tischen und einer langen Bar, die voll besetzt war. Dort saßen Männer in Anzügen und Frauen in Kostümen, direkt vom Büro auf ein Bier gekommen, aber auch ein paar Arbeiter in ihren Overalls standen herum, in lautstarke Gespräche vertieft, und gleich neben der Tür bog sich eine Gruppe Frauen vor Lachen.

Chris bestellte zwei Cola bei der Bedienung, einer Frau um die fünfzig, die Sara an ihre ehemalige Mathelehrerin erinnerte. Sie war genauso hager gewesen und hatte denselben strengen Zug um den Mund gehabt. Sara hatte bei ihr nur schlechte Zensuren geschrieben. Damals waren das noch ihre größten Sorgen gewesen – Schulnoten . . .

Sara verschränkte die Arme über der Brust und lehnte sich auf dem Stuhl zurück. Seit dem Abend mit Stephen und seinen Freunden war sie nicht mehr in einer Bar gewesen. Stephen . . . Der Gedanke an ihn versetzte ihr einen Stich ins Herz.

»Ist die Musik okay?«, fragte er. »Alternative Country. Nicht jedermanns Geschmack. Spielen sie aber nicht immer.«

»Ist okay.« Sie nahm einen Schluck Cola.

»Gretchen Wilson – ihre Mutter war erst sechzehn, als sie sie bekam«, erklärte er. »Also, die Sängerin, mein ich«, fügte er noch hinzu, als er ihren irritierten Blick bemerkte.

Als ob sie das interessierte. Aber er gab sich immerhin Mühe.

»Du bist neu hier, oder? Ich meine in Melbourne.«

»Sieht man mir das an?« Fragen nach ihrer Herkunft machten sie sofort argwöhnisch.

Lachend schüttelte er den Kopf. »Ich hab geblufft.«

»Ach so.« Ihre Hände spielten mit dem beschlagenen Glas, in dem die Eiswürfel klirrten.

»Bist du hierher gezogen?«, fragte er weiter.

»Erst mal, ja.«

»Dann bleibst du erst mal hier, oder?«

Sie zuckte mit den Schultern. »Mal sehen.«

»Mal sehen heißt, ob's dir gut genug gefällt?«

»Ja. Und du?« Die Fragerei ging ihr auf die Nerven.

Sein Handy in seiner Sportjacke klingelte. »Sorry«, murmelte er und hielt es sich ans Ohr.

»Was gibt's? – Nee, kann ich nicht – was?« Sein Blick streifte sie. »Ja, sie ist hier –, ja – was? Nein, mach ich nicht!«, sagte er und legte auf.

Sara war vor Schreck erstarrt. »Mit wem hast du da gerade ...«

»Mit einem Freund, warum?«

»Du hast über mich gesprochen!«

»Was?« Eine Falte zwischen seinen Augen, die ihr bisher gar nicht aufgefallen war, vertiefte sich. Sie tastete in ihrer Jackentasche nach dem Handy. Nur zwei Knopfdrücke ... *»Sie ist hier,* hast du gerade gesagt!« Ihre Stimme klang schrill.

Völlig irritiert sah er sie an, dann musste er lachen. »Aber damit hab ich doch nicht dich gemeint!«

»So, wen hast du denn dann gemeint?« Sie würde gleich aufstehen. Was für eine bescheuerte Idee, mit diesem Typen ins Pub zu gehen!

Er schüttelte den Kopf, streckte den Arm aus. »Dahinten«, sie drehte sich um. »Siehst du das Mädchen mit den braunen Haaren und der weißen Bluse? Das ist Gina. Die Exfreundin von 'nem Kumpel. Er wollte wissen, ob sie schon einen neuen Freund hat – oder ob er's vielleicht noch mal versuchen kann.« Sein Lächeln war etwas schief. »Ehrlich.«

Wie peinlich, dachte sie und trank hastig einen Schluck Cola. Für wie blöd musste er sie denn halten . . .

Eine Weile redeten sie nichts. Sein Blick schweifte durch die Bar und sie musterte ihn so unauffällig wie möglich.

Auf einmal kreuzten sich ihre Blicke, sie wollte wegsehen, doch da legte er den Kopf schief und sagte: »Du hast ziemliche Angst vor irgendwas, stimmt's?«

»Wie kommst du denn darauf?«, erwiderte sie so empört, wie es ihr möglich war.

»Na«, er rieb sich verlegen die Nase, »du siehst dich dauernd um, bist nicht gerade besonders locker und ja, die Sache eben mit Gina. Lass mich raten, es hat mit deinem Freund zu tun.«

Sie nickte dankbar. Ja, das war die einfachste Antwort.

Er lächelte und trank einen Schluck von seiner Cola. »Ich seh so was.«

Sie hätte sich denken können, dass der Abend so verlaufen würde. Ihre Schauspielkünste waren äußerst dürftig.

»War er gemein zu dir?«

»Ja«, sagte sie und versteckte ihren Mund hinter dem Glasrand.

»Was hat er dir angetan?«, fragte er weiter.

»Das brauchst du nicht zu wissen.« Ich gehe gleich, sagte sie sich.

»Und sucht er dich? Ist er hinter dir her? Manche Typen sind total schräg drauf! Die können es nicht akzeptieren, wenn sie verlassen werden. Die drehen durch, schwören Rache und so.«

»Ich will über was anderes reden«, sagte sie.

»Okay, verstehe, sorry, wirklich«, sagte er rasch. »Ich wollte dich nicht ausfragen, ich hab nur gedacht . . . na ja, schon als ich dich gestern das erste Mal gesehen habe – du siehst so traurig, irgendwie . . . ängstlich aus . . . und ich hab gedacht . . . ich könnte dir vielleicht helfen.«

Ja, er war nett. Viel zu nett.

»Ich will jetzt wirklich von etwas anderem reden.«

»Okay.« Er lächelte. »He, hörst du? Dolly Parton! Hat mehr als einhundert Millionen Platten verkauft. Ich glaub, die ist mittlerweile siebzig.«

Trotzdem kannte sie sie nicht. War wohl nicht ganz ihr Musikgeschmack.

»Ich steh mehr auf *Ducktails*«, sagte sie.

»Entenschwänze?« Er grinste. Und jetzt musste sie sogar auch ein bisschen lachen.

»Mann, wie kommt man nur auf so einen bescheuerten Bandnamen!«, lachte er.

»Frag ich mich auch!«, gab sie zurück.

»Ja. Oder *Ty Segall*.«

»*Ty Segall?*« Sie warfen sich noch weitere verrückte Gruppennamen an den Kopf und lachten.

»Ich weiß noch einen: *Powderfinger*.« Sie lachte wieder, verstummte plötzlich. »Was siehst du mich so an?«

Er wurde wieder rot. »Ich . . . es ist schön, wenn du lachst. Ich würde dir gern . . . nur lustige Dinge erzählen.«

Das rührte sie ein bisschen. Aber rasch sagte sie: »*Birds of Tokyo!*«

Er sagte leise: »*Stay another day . . .*«

»Was?«

»Eine Zeile aus ihrem Song *Train Wrecks*.«

Seine Augen ließen ihre nicht los.

»*She is alone . . . she feels so alone*«, sagte er noch leiser. Kälte kroch in ihr hoch, breitete sich in ihrem ganzen Körper aus. Und plötzlich war alles wieder da. Die Angst, die Wirklichkeit. Sie WAR allein . . .

»Nein, bitte«, seine Hand legte sich auf ihre, es passierte einfach. »Ich will dich nicht traurig machen . . .«

Ihre Hand glitt unter seiner fort. Er brachte ein unbeholfenes, entschuldigendes Lächeln zustande.

»Ich weiß nicht, was mit dir los ist, aber du brauchst mir auch nichts zu erzählen, okay? Wir können auch einfach nur so dasitzen . . .«

»Ich geh jetzt.« Das Glas war noch nicht leer, aber Sara schob es weg und wollte aufstehen.

»Tut mir leid, bitte . . . bleib doch noch. Ähm, hast du vielleicht Hunger? Hier gibt's die besten Hamburger!«

Tatsächlich hatte sie Hunger, stellte sie fest. Oben in ihrer Wohnung würde sie bestimmt nichts essen. Im Kühlschrank lag sowieso nichts Aufregendes. Auf einmal hatte die Vorstellung eines Hamburgers etwas Beruhigendes.

»Und die Pommes?«, fragte sie also.

Er grinste. »Die besten in der Stadt.«

Sie lehnte sich zurück. »Ich steh auf Surfmusik.«

»Lo-Fi-Geschrabbel?«, fragte er und runzelte übertrieben die Stirn. »Du surfst, stimmt's? Du kommst von der Küste.« Er legte wieder den Kopf schief und betrachtete sie. »Sagen wir mal . . . Sydney.«

Und da war es wieder, dieses plötzliche Erschrecken. Er merkte es und schwenkte um. »Okay, lass uns von was anderem reden. Weißt du, woher ich komme?«

Sara war wütend. Nicht auf ihn, sondern auf sich. Warum konnte sie sich nicht ein Mal wie ein normale Achtzehnjährige verhalten? Warum musste sie immer und überall das Schlimmste vermuten? Sie wollte nicht, dass ihre Erinnerungen sie immer wieder einholten . . .

»Aus der Nähe von Adelaide«, redete Chris weiter. »Und wenn ich *Nähe* sage, dann mein ich dreihundert Kilometer, verstehst du? Dreihundert Kilometer rein ins Land. Ich habe mir oft vorgestellt, einfach abzuhauen, mit 'nem alten Campingbus, mein

Surfbrett obendrauf und los nach *Bondi Beach*. Ist es dort wirklich so schön, wie alle sagen?«

Sie schüttete die Cola hinunter, knallte das Glas auf den Tisch. »Ist überbewertet. Total.«

»Hm«, machte er und schwieg.

Nach einer Weile sagte sie: »Ich glaube, ich kann jetzt schlafen.« Plötzlich fühlte sie sich erschöpft. Als hätte sie tagelang nicht geschlafen. Die Augenlider fielen ihr zu. Sie riss sie wieder auf.

Er sagte etwas, aber sie hörte es nicht mehr. »Ich kann jetzt schlafen«, wiederholte sie.

»Ist es was Besonderes, wenn du schlafen kannst?«

»Ja«, sagte sie nur. Es war etwas Besonderes.

»Und der Hamburger und die Pommes?«

Sie schüttelte den Kopf und erhob sich. »Ich muss heim. Schlafen. Unbedingt.«

»Ich bring dich heim.«

»Nein.«

»Aber du bist müde, ich will nicht, dass du allein . . .«

»Aber ich will es.« Sie schob den Stuhl zur Seite. »Danke«, sagte sie noch, »für den . . . Abend.« Dann eilte sie aus dem Pub, die Straße hinauf, bog rechts ab und wartete dort eine Weile. Aber er folgte ihr nicht. Sie ging zurück zur Straße und bog gleich darauf in den Gartenweg ihres Hauses ein. Der Vorgarten war dunkel, nur das Licht über dem Eingang brannte. Sie hatte schon den Schlüssel in der Hand, als sie im Augenwinkel einen Schatten wahrnahm.

17

Sie presste sich mit dem Rücken an die Tür und versuchte, in der Dunkelheit mehr zu erkennen als nur Schatten und dunkle Büsche. Gleichzeitig tastete sie neben sich nach dem Türschloss. Das bildest du dir ein, sagte sie sich, er kann nicht wissen, dass du hier bist. Vielleicht hatte sie bloß den Schatten eines Vogels oder eines Zweigs gesehen. Sie schloss also auf, nahm die Treppe, steckte den Schlüssel zuerst ins untere Schloss ihrer Apartmenttür und wollte gerade das obere aufschließen, als sie plötzlich zurückzuckte und erstarrt innehielt.

Es war nicht zugeschlossen! Dabei war sie sicher, ganz sicher, dass sie es abgeschlossen hatte. Sie wich einen Schritt zurück. Kramte hastig nach dem Handy. Fassungslos sah Sara auf das schwarze Display. Aus . . . Aber sie hatte es doch aufgeladen, oder nicht? Sie drückte auf die Ein-Taste, nichts!

Mit klopfendem Herzen starrte Sara auf die Wohnungstür. ER war in ihrer Wohnung! ER hatte sie auch hier gefunden! Ohne noch länger zu zögern, machte sie kehrt, rannte die Treppe hinunter – als im selben Augenblick die Tür geöffnet wurde.

»Sara!«

Tim.

Sie drehte sich um. Er stand vor der Tür und schaute verwirrt zu ihr ins Treppenhaus nach unten.

»He, Sara, komm rauf, was ist denn los?«

Mit zitternden Beinen stieg sie die Stufen wieder hinauf, so schnell wollte die Panik nicht von ihr weichen. »Ich hab gedacht . . .«, fing sie an. ». . . dass er da drin . . . Ich hatte die Tür doch zugeschlossen . . .«

Tim sah sie erst erstaunt an, doch dann schien er zu verstehen. »Tut mir leid, Sara. Ich wollte dich nicht erschrecken«, sagte er und schob sie in die Wohnung. »Wo warst du überhaupt? Ich hab dich angerufen. Du bist nicht ans Telefon gegangen.« Er klang besorgt und vorwurfsvoll.

Sie ließ sich von ihm zur Couch führen und setzte sich. »Ich musste mal hier raus. Und das Telefon . . . ich weiß nicht, vielleicht ist es kaputt.« Sie reichte es ihm und merkte, dass ihre Hand noch immer zitterte.

»Hm, ist wohl was mit dem Akku«, stellte er fest. »Ich bring dir gleich morgen früh ein neues.«

»Ich hab solche Angst gehabt.« Sie schüttelte den Kopf. »Solche Angst . . .«

Er setzte sich auf die Couchlehne und nahm ihre Hand. »Jetzt ist alles gut. Keine Panik mehr. Versprochen? Er kann dich nicht finden. Er hat nicht den blassesten Schimmer, wo du bist. Okay?«

Sie nickte und hielt seine Hand ganz fest. Sie war warm und trocken. Es fühlte sich gut an. Am liebsten hätte sie diese Hand nicht mehr losgelassen.

Wie müde sie war. Wie trostlos alles war. Wie allein sie sich fühlte. Sie hätte heulen können. Aber sie konnte nicht.

»Lass mich nicht allein«, flüsterte sie. Das hatte sie auch manchmal zu Stephen gesagt. Dann hatte er sie in den Arm genommen und ganz fest gehalten. Manchmal hatte er dabei gut gelaunt gelacht. Er hatte sie auch nicht allein gelassen. Sie hatte ihn verlassen. Nie wieder könnte sie zu ihm zurück. Nie wieder in ihrem Leben. Sie müsste ihm sagen, dass sie ihn angelogen hatte, dass sie nicht die war, die sie vorgab zu sein. Und dass sie ihm nicht vertraut hatte und einfach weggegangen war. Nein, es war unmöglich. Ihr Leben war so ausweglos.

»Kannst du dableiben?«, bat sie ihn. »Ich hab solche Angst.«

Er nickte. »Ich schlafe auf der Couch. Ich muss nur noch kurz telefonieren. Und dann mach ich dir einen Tee, ja? Deine Hände sind ganz kalt.«

Widerwillig ließ sie seine Hand los. Er stand auf und ging in die Küche. Bestimmt ruft er seine Frau an, dachte sie, und sagt ihr, dass er nicht nach Hause kommt. Und die ist sauer. Und das alles wegen mir.

»Es tut mir leid«, sagte sie zu ihm, als er aus der Küche zurückkam.

»Das muss es nicht.« Er reichte ihr einen Becher mit heißem Tee. »Wirklich nicht, es ist mein Job.« Er lächelte und für einen Moment sah sein Lächeln aus wie das von Stephen. Aber nur für einen Moment.

»Aber deine Frau – sie ist dann allein.«

»Das muss sie aushalten.«

»Weiß sie, warum du bei mir bist?«

»Du weißt doch, dass ich niemandem etwas von dem erzählen darf, was ich tue. Auch ihr nicht.«

Er lehnte sich an die Wand. Er setzt sich nicht mehr neben mich, dachte Sara. Er hält nicht mehr meine Hand.

»Kannst du das? Alles für dich behalten?« Ihre Hände umklammerten den heißen Becher. Sie hatte gar nicht gemerkt, *wie* kalt sie waren. »Da ist immer diese Wand, diese dicke Wand zwischen mir und den anderen.«

»Man lernt, damit zu leben«, sagte er nachdenklich. Dann sah er auf die Uhr. »Es ist schon spät. Wenn du ins Bett gehst, schlafe ich hier auf der Couch.«

»Ich würde gern noch fernsehen.« Der Gedanke, gleich wehrlos ihren Träumen ausgeliefert zu sein, war schrecklich.

»Hast du eine DVD gefunden?«, fragte er.

»Nein, aber ich würde gern . . . was Lustiges sehen.«

»Okay, schauen wir den Stapel mal durch.« Er hockte sich neben den Fernseher und begann, den Stapel DVDs durchzublättern.

»Wie wär's mit ... romantischer Komödie?« Er schwenkte eine Hülle.

»Ja! Super!« Sie würde mit ihm fernsehen ... Er war nett. Und er war der Einzige, der die Wahrheit wusste.

Er legte die DVD ein. Sie rückte auf der Couch ein wenig zur Seite, damit er sich neben sie setzen könnte.

»Bitte.« Er reichte ihr die Fernbedienung.

»Aber ... siehst du nicht mit ...«

»Ich versuch, ein bisschen zu schlafen, ich streck mich auf dem Sessel aus.«

Aber sie wollte doch nur mit ihm fernsehen. Seine Nähe spüren. Sich nicht ganz so verloren fühlen ...

»Nein, du kannst hier auf die Couch.« Sie schaltete den Fernseher aus und erhob sich. »Ich glaube, ich geh ins Bett.«

»Kein Film?«

Sie schüttelte den Kopf und versuchte, sich zusammenzureißen, sich ihre Enttäuschung nicht anmerken zu lassen.

»Okay. Ich hole mir eine Wolldecke aus dem Schlafzimmer.«

Sie wollte ihn umarmen, neben ihm einschlafen ... aber das ging ja nicht. Er ist verheiratet, hat eine Frau. Was soll er mit mir?, dachte sie und fragte sich, ob sie nun völlig den Verstand verloren hatte. Und außerdem ... außerdem weiß er zu viel über mich. Schreckliche Sachen. Ich bin für ihn bloß das Opfer, das er beschützen muss. Dafür zahlen sie ihm sein Gehalt. Mit dem er seine Wohnung oder sein Haus bezahlt, in dem er mit seiner Frau wohnt. Genau so ist es.

Sie ging in die Küche, hantierte am Kühlschrank herum, um ihm nicht in die Augen sehen – und um nicht an einen Gutenachtkuss denken zu müssen.

»Solange wir ihn nicht haben, solltest du hierbleiben«, hörte sie ihn sagen. »Falls du das nicht tust, solltest du wenigstens jede Routine vermeiden.«

Sie drehte sich um. Er stand mit Decke und Kopfkissen unter dem Arm an der Küchentheke. »Nie mit dem gleichen Bus fahren, nie zur selben Zeit aus dem Haus gehen ...« Er lächelte aufmunternd, »es ist ja nur für kurze Zeit, die Polizei geht gerade allen Hinweisen aus der Bevölkerung nach, und sobald wir ihn haben, kannst du wieder normal leben.«

Normal. Für sie gab es kein »normal«.

»Ja, klar«, sagte sie und wandte sich ab, »gute Nacht dann.«

»Gute Nacht.«

Sie ging ins Bett, zog sich aus. Als sie durch den Türspalt beobachtete, wie er sich auf der Couch ausstreckte und die Decke über sich breitete, spürte sie ein Ziehen in den Augen, und zwei Tränen tropften aufs Kopfkissen.

Chris stand da und sah ihr nach, wie sie in der Straße verschwand, dann eilte er ihr hinterher und verbarg sich im Schatten der über den Gehsteig hängenden Zweige. Er beobachtete sie, wie sie in den Gartenweg einbog, der zu einem beleuchteten Mehrfamilienhaus führte. Eine schmale Mondsichel tauchte hin und wieder zwischen den vorbeiziehenden Wolken auf und warf ihr kaltes Licht auf den Planeten. Das Haus, in dem sie verschwand, war hellgrün. Das Treppenhauslicht sprang an. Er stellte sich vor, wie sie in den Aufzug stieg – vielleicht nahm sie auch die Treppe. Gleich würde ein Fenster aufleuchten. Sein Handy klingelte in der Hosentasche. Er wusste, wer es war, und ließ es klingeln. Im Haus ging ein Licht an. Zweiter Stock rechts.

18

Sie wurde von Kaffeeduft, leisen Stimmen und Musik geweckt. Durch den Türspalt sah sie Tim mit einem Kaffeebecher vor dem Fernseher sitzen. Sie stieg aus dem Bett, duschte, wickelte sich in ein großes Handtuch und ging in die Küche. Die Kaffeekanne auf der Wärmeplatte, der saubere Becher daneben, der Teller mit Toastscheiben, ein Glas Erdbeermarmelade – er kümmerte sich um sie.

»Morgen, Sara«, rief er aus dem Wohnzimmer. »Gut geschlafen?«

»Ja! Danke für den Kaffee«, sagte sie und versuchte, gut gelaunt zu klingen. Er brauchte nicht zu wissen, dass sie lange nicht hatte einschlafen können und dann wieder um drei Uhr morgens aufgewacht und ins Wohnzimmer geschlichen war, um ihn eine Weile zu betrachten, wie er da so lag und leise schnarchte.

»Ist hoffentlich nicht zu stark. Ich bin ein miserabler Kaffeekocher!«

»Ich trink gern starken Kaffee«, sagte sie und nippte an ihrem Becher. »Gibt es was Neues?«

Er schaltete den Fernseher aus und räusperte sich. Seine gute Laune war dahin. Und Sara fragte sich, welche schlechte Nachricht er ihr jetzt überbringen würde. »Ja, also . . . Man hat seine Mutter gefunden. In ihrem Haus in Glendale.« Wieder ein Räuspern. »In der Tiefkühltruhe. Erwürgt.«

Einen Moment glaubte sie, er machte Spaß. Doch dann wurde ihr klar, dass er darüber ganz sicher keine Witze machen würde.

»Seine ... seine eigene Mutter?«

Er nickte. »Ein Ranger hat ein Auto wegfahren sehen. Und die Beschreibung des Fahrers passt ziemlich genau auf ihn.«

»In der Tiefkühltruhe? Erwürgt?«, wiederholte sie und unwillkürlich fasste sie sich an den Hals. Manchmal spürte sie dort den Gürtel und die Schnalle, die sich in ihren Hals gedrückt hatten, sie spürte, wie sich das Blut in ihrem Kopf staute und er zu platzen drohte, wie sich ihr Körper aufbäumte, wie ihre Lungen brannten, als hätte man sie angezündet, und wie alles vor ihren Augen verschwamm und sie sich nur noch danach sehnte, dass es endlich aufhörte ... dass sie tot wäre ... alles wurde schwarz ... sie hörte eine Explosion ...

»Sara!«

Als sie die Augen aufriss, sah sie in Tims Gesicht. Er hielt sie fest. Vor ihren Füßen schwammen die Scherben des Bechers in brauner Flüssigkeit.

»Tut mir leid«, murmelte sie und ließ sich von ihm auf den Küchenstuhl setzen. Er füllte ein Glas Wasser und reichte es ihr. Sie schüttelte den Kopf. »Geht schon wieder.«

Sein Gesicht war ganz nah vor ihr. Sie konnte genau die Farbe seiner Augen ausmachen. Blau mit einem dunkelblauen Ring um die Pupillen und ganz außen war ein bisschen Grau.

»Wir kriegen ihn«, sagte er mit sanfter Stimme. »Wir kriegen ihn. Und wie du siehst, er hat keine Ahnung, wo du bist. Glendale ist 'ne Tagesreise weg von hier.«

Seine Worte drangen gar nicht zu ihr durch. Panik hatte sie erfasst. »Er hat seine eigene Mutter umgebracht ... und in die Tiefkühltruhe geschafft ...?«, fragte sie noch einmal fassungslos. »Kannst du dir vorstellen, was er mit mir machen würde?« Sie erschrak vor ihrer eigenen Stimme, die so schrill und fremd klang.

»Sara ... es wird alles gut, wir beschützen dich! Du musst keine Angst mehr haben!« Er hielt ihre Hand. Sie klammerte sich daran. So gern hätte sie ihm geglaubt! So sehr sehnte sie sich danach, keine Angst mehr haben zu müssen. Aber die Angst war da. Hatte sich an ihr festgesaugt wie eine Zecke.

Er hob die Scherben auf und wischte den Kaffee vom Boden.

Sie trank schließlich einen halben Becher Kaffee und aß mühsam die Scheibe Toast, die Tim ihr mit Butter und Marmelade bestrichen und in zwei Dreiecke geschnitten hatte. »Danke«, murmelte sie. Sie fühlte sich miserabel. »Du musst bestimmt fort«, sagte sie und hoffte zugleich, dass er Nein sagen würde.

Doch er zögerte und sagte: »Ja, schon.«

»Ich bin okay«, versicherte sie, »es war nur ... nur eine kurze Erinnerung. Wirklich. Nur eine Erinnerung ...«

»Ja«, sagte er. »Ich weiß.« Er sah sie eindringlich an. Er wusste, dass es nicht stimmte.

Sie mochte seine blauen Augen. Und sie mochte noch mehr an ihm. Er war doch der einzige Mensch, den sie hatte – und den sie nicht anlügen musste! Er stand auf.

»Ich hab deine Karte in mein Handy eingesetzt, ich hab im Büro noch ein anderes. Ruf an, wenn irgendwas ist.«

»Mach ich. Und ... danke.« Sie versuchte, locker zu klingen.

»Nichts zu danken«, er lächelte. »Und ich verspreche dir: Wir schnappen uns diesen Bastard wieder.«

Sie versuchte, sein aufmunterndes Lächeln zu erwidern. Als die Tür hinter ihm zufiel, lauschte sie seinen Schritten, dann dem Zufallen der Haustür. Sie stand auf, ging zum Fenster und sah ihm nach, wie er durch den Vorgarten ging, die Straße überquerte und in den weißen Ford stieg. Stephen hatte sich immer umgedreht. Tim nicht. Warum auch? Sie sah dem Wagen nach, bis er auf die Hauptstraße abbog.

Im Schlafzimmer zog sie sich an. Ich habe einen Job, sagte sie sich, wie ein normaler Mensch. Alles wird wieder normal. Ich muss keine Angst haben. Er weiß nicht, dass ich hier bin. Er kann es gar nicht wissen. Es ist unmöglich. Unmöglich . . .

Entschlossen machte sie sich auf den Weg zur Arbeit.

Mit jedem Joghurt, jeder Packung Würstchen, jedem Beutel Milch – mit allem, was da auf dem Laufband auf sie zufuhr, was sie anfasste und vor den Scanner hielt, der daraufhin zuverlässig piepste, schritt die Zeit weiter fort. Minute um Minute, Stunde um Stunde. Und jede weitere Packung Chips, jede weitere Tüte Orangensaft verhinderte das Aufkeimen von Gedanken, Gefühlen und Erinnerungen.

Manchmal warf ihr der Abteilungsleiter einen anerkennenden Blick zu, ein Kollege musterte sie missgünstig, eine Kollegin zwinkerte ihr zu. Hin und wieder trank sie einen Schluck Wasser, das war alles. Ich kann wie eine Maschine arbeiten, dachte sie. Ich brauche keine Pause, ich brauche nichts zu essen.

Für ein paar Augenblicke, als eine Kundin ewig lange ihr Kleingeld zusammenzählte, dachte sie an Chris und es tat ihr leid, dass sie ihn nicht wiedersehen würde. Er war nett, und dass er schüchtern war, störte sie nicht. Im Gegenteil, da hatte sie das Gefühl, nichts befürchten zu müssen. Aber auch er würde irgendwann mehr von ihr wissen wollen. Sie würde ihm Lügen erzählen. Und wenn sie sich fürchtete, könnte sie ihm nie sagen, warum. Stephen hatte sie auch nie . . .

Die Stimme der Kundin riss sie aus ihren Gedanken. »Müsste stimmen! Siebenunddreißig Dollar achtundvierzig!« Die alte Dame lächelte sie triumphierend an.

Vor ihr auf dem Laufband lag ein Haufen Münzen.

Sara lächelte zurück und machte sich ans Zählen. Mit Zählen verging die Zeit besonders schnell.

Dreieinhalb Stunden später hängte sie ihren Kittel in dem engen, fensterlosen Aufenthaltsraum an den Haken. Hier hatte niemand einen Spind. Man musste darauf vertrauen, dass alle Kollegen ehrlich waren, und nahm seine Wertsachen am besten mit. Ihre Kassenkollegen waren schon gegangen, nur noch im Lager hantierten zwei Männer und bei den Kühltheken hatte die Putzfrau angefangen, den Boden zu wischen.

Sara schlüpfte in ihre Denimjacke, nahm ihre Handtasche und ließ sich auf dem Hocker nieder, der einzigen Sitzmöglichkeit außer dem Tisch. Ein weiterer Abend lag vor ihr. Und eine Nacht. Einsame, endlose leere Stunden, in die sich alle Erinnerungen drängen könnten, die sie den ganzen Tag so erfolgreich aus ihren Gedanken verbannt hatte. Und Tim konnte ja nicht jede Nacht bei ihr sein. Vielleicht war es ja auch besser, wenn er nicht da war.

Ihre Augenlider zuckten vor Erschöpfung, sie schloss sie für einen Moment. Und schon spürte sie den Gürtel wieder, der ihr die Luft abschnitt ... Sie riss die Augen auf und sah das Gesicht ihres Chefs im Türspalt.

»Sara, du bist ja immer noch da.« Er lächelte sie an.

Sie sprang auf. »Ich ... meine Straßenbahn ... ich hab noch Zeit.« Wie sollte sie ihm erklären, dass sie nur deshalb noch hier war, weil sie einem Jungen, der eigentlich nett war, aus dem Weg gehen wollte?

»Die Zeit kriegst du aber nicht bezahlt.« Er zog den Kittel aus.

»Ich weiß.«

»Wollte es nur klarmachen. Du machst deine Arbeit wirklich gut.« Er lächelte und hängte seinen Kittel an die Tür. Darunter trug er helle Hosen und ein gelbes Poloshirt. Ziemlich geschmacklos, dachte Sara. »Danke.« Sie sollte jetzt gehen. Es war so eng in diesem Raum ...

»Gute Mitarbeiter sind selten. Leute, die sich verantwortlich fühlen«, redete er weiter und strich sich mit beiden Händen das spärliche aschblonde Haar glatt. »Die meisten wollen einfach nur irgendeinen Job. Ich wollte dir nur sagen, wenn man sich hier einsetzt, lohnt es sich.« Er stand jetzt ganz dicht vor ihr und sie konnte seinen abgestandenen Atem riechen und die fettige Haut um die Nase herum glänzen sehen. Seine Nähe war ihr unangenehm. »Eine Gehaltserhöhung könnte schon drin sein und es gibt auch immer mal wieder eine Stelle als Abteilungsleiter oder so.«

Sie nickte und machte einen Schritt zum Ausgang.

»Es liegt an dir, Sara. Alles hängt davon ab, wie du dich einsetzt.« Seine wässrigen grauen Augen hatten etwas Hungriges.

Sie drückte die Handtasche an sich. »Ich muss los, meine Straßenbahn.«

»Warte, welche nimmst du?« Er zog seine beige Windjacke an.

Sie wollte nicht antworten und sagte trotzdem: »Die Siebzehn . . .«

Er klemmte sich seine Aktentasche unter den Arm. »Die fährt in meine Richtung. Ich nehm dich im Auto mit.«

Eben noch wollte sie einen Schritt in Richtung Tür machen. Jetzt erstarrte sie. Wie eingefroren.

»Sara?«, hörte sie ihn. Seine Hand umfasste ihren Oberarm. Ihr Arm gehörte nicht mehr zu ihr. Er war abgestorben. Ein kalter, abgestorbener Arm . . .

. . . fährt in meine Richtung. Steig ein, ich nehm dich mit . . .

Sein Gesicht veränderte sich, der Mund verzog sich zu einem überheblichen Grinsen, die Augen betrachteten sie schamlos, der Mund . . . die Lippen . . . Hitze schoss in ihren Kopf, nahm ihr den Atem . . .

»Entschuldigung«, murmelte er plötzlich, ließ ihren Arm los, »ich muss dir die Tür aufmachen.« Er ging an ihr vorbei und schloss den Hinterausgang auf. »Ich hab hier doch noch was zu tun. Bis morgen dann«, murmelte er, ohne sie anzusehen, und hielt ihr die schwere Eisentür auf.

Sie taumelte hinaus in die Dunkelheit. Hinter ihr hörte sie das Drehen des Schlüssels im Schloss. Und vor ihr lag der große dunkle Parkplatz.

19

Und?«, fragte Stephen und setzte sich auf die Couch neben Van. Er hatte den Tag irgendwie hinter sich gebracht und jetzt konnte er sich kaum noch daran erinnern, was er eigentlich die ganze Zeit gemacht hatte. Seit dem Abend in der Bar lastete auf seinem Leben ein Schatten, der immer düsterer und bedrohlicher wurde. Dass seine Freunde heute sofort zu ihm nach Hause gekommen waren, war immerhin ein kleiner Trost.

»Die Bullen wollten nicht so richtig mit der Sprache rausrücken«, antwortete Van und klappte den Pappkarton auf.

»*Spezial!* Geil, Alter! Hab schon das Schlimmste befürchtet und gedacht, du kommst wieder mit deiner bescheuerten Hawaii an«, sagte Dean, beugte sich über den Couchtisch und nahm eine Pizzaecke heraus.

»Was haben sie denn gesagt?«, fragte Stephen. Er warf nur einen kurzen Blick auf die Pizza in dem grauen Karton. Bisher hatte er die Pizza immer gemocht, aber seitdem Sara verschwunden war, brachte er kaum noch etwas hinunter. Van biss ein Stück Pizza ab und sagte mit vollem Mund: »Haben mir ein Foto von dem Typen gezeigt. ›Genau das ist er‹, hab ich gesagt! Aber als ich dann wissen wollte, was dieser Typ mit Sara zu tun hat, da haben sie nicht mehr die Zähne auseinandergekriegt. ›Ich hab ein Recht drauf, das zu erfahren‹, hab ich gesagt, ›Sara ist eine Freundin!‹, hab ich gesagt. Aber diese Bullen«, er spülte den Bissen mit einem Schluck aus seiner Bierflasche hinunter und mühte sich mit den Käsefäden ab, »die sind einfach knallhart. Denen geht es völlig am Arsch vorbei, welche Sorgen man sich so macht.«

»Ich hab dich gewarnt. Und jetzt ist deine DNA und dein Sperma registriert«, sagte Dean und stopfte sich den Rest seines Stücks in den Mund.

»Bullshit! Ich hab denen doch nicht . . .«, protestierte Van und Dean lachte ihn aus.

Stephen sprang auf und fegte den Pizzakarton vom Tisch. »Wenn ihr euch mal reden hören würdet! Ihr quatscht, als ob es sich um ’ne Fernsehsendung handelt, und fresst dabei Pizza und schüttet Bier in euch rein! Habt ihr euch auch nur einmal gefragt, warum der Typ überhaupt hinter Sara her ist? Er muss sie gekannt haben! Sie ist wegen ihm abgehauen und vielleicht hat er sie längst gefunden!« Wütend sah er seine beiden Freunde an. Eine Sekunde lang waren sie sprachlos, hatten sogar aufgehört zu essen.

»Komm schon, beruhig dich, Alter«, sagte Dean schließlich und unterdrückte ein Rülpsen. »Die Bullen haben dir doch gesagt, dass sie keine Nachricht haben, dass Sara etwas passiert ist.«

»Ja, noch nicht. Aber dieser Typ ist gefährlich! Er hat’s geschafft, aus dem Knast auszubrechen! Er hat dieses Mädchen hier fast vergewaltigt!«

»Das behauptet sie!«, sagte Dean.

Stephen und Van sahen ihn irritiert an.

»Ja . . . äh, ich meine, die Bullen haben doch noch keine wirklichen Beweise, oder?«, meinte Dean wieder.

Stephen spürte eine ohnmächtige Wut in sich hochkochen. Er wollte Sara zurückhaben! Er wollte, dass dieses Rätselraten ein Ende hatte! Stöhnend ließ er sich auf den Sessel zurückfallen.

Dean stand auf und hob den Karton mit der Pizza auf, legte die zwei Stücke, die auf den Teppich gefallen waren, wieder in den Karton und stellte ihn auf den Tisch. »Sorry, aber ich bin ein echter Stress-Esser«, sagte er und griff sich das auf den Boden gefallene Stück. »Ich klapp sonst zusammen. Muss irgendwie mit dem Insulin zusammenhängen. Oder Adrenalin.« Er grinste unsicher.

Stephen und Van sahen ihm zu, wie er in einem rasanten Tempo ein Stück nach dem anderen verputzte.

Van betrachtete nachdenklich seine Bierflasche. »Wenn die Bullen nicht sagen, was der Typ mit Sara zu tun hat . . . Die Tante wohnt in Brisbane, ja?«

Stephen nickte.

»Diese psychiatrische Klinik ist auch in Brisbane, oder?«

Stephen nickte wieder.

»Kann es sein, dass Sara aus Brisbane kommt?«

»In ihren Dokumenten hat sie immer Townsville angegeben. Aber . . .« Stephen schluckte. »Ich hab gestern ziemlich lange auf Facebook gesucht und . . . ich hab keinen einzigen Eintrag dort gefunden.«

»Das will doch nichts heißen.«

»Nein, das will nichts heißen«, echote Dean.

»Sie hat gesagt, sie war auf der *Wilson Highschool.* Ich hab ein paar Leute von dort auf Facebook gefragt, keiner kannte eine Sara . . . Sie war nie auf dieser Schule.«

»Hm.« Van stellte die Flasche mit Nachdruck auf den Couchtisch. Stephen wartete darauf, dass er weitersprach. Aber er starrte nur mit gerunzelter Stirn auf den Boden.

Schließlich stand Van auf, kam mit einem neuen Bier aus der Küche, ließ sich aufs Sofa sinken, warf den Verschluss auf den Tisch und sagte: »Ich tippe auf Schizo.«

»Was?« Stephen begriff nicht.

»Ja, was?«, wiederholte Dean.

»Strengt doch mal euer Hirn an: Da ist schon mal diese Klapse in Brisbane. Dann diese Panikattacke in der Bar. In der Schule kennt sie kein Schwein. Und dann diese seltsame Tante am Telefon . . . Was sagt uns das?«

Stephen hob die Brauen. Dean zuckte die Schultern.

»Ihr seid nicht gerade die Hellsten, Jungs, hat euch das schon mal einer gesagt? Aber ihr habt ja zum Glück mich! Also, es kann nur eine Erklärung geben: Sara, oder wer auch immer sie sein mag, ist schizophren. Glaubt, sie ist jemand anders. Ich sag euch, die Welt ist voll von Durchgeknallten!«

Stephen zuckte zusammen. Schließlich war Vans Theorie nicht von der Hand zu weisen und er selbst hatte ja auch schon diesen Gedanken gehabt. »Vielleicht liegst du gar nicht so falsch«, sagte er schließlich.

»Was?«, fragte Dean.

»Na, sag ich's doch!« Zufrieden lehnte sich Van zurück. »Wartet.« Stephen stand auf und holte das Foto von der Kommodenrückwand. »Ich wollte euch ja noch das Bild zeigen, das ich gefunden habe.«

»Ist das Saras dunkelhaarige Schwester?« Van drehte das Foto um. »Patricia mit ihrer Mom?«

»Patricia und Mom?«, wiederholte Dean.

»Sag mal, war die Pizza vergiftet oder hat dir das Bier dein Gehirn aufgeweicht?« Van starrte seinen Freund an. Dean errötete, erwiderte aber nichts.

»Ich glaube eher, dass es Sara ist«, meinte Stephen.

Van betrachtete das Foto genauer. »Hm. Ich weiß nicht. Die Haare sehen schon ganz anders aus.«

»Mann, du kannst nur auf die Haare gucken, oder?« Dean nahm ihm das Foto aus der Hand.

»Worauf soll ich sonst gucken?«

»Augen! Augenbrauen! Mund! Nase! Gesichtsform!«, sagte Stephen genervt.

Van seufzte. »Mann, meinst du, ich hatte nichts Besseres zu

tun, als Sara die ganze Zeit anzuglotzen? Aber sie hatte blonde Haare, bis hierhin«, er zeigte auf die Schulter, »das weiß ich genau.«

Stephen seufzte auch. »Hört auf. Sagt mir lieber, was ich jetzt machen soll.«

»Also, wenn du mich fragst«, sagte Van, »ruf diese Tante noch mal an. Frag sie, ob Sara Patricia ist oder ob Sara eine Schwester hat, die ihr total ähnlich sieht, oder was meinst du, Dean?«

Dean nickte rasch. Stephen schüttelte den Kopf. »Aus ihr kriegt man nichts raus.«

Einen Moment lang sagte niemand etwas, dann sprang Van plötzlich auf. »He, Leute! Ich hab 'ne ganz andere Idee! Wenn die Haustür zu ist, muss man eben nach dem Hintereingang sehen.«

»Was meinst du denn jetzt damit?« Stephen fragte sich allmählich, was dieses Gespräch überhaupt bringen sollte. Das Beste wäre gewesen, wenn er alles für sich behalten hätte.

Van schlug sich an die Stirn. »Mann, wir haben das Wichtigste aus den Augen verloren. Stephen, hol mal dein Notebook.« Ohne zu fragen, stand Stephen auf, ging ins Schlafzimmer und kam mit dem Notebook zurück. Van ließ es hochfahren. »So, jetzt sehen wir uns doch mal genau an, was das eigentlich für ein Typ ist, der da aus dem Knast ausgebrochen ist.«

Er ging auf die Internetseite eines der bekanntesten Lokalblätter und rief die aktuellen Nachrichten auf.

Stephen starrte Van ungläubig an. Warum war er nicht längst schon auf dieselbe Idee gekommen? Er war so auf Sara konzentriert gewesen und darauf herauszufinden, wo sie sein könnte, dass er das Naheliegendste tatsächlich übersehen hatte. Er hatte sich in seiner Wohnung verschanzt und vor sich hin gegrübelt, statt einfach die Nachrichten anzuschauen oder im Internet zu recherchieren.

»Ist er das?«, fragte Dean und starrte auf das Bild, das auf der Website zu sehen war.

»Hundertpro!«, sagte Van mit Überzeugung. »Genauso sah der Typ auf dem Bild bei den Bullen auch aus.«

Stephens Augen blieben erst an der Schlagzeile hängen, dann überflog er den Text. Er spürte, wie das Blut aus seinem Kopf sackte, und ihm wurde kotzübel.

20

Sara atmete tief durch. Auf einmal hatte sie Angst bekommen. Hatte ihr Chef wirklich was von ihr gewollt? Oder reagierte sie nur so paranoid? Hoffentlich war er nicht nachtragend und kam auf die blöde Idee, ihr zu kündigen.

Es war schon recht dunkel. Morgen frage ich, ob ich die Frühschicht haben kann, dachte sie und ging quer über den Parkplatz, auf dem nur noch wenige Autos standen. Eine Frau lud ihre Einkäufe in den Kofferraum. Ein Kind saß auf dem Kindersitz auf der Rückbank und schrie. Tagsüber war ihr nie aufgefallen, dass die meisten Laternen defekt waren. Natürlich, wie hätte es ihr auch auffallen sollen? Eigentlich sollte sie sich wundern, dass überhaupt noch Autos auf dem Parkplatz standen. Denn auch der Sportshop nebenan hatte schon zugemacht. Sicher parken hier Leute, die in der Nähe wohnen. Oder die ihr Auto dagelassen und mit einem Kollegen nach Hause oder in die Stadt zum Essen gefahren sind, beruhigte sie sich.

Schräg vor ihr öffnete sich die Fahrertür eines dunklen Autos, die Marke konnte sie nicht erkennen, nur, dass es kein neues Modell, sondern eher ein altes Auto war. Der Lack glänzte nicht mehr. Instinktiv wich sie nach links aus und beschleunigte ihren Schritt. Im Augenwinkel sah sie nur einen Schatten, viel konnte sie nicht erkennen, es war zu dunkel, am liebsten wäre sie gerannt, aber das wäre vielleicht eine Aufforderung gewesen – und außerdem, war es nicht lächerlich? Die Autotür wurde zugeworfen. Sie lauschte auf Schritte. Ihr Herz klopfte hart. Sie drehte sich nicht um. Die Schritte kamen näher. Sie lief weiter. Die Schritte folgten ihr. Sie stolperte, fing sich wieder. Rannte. Immer schneller, weg vom Parkplatz, hin zur Straße, zu den hellen Laternen, den Bussen, den Ampeln – und der Haltestelle, wagte nicht, sich umzudrehen, *wie finster, kein Mond, nur dunkle Bäume, Gebüsch, Rascheln und Kratzen, sie kriecht durchs Gebüsch, auf allen vieren, orientierungslos, weiß nicht, wo die Straße, wo sein Auto und wo die Rettung ist; Zweige und Dornen peitschen ihr ins Gesicht und auf den nackten Körper und von überall könnte er wieder kommen, sich auf sie stürzen . . . ist er weg?*

Atemlos erreichte sie die Haltestelle, eine Werbetafel beleuchtete bunt und grell drei Menschen, die dort warteten. Ich bin hier, sagte sie sich, es ist alles okay. Ich muss keine Angst haben. Es ist überhaupt nichts passiert, beruhigte sie sich selbst. Dann wagte sie es, sich umzudrehen. Da war nichts. Nur Dunkelheit und ganz in der Ferne das gedimmte Licht in den Schaufenstern des Supermarkts.

Ihr Mund war trocken vor Angst. Was hatte der Mann von ihr gewollt? War es überhaupt ein Mann gewesen? Ist er ihr wirklich nachgelaufen? Oder hat sie es sich nur eingebildet? Vielleicht ist er zu jemand anderem auf dem Parkplatz gelaufen, hat sich dort verabredet? Oder hat er geglaubt, noch vor Geschäftsschluss etwas einkaufen zu können? Ich weiß einfach nicht mehr, wann etwas wirklich gefährlich ist!, dachte sie verzweifelt.

Das Bimmeln der herankommenden Straßenbahn erlöste sie aus ihren Fantasien und Grübeleien. Sie suchte sich einen Fensterplatz und sah hinaus. Allmählich schlug ihr Herz ruhiger und ihre Zunge klebte nicht mehr. Erleuchtete Schaufenster zogen an ihr vorbei, Menschen mit Einkaufstüten, Autos, ein Mann mit Kinderwagen, ein Kind mit einem weiß-schwarz getupften Hund, ein Mädchen mit Rucksack . . . Das normale Leben.

Ich könnte ewig so fahren, dachte sie. Hier in der Straßenbahn fühlte sie sich sicher. Schade, dass sie hier drin nicht wohnen konnte. Vor der leeren, stillen Wohnung graute ihr. Ich könnte Tim anrufen. Wenn er da ist, fühle ich mich auch sicher. Aber kann ich das von ihm verlangen? Schließlich ist nichts passiert, ja, es hat nicht mal den geringsten Hinweis darauf gegeben, dass etwas passieren würde. Und außerdem ist er erst gestern Nacht da gewesen.

Aber da war diese Sehnsucht in ihr, nach Wärme und Nähe und einem Menschen, vor dem sie keine Geheimnisse haben musste. Eine Ewigkeit, so kam es ihr vor, dachte sie darüber nach. Schließlich rief sie ihn an.

Es war kein Problem für ihn und er sagte, dass er gleich in der Wohnung wäre. Das beruhigte sie.

Das mit dem Job war eine schlechte Idee. Ich gehe nicht mehr hin, beschloss sie und starrte auf ihr bleiches Gesicht, das sich im Fensterglas spiegelte.

»Stephen? He, Kumpel?«, hörte er Vans Stimme aus dem Wohnzimmer. Er hatte es gerade noch zur Toilette geschafft.

»Ist schon wieder okay«, sagte er, als er zurückkam und sich auf die Couch setzte. »Nur, bitte«, er deutete auf die Pappschachtel mit den Pizzaresten, »weg damit.«

Dean legte sie hinter den Sessel und Van warf Stephen einen besorgten Blick zu. »Bist du sicher, dass du alles wissen willst, was die Klatschpresse hier schreibt?«, fragte Van ihn.

»Fang an!«, sagte Stephen.

Van räusperte sich. »Also gut, ich lese vor, passt auf:

›Mädchen entkommt Vergewaltiger

Sydney

Gestern wurde in den frühen Morgenstunden auf dem Gelände des Lagerhauses an der McLaughlan Avenue ein Mädchen von einem Streifenwagen aufgegriffen. Die fünfzehnjährige

Tess M. war halb bekleidet und in einem Schockzustand. Laut ihrer Aussage war sie mit Freundinnen in mehreren Bars in der Oxford Street unterwegs gewesen und hatte sich gerade verabschiedet, als ein junger Mann auf sie zukam. Sie berichtete, dass er ihren Namen kannte und behauptete, ihre Mutter habe ihn geschickt, um sie abzuholen, da angeblich die Taxifahrer streikten. Er gab sich als streikbrechender Taxifahrer aus und sie folgte ihm schließlich zu seinem Wagen, einem dunkelroten Holden, der, wie sich später herausstellte, gestohlen war. Als er eine andere Route als die zu ihr nach Hause nahm, wurde sie argwöhnisch, doch da fuhr der Mann bereits zur Lagerhalle.

Dort stellte er den Motor ab und zwang sie zu sexuellen Handlungen. Danach legte er ihr einen Gürtel um den Hals und würgte sie. »Er wollte mich umbringen!«, sagte Tess bei der Polizei aus. Ihr gelang die Flucht, nachdem sie ihrem Peiniger mit einem Springmesser eine Verletzung zugefügt hatte. Sie lief auf die McLaughlan Ave, wo sie von einem Streifenwagen aufgegriffen wurde.

Als die Polizisten zur Lagerhalle fuhren, war der Täter mit dem Wagen jedoch bereits verschwunden. Am Morgen darauf wurde er von einem Polizisten auf einem Parkplatz an der Kidman Road gefunden.

Laut bisherigem Kenntnisstand wird der vierundzwanzigjährige Troy H. verdächtigt, der vor drei Tagen aus dem Gefängnis in Queensland geflohen ist. Troy H. war wegen fünffacher Vergewaltigung und dreifachen Mordes zu einer Gefängnisstrafe von fünfundzwanzig Jahren verurteilt worden. Troy H. ist bewaffnet und äußerst brutal. Hinweise nimmt jede Polizeidienststelle entgegen.«

Stephen fühlte wieder ein Würgen in der Kehle.

»Ich scroll mal runter«, sagte Van und sah gespannt auf den Bildschirm. »Hier!«

Stephen blickte in ein sympathisches Gesicht. Die Augen sahen aus, als wollten sie dem Betrachter gleich zuzwinkern, ein Mundwinkel hob sich leicht nach oben, sodass es wie ein Grinsen wirkte. Sah so ein Verbrecher aus? Zunächst konnte Stephen kaum eine Ähnlichkeit zu dem Gesicht erkennen, das ihm die Polizei gezeigt hatte und das ihm bekannt vorgekommen war. Doch je länger er sich in den Anblick vertiefte, umso mehr veränderte sich das Gesicht. Das angedeutete Augenzwinkern konnte genauso gut ein verschlagenes Augenzusammenkneifen werden und der grinsende Mund bekam etwas Grausames. Und erst jetzt fiel Stephen auch die scharfe Narbe auf, die sich vom Mund bis hinunter zum Kinn zog.

»Das war der Typ vor eurem Haus«, stellte Van fest, »definitiv.«

»Du liebe Scheiße . . .«, murmelte Dean.

Stephen konnte kaum atmen. Vergewaltigung, dreifacher Mord . . . In ihm stieg ein furchtbarer Gedanke auf, der langsam Form annahm. Wenn dieser Troy der Grund dafür war, dass Sara so panische Angst gehabt hatte, dass sie Hals über Kopf geflohen war, dann musste sie ihn gekannt haben. Und wenn sie ihn kannte, dann musste Sara ihm schon einmal begegnet sein – bevor er vor drei Jahren ins Gefängnis musste. Stephen wagte den Gedanken nicht weiterzudenken. Als er seinen Blick hob, konnte er sehen, dass Van und Dean die gleichen Schlüsse gezogen hatten wie er.

»Mann, sieht ziemlich übel aus, die ganze Sache . . .«, sagte Van und stöhnte.

Als Sara ausstieg, bemerkte sie, dass auch hier ein paar Laternen ausgefallen waren. Um diese Uhrzeit war es ziemlich finster. Keine gute Idee, Chris aus dem Weg gehen zu wollen, dachte sie. Gerade hätte es sie beruhigt, hier nicht alleine entlanglaufen zu müssen. Immerhin fiel aus vielen Fenstern Licht. Wenn ich jetzt schreien würde, würde jemand von da drinnen nach draußen sehen oder mir zu Hilfe kommen?, fragte sie sich. Wohl kaum. Die meisten würden sich vormachen, sie hätten es sich eingebildet oder es käme aus dem Fernseher des Nachbarn. Sie zwang sich, einfach weiterzugehen, bog dann um die Ecke in ihre Straße ein und konnte schon das pistazienfarbene Haus sehen, erhellt von der Laterne im Vorgarten. Erleichtert kramte sie den Schlüssel aus der Tasche, als ein Auto die Straße heraufgerast kam. Ganz plötzlich war es da und Sara warf sich hinter den Busch des Vorgartens. »Nein!«, wollte sie schreien und: »Hilfe!«, aber sie konnte nicht. Wenn es jetzt anhielt . . . wie viele Sekunden blieben ihr, um zur Tür zu kommen?

Bitte nicht!, betete sie, bitte nicht! Die Angst würgte sie, würgte sie wie damals . . .

Doch das Auto schoss vorbei. Dumpfer Bass dröhnte die abendliche Straße entlang, verebbte nach und nach, dann war es wieder still. Sie brauchte ein paar Augenblicke, bis sie begriff, dass nichts passiert war. Dass das Auto nichts mit ihr zu tun hatte. Dass sie sicher war. Dann erst kroch sie hinter dem Busch hervor, klopfte die Hosen ab, fuhr sich durchs Haar. Ich reagiere absolut panisch. Zum Glück hat mich keiner gesehen.

Als sie den Schlüssel ins Schloss steckte, fiel ihr auf, dass er ganz feucht war und sich sein Abdruck in ihre rechte Handfläche gegraben hatte.

Diesmal nahm sie den Geruch nach chinesischem Essen schon gar nicht mehr so intensiv wahr, als sie die Stufen in den zweiten Stock hinaufstieg. Dabei fiel ihr ein, dass sie gar nichts zu essen aus dem Supermarkt mitgebracht hatte. Gern hätte sie Tim etwas angeboten. Aber er durfte ja auch nicht wissen, dass sie einen Job angenommen hatte – und dass sie zum Einkaufen aus dem Haus ging, wollte er auch nicht.

Sie schloss die Wohnungstür auf, warf sie hinter sich zu, zog die Jacke aus und legte die Tasche auf die Couch – als es klingelte. Seltsam, Tim hatte doch einen Schlüssel. Aber gestern Morgen hatte er auch geklingelt, um sich anzukündigen. Tim hatte ihr gesagt, sie solle niemandem öffnen und auch nicht die Sprechanlage benutzen. Also wartete sie.

Sie hörte, wie unten die Tür leise ins Schloss fiel. Im Flur hing ein Spiegel, in dem sie sich jetzt betrachtete. Früher war sie dunkelhaarig gewesen. Ob sie mal wieder ihre Naturhaarfarbe tragen würde? Hätte sie den Mut dazu? Sie versuchte ein Lächeln. Ob Tim sie attraktiv fand? Na ja, er war sicher zehn Jahre älter als sie und er war verheiratet. Sie fuhr sich wieder durchs blonde Haar und gab sich mit dem Lächeln noch mehr Mühe.

Tim braucht aber lang, dachte sie auf einmal. Den Aufzug hatte sie auch nicht gehört. Sie trat näher an die Tür und lauschte. Schritte kamen herauf. Etwas stimmt nicht. Die Schritte verhallten. War jemand stehen geblieben? Aber sie konnte nicht hören, dass irgendwo eine Tür geöffnet wurde – warum auch? Schließlich hatte es bei ihr geklingelt. Wieder Schritte. Jemand kam herauf. Das war nicht Tim! Er lief viel schneller, leichtfüßiger. Das hier war jemand, der sich im Haus nicht auskannte ... Sie wühlte in ihrer Tasche nach dem Handy, tippte die Kurzwahltaste. Tim, geh dran, bitte! Beeil dich!

Sie hörte ein entferntes Klingeln – oder bildete sie sich das bloß ein? Sie wartete. Niemand nahm ab. Sie legte das Ohr an die Tür. Ein eiskalter Schauer überlief sie ... das Klingeln ... kam aus dem Treppenhaus! Wenn es Tim wäre, würde er ans Telefon gehen. Es gab nur eine Möglichkeit: *Er* war es! Er war im Treppenhaus!

Ihr Herz hämmerte, ihr Atem kam stoßweise. Ihr Finger zitterte, als sie auf die Taste zum Auflegen drückte. Ausschalten, dachte sie, ich muss es ausschalten, damit er nicht das Klingeln hört ... Zu spät, ihr Handy klingelte so laut, dass man es ganz sicher auch draußen hören konnte. Panisch rannte sie zum Sofa, stopfte das Handy unters Polster, wo es weiterklingelte. *Er* hatte Tims Telefon ... und er wusste jetzt, hinter welcher Tür sie wohnte ...

Hektisch entriegelte sie die Balkontür. Klemmte sich den Finger ein, stolperte über die Schwelle, nur raus, raus, ich muss raus hier! Sie sah hinunter. Zwei Stockwerke unter ihr befand sich der Hauseingang, einen Sprung würde sie unverletzt nicht überstehen. Um auf den benachbarten Balkon zu gelangen, müsste sie auf die Brüstung klettern und dann einen großen Schritt um einen Mauervorsprung herummachen. Höhe jagte ihr Angst ein, aber es blieb ihr nichts anderes übrig. Durchs Treppenhaus konnte sie nicht mehr entkommen. Er musste gleich da sein ...

Also stellte sie sich einen Stuhl neben die Betonbrüstung, stieg hinauf, hielt sich an der Zwischenwand fest und schwang ein Bein auf den anderen Balkon. Doch dort stand kein Stuhl und ihr Fuß schwebte über dem Boden, ohne Halt zu finden. Sie musste sich mit Schwung dort hinüberfallen lassen. Einmal, zweimal, dreimal setzte sie an, erst beim vierten Mal hatte sie den Mut dazu und schwang sich hinüber. Und jetzt? Schnell, denk nach! Mach was!

Sie warf einen Blick durch die Scheibe der Balkontür. Die Wohnung war dunkel und wirkte unbewohnt. Sie könnte die Scheibe eintreten, aber die Wohnung war sicher abgeschlossen und sie käme gar nicht raus. Sie saß in der Falle. Ihr Herz pochte bis in den Hals und die Schläfen. Ihre Handflächen waren so feucht, dass sie sie an ihrer Hose abreiben musste. Denk nach, los, mach schon!

Jeden Moment würde er die Tür aufbrechen. Und wenn er

Tims Schlüssel hatte? Mein Gott, dann musste er noch nicht mal das Schloss aufschießen oder sonst was machen!

Tim, flüsterte sie, bitte, hilf mir! Wie ist das nur passiert?

Ihr Blick fiel auf das Dachrinnenrohr. Nein, unmöglich, dachte sie erst, aber nachdem sie sich noch einmal umgesehen hatte, stellte es sich als die einzige Rettung heraus. Also ging sie zum anderen Ende des Balkons, umfasste das abwärts führende Kunststoffrohr, kletterte auf die Brüstung und hoffte, dass das Rohr ihr Gewicht aushalten würde, wenn sie sich an ihm herunterlassen würde. Los! Los jetzt!

Ihre Füße versuchten, Halt an der Mauer zu finden, immer wieder rutschte sie ab, aber sie konnte sich mit den Händen am Rohr festhalten, und als sie es endlich bis zum Balkongeländer im ersten Stock geschafft hatte, stieß sie sich ab und sprang hinunter auf den Rasen. Es war doch höher, als sie gedacht hatte, und sie kam ziemlich hart auf dem Boden auf. Ein spitzer Schmerz durchfuhr ihren linken Knöchel, *weiter, weiter,* spornte sie sich an und rappelte sich auf, wollte weiter zur Straße . . . Da stolperte sie im Dunkeln über etwas Schweres, Weiches. Sie konnte sich gerade noch fangen. Was . . .?

Das war . . . da lag . . .

21

Tim . . . die Augen weit aufgerissen.

»Tim!« Etwas Dunkles hatte sich über seiner Brust ausgebreitet . . . Blut! »Tim! Bitte, Tim, sag doch was!« Sie rüttelte an seiner Schulter, streichelte seine Wange, aber er regte sich nicht. Ein Geräusch ließ sie herumfahren. Über ihr, auf ihrem Balkon, konnte sie eindeutig die dunkle Silhouette eines Mannes erkennen. Ihr Herz hörte für einen Moment auf zu schlagen.

Er hat mich gefunden!, schoss es ihr durch den Kopf und instinktiv duckte sie sich tiefer, sodass ihr Gesicht dem von Tim ganz nah war. Beinahe hätte sie jetzt wirklich geheult, doch die Angst nahm ihr die Luft und sie kroch weiter in den Schatten. Ob er sie entdeckt hatte? Sie schaute nach oben, und als sie sah, dass sich die Gestalt auf dem Balkon abwandte, stürzte sie nach vorne auf die Straße. Aber wohin jetzt? In wenigen Sekunden hätte er kapiert, dass sie nicht mehr im Haus war, und dann wäre er sofort unten . . .

Da, vor ihr! Ein Auto mit laufendem Motor! Sie machte einen Schritt darauf zu. War es das vom Supermarktparkplatz? Ein Blick sagte ihr zumindest, dass niemand drin saß. Er musste das Auto also kurzgeschlossen haben.

Einen kurzen Moment lang war Sara verunsichert, was sie nun tun sollte. Doch es gab nichts zu überlegen. Sie konnte Auto fahren. Nicht gut, aber das war jetzt egal.

»He!«

Sara erstarrte. Nein, er konnte nicht so schnell hier unten sein!

»He, was ist passiert?«

Chris? »Chris?« Es war Chris!

»Was . . .«

»Ins Auto!«, zischte sie, »los, schnell!«

Er stürzte aus dem Dunkel hervor.

»Fahr du!«, rief sie ihm zu.

Es war wirklich Chris. Ohne nachzudenken, wie er hierhergekommen war, riss sie die Autotür auf und warf sich auf den Beifahrersitz. Er starrte auf die heraushängenden Kabel unter dem Steuer. »Ich . . . ich hab das noch nie gemacht!«

»Fahr los!«, schrie sie, »fahr einfach los!«

»Okay . . . ich . . .« Endlich löste er die Handbremse, legte den ersten Gang ein und der Wagen schoss davon. Sie drehte sich um, sah zum Haus zurück und konnte einen flüchtigen Schatten im beleuchteten Viereck des Hauseingangs wahrnehmen.

»Was . . . was ist denn passiert?«, fragte Chris und schnitt eine Kurve. Sie klammerte sich am Griff über der Tür fest. Es konnte einfach nicht wahr sein, sie musste sich täuschen! Tim war nicht tot, nicht Tim! Nicht Tim!

»Becky!«, drang Chris' Stimme zu ihr durch.

»Sara! Ich heiße Sara!«, schrie sie ihn an. »Er hat Tim umgebracht. Fahr weiter! Er darf uns nicht finden!« Ihre Hände und Knie zitterten, sie versuchte, ihre Hände festzuhalten, aber es half nichts. Ihre Zunge klebte am Gaumen und in ihrem Unterleib dehnte sich ein krampfartiges Ziehen aus. Nein, das war alles nicht wahr, bloß einer dieser Albträume! Gleich würde sie aufwachen . . .

»Wer? Wer ist Tim und wer hat wen umgebracht?«, hörte sie Chris fragen.

Er. Der Name ekelte sie, machte ihr Angst, machte sie wütend . . . der Name war wie ein böser Zauber, den man nicht aussprechen durfte, sonst würde er wirken.

»Er ist aus dem Gefängnis ausgebrochen und verfolgt mich.«

Chris fuhr schneller und warf einen Blick in den Rückspiegel. »Im Moment ist niemand hinter uns.«

Sie drehte sich um, konnte aber auch nirgends Scheinwerfer erkennen. Wie auch? Sie hatten ja sein Auto. In diesem Moment realisierte sie, dass er auf dem Sitz neben ihr gesessen hatte. Hier drin geatmet hatte. Ihr Herz raste wieder. Sie kurbelte das Fenster herunter. Die alte Luft musste raus! Die Luft, die er verpestet hatte! Der Fahrtwind wehte feuchte Nachtluft herein, die sich auf ihr erhitztes Gesicht legte.

»Mach dein Fenster auf!«, befahl sie Chris.

»Aber es ist ein bisschen kalt, oder?«

»Mach dein Fenster auf!«, schrie sie. Ihre Hände und Knie zitterten immer noch und nun fing ihr Kinn auch noch an.

»Okay!«, sagte Chris rasch und öffnete sein Fenster.

Der Wind wehte jetzt kräftig durch den Wagen. Sara atmete tief ein und aus und dann sagte sie sich, dass das Auto eigentlich jemand anderem gehörte und nicht *ihm*. Er hatte ja nur ganz kurz darin gesessen. Nur ganz kurz ... er war damit zu ihrem Haus gefahren ... und hatte Tim ... er hatte Tim getötet ...

»Ich hab mir irgendwie gedacht, dass du vor jemandem davonläufst«, sagte Chris auf einmal.

»Wieso?«

»Na ja, du warst so ... irgendwie so schreckhaft. So argwöhnisch. Da hab ich gedacht, diese Frau hat vor jemandem Angst.«

Sie erwiderte nichts.

»Dieser Typ, vor dem du wegläufst, hat diesen Mann im Garten ... getötet, richtig?«, redete er weiter.

Sie nickte. »Du hast ihn also auch dort liegen sehen?«, fragte sie und hoffte, dass Chris einfach Nein sagen würde. »Fuck!« Er schlug aufs Lenkrad, dann konzentrierte er sich schnell wieder auf die Straße und schwieg.

Sie konnte sich vorstellen, was in seinem Kopf vorgehen musste. Oder eher, nein, sie konnte es sich nicht vorstellen. Er wusste ja nichts von ihrer Geschichte.

»Und was will dieser Typ von dir?«, fragte er schließlich.

»Mich töten.« Jetzt hatte sie es ausgesprochen – und obwohl es die Wahrheit war, klang es so unwirklich.

Er schluckte und fuhr schneller. Nach einer Weile fragte er: »Und wer war der im Garten?«

Sie würde ihm seine Fragen beantworten, hatte sie beschlossen. Er hatte ein Recht darauf. Er hatte sie gerettet.

»Ein Polizist«, sagte sie also.

»Fuck! Er hat einen Polizisten umgebracht?« Chris schluckte wieder und warf hektische Blicke in den Rückspiegel. »Aber warum will er dich töten? Ich meine ... was hast du ihm getan, ist er krank oder ...?«

»Krank? Bestimmt.« Ja, er war krank. Krank, eiskalt und vollkommen unberechenbar. »Er hat seine eigene Mutter erwürgt und sie anschließend in die Tiefkühltruhe gepackt.« Wie sich dieser Satz anhörte! Als erzählte sie einen Horrorfilm.

»Was?« Chris schrie auf und sah wieder in den Rückspiegel. »Wir müssen die Polizei verständigen! Sofort! Sie müssen diesen Irren in Ketten legen! Sie müssen ...«

»Die Polizei ist längst hinter ihm her, er ist ja aus dem Gefängnis ausgebrochen«, unterbrach sie ihn und merkte, wie emotionslos sie das sagte.

»Und dieser Kerl ist jetzt hinter uns her?« Wieder dieser gehetzte Blick in den Rückspiegel. »Sag mir eins: Warum will er dich töten?«

Vor ihnen schaltete eine Ampel auf Rot.

»Fahr drüber!«, rief sie. »Fahr!«

Chris zögerte nicht und gab Gas.

Wäre es nicht am einfachsten, wenn die Polizei sie erwischen würde? Dann könnte sie ihnen alles erklären ... und auch dass Tim tot war. Sara sah ihn vor sich, wie er ihr einen Kaffee gekocht hatte, wie er sich auf der Couch ausstreckte ... Sie wollte nicht weiterdenken, es tat zu weh. Sie drehte sich wieder um. Niemand folgte ihnen, keine Sirene ertönte.

Chris' Frage hing zwischen ihnen und sie wusste nicht, wo sie anfangen sollte. Sie schindete Zeit. Hier war sie noch nie gewesen. Die Straße war wie ausgestorben. An allen Geschäften waren Rollläden heruntergelassen. Die Autoscheinwerfer streiften einen Obdachlosen, der in einem Mülleimer herumstocherte. Geblendet sah er auf und sank gleich wieder in die Dunkelheit zurück. Erst jetzt wurde ihr klar, wie knapp sie ihm entkommen war. Hätte sie nicht an der Wohnungstür gelauscht, dann wäre sie jetzt in seiner Gewalt ... oder schon tot. So wie Tim. Und er nahm keine Rücksicht. Er würde erst zufrieden sein, wenn er das, was er damals begonnen hatte, zu Ende gebracht hätte ...

Sara wusste, dass sie eigentlich die Polizei rufen müsste. Sie hatte zwar noch nicht mal ihr Handy dabei – sie hatte gar nichts dabei –, aber sie könnten einfach zur nächsten Polizeistation fahren oder sie konnte Chris um sein Handy bitten. Doch was sollte das bringen? Wie lange war er nun schon aus dem Gefängnis ausgebrochen, ohne dass sie ihn gefunden hatten? Drei Tage? Und obwohl es Tims Aufgabe gewesen war, sie zu beschützen, hatte *er* es trotzdem geschafft, sie aufzuspüren – und Tim zu töten. Nein, die Polizei konnte ihr nicht helfen.

Sara sah aus dem Fenster in die dunkle Nacht hinaus. Sie ballte ihre Fäuste. *Er* würde sie nicht kriegen. Niemals. Er müsste endlich bezahlen für das, was er getan hatte. Ja, Troy Hogan müsste bezahlen ... Zum ersten Mal hatte sie wieder seinen Namen ausgesprochen.

Stephen sah Van über die Schulter. Sie suchten im Internet nach Troy H. Außer dem Artikel, den sie schon kannten, fanden sie fünf andere Seiten. Zwei von ihnen berichteten in etwa dasselbe. Doch eine erwähnte auch seine Verhaftung vor drei Jahren.

»Hier!«, sagte Stephen und zeigte auf den Monitor. Er begann zu lesen und jeder Satz, der dort stand, schnürte ihm ein Stück mehr die Kehle zu. Am achtzehnten April vor drei Jahren war eine Fünfzehnjährige in das Auto des damals einundzwanzigjährigen Troy H. eingestiegen. Er hatte zu dieser Zeit bereits vier Vergewaltigungen und drei Morde begangen, wie man ihm später im Prozess beweisen konnte, doch zu diesem Zeitpunkt war er erst einmal wegen versuchter Vergewaltigung und einem Drogendelikt vorbestraft gewesen und gerade wieder auf freiem Fuß. Er war arbeitslos und hielt sich mit Gelegenheitsjobs und Drogendeals über Wasser. Sein Bruder war bereits zweimal wegen Diebstahls und Drogengeschäften im Gefängnis. Ihre Mutter lebte seit Jahren von der Sozialhilfe. Der Vater war unbekannt.

»Troy H. verging sich an der fünfzehnjährigen P., die jedoch entkommen und ihn bei der Polizei identifizieren konnte«, las Dean den letzten Satz vor. »Ach du Scheiße . . .«

Die fünfzehnjährige P., dachte Stephen. Sara war jetzt achtzehn.

»Mann, P. . . Patricia! Der Name auf dem Foto! Sie war es, die diesen Typ in den Knast gebracht hat«, sagte Van. »Kein Wunder, dass er sich rächen will!«

22

Chris sah zu ihr herüber. Das rote Licht einer Leuchtreklame huschte über sein erschrockenes Gesicht. Er kurbelte die Fensterscheibe hoch. »Warum will er dich töten?«, wiederholte er leise.

Sie schluckte. Das hatte *Sara* noch nie jemanden erzählt. Nur Patricia, aber Patricia existierte nicht mehr. Oder . . . war sie nicht immer doch auch Patricia geblieben? Schließlich wusste sie besser als jeder andere, dass sie durch einen neuen Namen ihre Vergangenheit nicht einfach abstreifen konnte.

Sollte sie wieder schweigen? Alles für sich behalten? Es hatte ihr nicht geholfen. Er hatte sie trotzdem gefunden. Sie holte Luft, räusperte sich. Sie musste ihm ja nicht gleich alles erzählen . . .

»Ich bin ihm entkommen«, begann sie, »vor drei Jahren. Er wurde gefasst und kam ins Gefängnis. Schon als er noch in Untersuchungshaft war, hat er gedroht, mich umzubringen. Ich hab Briefe gekriegt und mein Hund wurde vergiftet. Die Polizei hat es ernst genommen und ich bekam einen neuen Namen und einen neuen Pass und zog von Brisbane nach Sydney. Ich durfte mich niemandem anvertrauen, durfte nie wieder meine Freunde anrufen oder treffen. Weil man nicht wusste, wo er seine Informationen herbekam. Und meine Mutter bekam auch einen neuen Namen und zog in einen anderen Stadtteil. Eigentlich durfte ich zu ihr auch keinen Kontakt haben.«

Sie hielt inne. Wie nüchtern sich das alles anhörte. In Wirklichkeit war es die Hölle gewesen. Nie hätte sie sich vorgestellt, wie schrecklich es war, so allein zu sein. Sie sah wieder das Wohnheim vor sich, in dem der Zeugenschutz ein Zimmer für sie organisiert hatte. Offiziell hieß es, ihre Eltern wären bei einem Unfall ums Leben gekommen. Wie schäbig war sie sich vorgekommen, wenn andere sie deswegen bemitleideten oder sie trösten wollten. Deshalb hatte sie sich dann auch immer weiter zurückgezogen und nie versucht, Freundschaft zu schließen. Bald hatten es auch die anderen aufgegeben, sich um sie zu bemühen. In dieser Zeit war die Sehnsucht nach ihrer Mutter am schlimmsten gewesen und sie hatte sich oft gewünscht, wieder ein kleines Mädchen zu sein, das nur an der Hand der Mutter das Haus verlässt und sonst behütet im Garten und im Wohnzimmer spielt . . .

»Und weiter?« Chris' Frage riss sie ins Jetzt zurück.

»Vor ein paar Tagen ist er aus dem Gefängnis ausgebrochen«, fuhr sie fort. »Er hat mich in Sydney gefunden. Ich hab den Zeugenschutz angerufen. Sie haben mir die Wohnung in Melbourne verschafft. Und Tim kam jeden Tag vorbei.« Sie wollte weinen, hustete stattdessen. Tim . . .

»Er . . . sollte mich beschützen. Ich hab ihn angerufen, ich wollte, dass er vorbeikommt. Ich hab solche Angst gehabt.« Sie schluckte gegen den Kloß in ihrem Hals an. »Ich bin schuld . . .«, murmelte sie, »seine Frau . . . sie wartet heute umsonst . . . ich bin schuld . . .« Sie konnte nicht mehr weitersprechen. Ich bin schuld, hallte es in ihren Ohren und sie wollte dagegen anschreien, aber sie fühlte sich wie tot.

»Hey«, sagte Chris, »du bist nicht schuld. Du konntest doch nicht wissen, dass dieser Kerl dir auflauert.« Sara schüttelte den Kopf. Die schreckliche Wahrheit stand ihr klar vor Augen. »Versteh doch! Ich hätte im Apartment bleiben sollen, bis sie ihn gefunden haben. Aber *ich* hab mir einen Job gesucht, weil ich es in der Wohnung nicht ausgehalten habe! *Ich* bin diejenige, die sich nicht an die Abmachung gehalten hat! *Ich* hab Tim angelogen! Und deshalb ... nur deshalb ist er jetzt tot. Weil ich ihn angelogen habe! *Ich!*« Sie fühlte sich so schuldig, so verzweifelt.

»Sara, beruhig dich erst mal!« Zögernd griff er nach ihrer Hand und drückte sie. Sie ließ es zu. »Du hast doch nicht wissen können, dass er dich in Melbourne finden würde. Jemand muss ihm deine Adresse verraten haben.«

Sie sah auf.

»Er hat dich in Sydney aufgespürt und dich in Melbourne gefunden. Jemand hat dich verraten, Sara.«

Er hatte recht. Jemand hatte sie verraten. Wieder spürte sie dieses nagende Gefühl in ihrem Bauch, wieder war es die gleiche Frage, die sie sich schon vor ein paar Tagen gestellt hatte, als sie mit Tim im Auto gesessen hatte. Aber wer? Wer hatte sie verraten? Nate? Dave? Leute vom Zeugenschutz?

Das wollte sie nicht glauben. Sie konnte nicht an allem zweifeln. Sie wollte es nicht. Auf etwas musste sie sich doch verlassen können!

Wer aber konnte es sonst gewesen sein? Ihre Gedanken drehten sich immer schneller. Fragen über Fragen, zu denen sie keine Antworten fand. Nur eines begriff sie: Sie konnte niemandem trauen. Ihr Blick wanderte zu Chris. Er sah nachdenklich auf die Straße. Wohin fuhren sie eigentlich? Und – wer war er überhaupt?

Er wandte sich zu ihr. Die Anzeigen am Armaturenbrett tauchten sein Gesicht in ein fahles Rot. Plötzlich waren ihre Hände wieder feucht und eiskalt. In ihren Ohren surrte ein hoher Ton. »Wohin fahren wir?«, fragte sie.

Sie starrte auf die Straße. Keine Panik ... Keine Panik, sagte sie sich.

»Ich fahr dich zur Polizei«, beantwortete er ihre Frage und lächelte.

»Nein!«

»Doch! Du musst es melden! Dass er dich gefunden hat und dass dieser Polizist tot ist.«

Sie schluckte wieder gegen den Kloß in ihrem Hals an. »Ich will nicht alles wieder und wieder erzählen müssen«, sagte sie leise.

»Du kannst es doch diesem . . . diesem Nate sagen.«

»Und wenn er es war, der mich verraten hat?«, brauste sie auf. Ihre wahren Gründe, weshalb sie nicht zur Polizei wollte, behielt sie für sich – abgesehen davon, dass sie tatsächlich nicht sicher sein konnte, dass es nicht jemand vom Zeugenschutz war, der sie verraten hatte.

»Hm, dann ist es keine gute Idee . . .« Er nickte langsam.

»Eben.«

Am Fenster zog eine beleuchtete Ladenfront vorbei und Sara dachte an ihren Job im Supermarkt und an das Auto und den Mann auf dem Parkplatz. »Er wusste, wo ich arbeite«, murmelte sie und grübelte. Wie war das möglich? Tim und Nate wussten nichts von ihrem Job. Niemand, niemand, außer . . .

»Vielleicht hat dich jemand erkannt und diesem Typen einen Tipp gegeben«, unterbrach Chris ihre Gedanken.

»Wie soll das denn gehen? Jemand ruft ihn an und sagt, he, da sieht eine so aus wie die, die du suchst? Aber sie ist blond und irgendwie ein bisschen älter . . .« Sara fand Chris' Gedanken völlig absurd.

»Na ja«, sie sah Chris die Schultern zucken, »wenn er so scharf drauf ist, dich zu finden, dann hat er vielleicht im Internet 'ne Suche gestartet oder irgendwas über Facebook gemacht. Du weißt ja, wie schnell man da Hunderte von Freunden hat. Oder er hat sich von jemandem helfen lassen, der für ihn irgendwelche Sachen auf speziellen Seiten gepostet hat und dann so was geschrieben wie *Wer kann mir helfen, suche verzweifelt meine*

Freundin, ich liebe sie und will es ihr endlich sagen – oder so einen Quatsch. Tausend Dollar Belohnung. Wenn einer im Internet rumsurft und zum Beispiel das Stichwort ›Belohnung‹ eingibt, könnte er ganz leicht auf die Seite kommen.«

Unsinn, völliger Unsinn, sagte Sara sich und fühlte doch, wie sich in ihr wieder dieses Vakuum auftat, das jede Hoffnung in sich sog und vernichtete.

Chris räusperte sich. »Also, wenn du nicht zur Polizei willst . . .«

»Nein! Da will ich nicht hin!«

»Dann wüsste ich eventuell einen Platz, wo man dich nicht so schnell findet. Weder die Polizei noch . . . sonst jemand.«

Stimmt, nun wurde auch sie von der Polizei gesucht, schließlich war Tim vor ihrer Tür ermordet worden.

»Wo?«

»Bei einer . . . einer Freundin. Alex wohnt ziemlich weit draußen. Abgelegen. Da kommt so gut wie niemand vorbei.«

Sara merkte, wie sie sich ein bisschen entspannte, doch im selben Augenblick fragte sie sich, ob sie nun vollkommen verrückt war. Ich weiß doch überhaupt nicht, ob ich ihm vertrauen kann. Und wenn er sich nur gut verstellt? Wenn er mit *ihm* unter einer Decke steckt? Und was hat Chris eigentlich vor dem Haus gemacht? Ihre Kehle schnürte sich zu.

»Was hast du eigentlich vor meinem Haus gemacht?«, fragte sie. »Woher wusstest du, wo ich wohne, und wieso warst du gerade in dem Moment da, als ich Tim gefunden habe?«

Auf einmal bekam alles einen Sinn. Chris hatte für Troy ihre Wohnung ausgespäht. Womöglich hatte er im Garten Schmiere gestanden, als Troy Tim ermordet hat . . .

»Sag schon, woher hast du gewusst, wo ich wohne? Und was hast du um diese Uhrzeit dort gemacht?«

Er fuhr weiter, ohne zu antworten. Ihre Hand tastete zum

Türgriff. Die Gegend sah verlassen aus. Typischer Stadtrand. Alles schlief. Wohin sollte sie hier fliehen . . .?

Sein Blick verriet ihr, dass er ihren Griff zur Tür bemerkt hatte. Rasch zog sie die Hand zurück.

Ich kann doch nicht zum zweiten Mal denselben Fehler machen und zu einem Fremden in den Wagen steigen! Kann jemand so blöd sein? Eine unbändige Wut über ihre eigene Dummheit flammte in ihr auf.

»Warum antwortest du mir nicht?«, schrie sie ihn an. »Halt an! Halt sofort an!« Sie griff ihm ins Lenkrad. »Ich hab gesagt, du sollst anhalten!«, brüllte sie.

Er trat so fest auf die Bremse, dass sie nach vorn flog und sich der Sicherheitsgurt ruckartig straffte.

Sie drückte die Tür auf, löste den Gurt.

»Wo willst du hin, Sara? Hier ist weit und breit nichts!«

Sie stand schon mit einem Bein auf der Straße. Wenn er mir folgt, renne ich und schreie so laut, wie ich kann. Irgendjemand kommt mir bestimmt zur Hilfe . . .

»Zur Polizei!«, antwortete sie und wollte schon los.

»Aber hier ist keine.«

»Du wolltest mich zur Polizei fahren!«, schrie sie ihn an. Wie hatte sie ihm nur trauen können? Sie musste zur Polizei!

»Bitte, beruhig dich.« Er streckte seine Hand nach ihr aus, doch sie zog ihren Arm weg.

»Dann erklär mir, wieso du heute an meinem Haus warst!«

Er atmete tief aus, starrte geradeaus und sagte dann leise: »Als du nach dem *Weatherwave* so schnell nach Hause wolltest, da bin ich dir nachgegangen. Ich . . . wollte wissen, ob du . . . einen Freund hast . . . und wie du . . . mit Nachnamen heißt.«

»Du hast mir nachspioniert?«, schrie sie.

»Nein . . . äh . . . na ja . . . ich wollte einfach wissen, ob . . . ob es . . . ob ich eine Chance bei dir . . .«

Sie musterte ihn.

»Sorry, ich wollte an dem ersten Abend nicht so aufdringliche Fragen stellen.«

Er zuckte die Schultern und sah irgendwie hilflos aus. In den letzten Jahren hatte sie so wenigen Menschen vertraut, hatte immer bloß den möglichen Verräter in den Menschen gesehen. Sie war darüber so einsam – und so müde geworden.

»Ehrlich, du hast mich . . . gerührt«, sagte er.

Sie sah ihn an und musste sich dann rasch abwenden. Er sollte nicht sehen, dass sie dieses Wort aus der Fassung brachte.

»Okay«, sagte sie und zog kurz die Nase hoch, »tut mir leid. Danke. Danke, dass du . . .« Wie schwer es ihr fiel, Gefühle auszudrücken, die Mauer in ihr war so dick und hoch. ». . . dass du mir geholfen hast«, brachte sie noch heraus.

Sie wollte nicht zur Polizei, wollte einfach nur ihrem Bauchgefühl trauen, das ihr gerade sagte, dass Chris ihr tatsächlich helfen wollte. Dass er genauso ein Mensch wie Stephen war, der es gut mit ihr meinte. Sie hatte einfach keine Kraft mehr. »Tja, hier ist wirklich keine Polizei . . . und das mit dem Versteck ist wahrscheinlich gar keine so schlechte Idee.«

Er lächelte. »Sie heißt Alex. Ich ruf sie an.«

Obwohl Sara unendlich müde war, konnte sie doch nicht schlafen. Seit einer Stunde waren sie nun unterwegs. Noch nie war sie weiter als hundert Kilometer rund um Brisbane gekommen und dann hatte sie in Syndey gelebt. Den Busch, die Wüsten und Regenwälder kannte sie nur aus dem Fernsehen. Stephen hatte immer davon geträumt, mit ihr den Kontinent zu erkunden. Ein halbes Jahr oder länger wollte er mit seinem Bus durchs Land fahren. Sie hatte Angst davor gehabt. Sie fürchtete sich vor einsamen Landschaften genauso wie vor überlaufenen Städten, vollen Discos und Bars, leeren Parks und ruhigen

Stränden. Und vor der Dunkelheit. Eigentlich fühlte sie sich nirgendwo sicher.

Sara starrte durch die Scheibe hinaus ins Dunkle, manchmal wusste sie gar nicht, ob sie wach war oder schlief. Hin und wieder reflektierten Schilder, weiße Seitenstreifen oder Baumstämme das Licht. Irgendwann begannen aus der Dunkelheit Gestalten auf sie zuzukommen. Was im einen Moment noch wie ein Baumstamm aussah, war plötzlich eine spindeldürre Hexe, die ihre Finger nach ihr ausstreckte, da kam ein Augenpaar auf sie zugeflogen, sie zog den Kopf ein. Das war alles unmöglich, sagte sie sich, das war nicht real, aber sie erschrak dennoch, da, schon wieder, war das nicht ein . . . ein Kind, es lief über die Straße . . .

23

». . . Silberbergwerken dort.«

»Was?«, sie schreckte auf. Sie war wohl tatsächlich eingeschlafen.

»Der Name kommt von den Silberbergwerken«, wiederholte er und fügte hinzu: »Du hast ja geschlafen.«

»Ich hab nicht geschlafen.«

Er sah kurz zu ihr herüber. »Du hast sogar geschnarcht.«

»Ich?«, fragte sie verdutzt. »Ich schnarche nie.«

Er lachte.

»Wirklich«, versicherte sie, und als er grinste, begriff sie, dass er sich einen Spaß erlaubt hatte.

»Der Ort, in den wir fahren, heißt *Silver Town*«, sagte er dann.

»Klingt so, als gäb's dort Silber.«

»Nicht mehr. Irgendwann im letzten Jahrhundert oder so.«

»Schade. Da hätte ich nach Silber suchen können.«

»Du hättest nach Silber gegraben?« Er lachte. »Ist aber ganz schön öde. Wenn du Pech hast, gräbst du dein ganzes Leben lang und findest nie was.«

Sie zuckte die Schultern. »Vielleicht hätte ich ja Glück gehabt.« Verglichen mit ihrem momentanen Leben erschien ihr das Leben als Silberschürferin gar nicht so schlecht.

»Und was würdest du mit dem vielen Geld machen?«

In der Straße, in der sie früher gewohnt hatten, stand ein Apartmenthaus. Von dem Besitzer hieß es, er habe Opale im Wert von Millionen gefunden, erinnerte sie sich.

»Ich glaub, ich würde reisen. Ganz weit weg. Nach England

oder Irland. Die Urgroßeltern meines Vaters kamen aus Irla. . .« Sie stockte. Auch das hatte Sara noch nie erzählt.

»Ich würde mir eine Farm kaufen«, sagte Chris. »Dort hätte ich Rinder und Schafe. Und Pferde.«

»Kannst du reiten?«

Lachend schüttelte er den Kopf. »Aber würde ich gern.«

»Mit einem Pferd so durch die Landschaft reiten, das stell ich mir schön vor«, sagte sie.

»Ich mir auch.« Er lächelte und plötzlich musste sie an Tim denken – und an . . . Troy. Troy Hogan. Sie zwang sich, den Namen zu denken. Und dann dachte sie daran, wer sie verraten hatte. Jemand musste sie in Sydney erkannt haben. Jemand aus ihrem alten Leben? Aber wieso sollte diese Person Kontakt zu *ihm* haben? Also doch Nate? Und wenn es niemand vom Zeugenschutz war? Wer wusste noch, dass sie in Melbourne war? Auf einmal fiel es ihr ein: Lisa! Lisa von *Supercash* . . . Lisa? Aber wieso sollte sie – und außerdem kannte sie doch Troy Hogan gar nicht . . .

Stopp, Sara, du musst damit aufhören!, ermahnte sie sich selbst. Sie musste sich auf das konzentrieren, was nun unmittelbar vor ihr lag. Und dann brauchte sie einen Plan. Um dem allen ein Ende zu machen.

»Wieso lebt diese Alex eigentlich in *Silver Town?«*, fragte sie Chris, um sich abzulenken.

»Alex hält das Haus einer alten Malerin instand, ziemlich durchgeknallt, die Alte«, sagte Chris. »Sie ist manchmal monatelang nicht da, wohnt dann in ihrem Haus in Melbourne oder Adelaide. Alex schiebt dann 'ne ruhige Kugel dort draußen. Alex ist nett, du wirst sie mögen.«

»Bleibst du auch noch ein bisschen da?«

Er schüttelte den Kopf. »Nein, ich muss zurück. Ich hab einen Job.«

Schade, dachte sie. Irgendwie fühlte sie sich in seiner Nähe ein bisschen sicher. Aber vielleicht war es auch besser, allein und ungestört zu sein. Sie musste sich einen Plan ausdenken, wie sie . . .

»Da ist eine Tankstelle«, riss Chris sie aus ihren Gedanken und deutete nach vorn. »Wir brauchen Sprit.«

Er steuerte die beiden altmodischen Zapfsäulen an. »Hoffentlich ist jemand da!«, sagte er und sah durchs Seitenfenster.

»Ich muss mal dringend«, sagte sie, »ich seh mal nach.«

Die kalte, würzige Luft traf sie plötzlich, aber sie tat ihr gut und sie atmete tief durch. Die Tankstelle gehörte zu einem kleinen Lebensmittelladen und Sara wollte gerade hineingehen, als bimmelnd eine Tür aufging und eine dickliche Frau mit grauen Locken erschien.

»Morgen! Na, ihr seid aber ganz schön früh dran«, rief sie mit brüchiger Stimme. Sie trug eine Kittelschürze und darunter dicke Socken und Pantoffeln. »Ich komme schon!«

»Für zwanzig Dollar!«, rief Chris ihr zu.

»Alrighty!« Sie drehte den Benzindeckel auf und steckte den Stutzen in den Tank. »Na, du siehst aber müde aus. Lange Fahrt?«

Sara nickte. Ein Geruch von gekochten Kartoffeln strömte von der Frau aus.

»Fahrt ihr nach *Silver Town?«,* wollte die Frau wissen.

»Nein, nach *Broken Hill«,* sagte Chris, bevor Sara antworten konnte.

»Hm. Noch ein weiter Weg«, meinte sie.

»Gibt es hier eine Toilette?«, fragte Sara.

»Ja, durch den Laden durch, rechts. Kann man nicht verfehlen.«

Aber Sara musste nicht nur dringend zur Toilette. Der Gedanke, dass Tim tot vor dem Haus lag, war ihr unerträglich geworden. Ob seine Frau ihn inzwischen vermisste? Vielleicht hatten sie Tim ja schon gefunden – oder auch nicht. »Haben Sie vielleicht auch ein Telefon? Ich muss . . . die Polizei anrufen.« Sie wollte nicht, dass Chris in die Sache hineingezogen würde, deshalb wollte sie nicht von seinem Handy aus telefonieren – das man zurückverfolgen könnte.

Chris warf ihr einen überraschten Blick zu.

»Ist was passiert?«, fragte die Frau erschrocken. »Das Telefon steht drinnen. Ach, warte, ich komme mit.«

Auf der Anzeige war die Zahl Zwanzig erschienen und die Frau hängte den Schlauch zurück und drehte den Tankdeckel fest. »Komm«, sagte sie und eilte vornübergebeugt voraus.

»Ich vertret mir hier inzwischen ein bisschen die Beine!«, sagte Chris.

Es dauerte eine ganze Weile, bis Sara endlich mit einem Polizisten verbunden wurde, der sich zuständig fühlte. Und es dauerte eine weitere Weile, bis der verstanden hatte, worum es ging. Sie erzählte nicht die ganze Geschichte, nur dass ein gewisser Troy Hogan, der ja aus dem Gefängnis ausgebrochen war, sie jagte, sie aufgespürt hatte und einen Polizisten namens Tim in Melbourne ermordet hatte.

Der Polizist wollte, dass sie an der Tankstelle auf einen Streifenwagen wartete, damit man auf dem Revier ein Protokoll aufnehmen könnte. Sara sagte Ja und legte auf.

Die Frau sah sie entsetzt an. »Na, Kindchen, das ist ja eine schauerliche Geschichte! Weißt du, was? Ich mach dir jetzt einen heißen Kakao. Du siehst so aus, als ob du den vertragen könntest. Vielleicht will dein Freund ja auch einen.« Die Frau rollte den alten Bürostuhl hinter der Kasse hervor, klopfte auf die Sitzfläche. »Setz dich solange.«

»Nein, danke, bitte, machen Sie sich keine Umstände.« Allein der Gedanke, etwas zu essen oder zu trinken, ließ sie würgen.

»Na, das sind doch keine Umstände! Komm, setz dich dahin. Ich bin gleich wieder da.«

»Nein, bitte, es ist nicht . . .«

»Keine Widerrede, setz dich!«

Sie setzte sich und die Frau verschwand im Hinterzimmer, wo Sara sie mit Geschirr klappern hörte. Chris war ein Stück die Straße hinuntergegangen, sie sah ihn langsam zurückkommen.

Sie konnte hier nicht still sitzen, Kakao trinken und auf die Polizei warten, auf einen Polizisten, der von nichts eine Ahnung hatte. Der eine, den sie gerade am Telefon gesprochen hatte, klang, als hätte er noch nicht einmal gewusst, dass jemand aus dem Gefängnis ausgebrochen war. Sie müsste alles noch mal und noch mal erzählen. Und dann würden sie es überprüfen lassen und sie müsste die ganze Zeit dort sitzen und warten . . . Und wahrscheinlich würde sie dann rund um die Uhr bewacht werden, bis man *ihn* endlich gefunden hätte. Wer weiß, ob sie *ihn* überhaupt jemals finden würden . . . Sollte sie so ihr Leben verbringen?

Sara stand auf. Sie hatte lange genug stillgehalten, sich versteckt und das gemacht, was man ihr gesagt hatte. Und wozu? *Er* würde sie finden, so wie er sie in Sydney und in Melbourne gefunden hatte. Und Polizisten waren auch kein Schutz – sonst würde Tim ja jetzt noch leben . . .

Sie wollte einen Zwanzigdollarschein neben die Kasse legen, aber da wurde ihr klar, dass sie gar kein Geld mehr besaß. Ihre Tasche war im Apartment. Ihre Hand berührte die Kasse. Es war ein ziemlich altes Modell und an der Seite befand sich ein Hebel, den man nur runterdrücken musste und die Geldschublade fuhr auf. Allerdings mit einem Bimmeln, zumindest hatte sie das in Filmen immer so gesehen. Sara drückte behutsam den Hebel und legte die andere Hand an die Schublade, um sie zu bremsen und hoffentlich das Bimmeln abzustellen. Tatsächlich. Die Schublade öffnete sich.

Einen Moment lang lauschte Sara auf die Geräusche, die aus dem Nebenzimmer kamen, dann schnappte sie sich die Scheine. Hinter der Kassette, in der das Geld lag, sah sie etwas aufblitzen. Sie warf einen Blick über die Schulter, aber die Frau war immer noch mit Kakaokochen beschäftigt. Sie griff nach hinten in das Fach – und zog einen Revolver heraus. Sie überlegte nicht lang, stopfte Geld und Waffe in ihre Jacke und rannte zum Auto, in dem Chris saß und döste.

»Los, fahr!« Sie zog die Autotür zu.

»Ist was passiert?«, fragte er verschlafen, startete aber schon den Wagen und bog auf die Straße ein.

Sie sah zurück, konnte aber die Frau nicht sehen. Vielleicht rührte sie ja immer noch in der Küche den Kakao an. »Alles okay. Ich hab die Polizei angerufen.«

»Und deshalb bist du weggerannt?«

»Ich ... ich wollte nicht gleich der Polizei in die Arme laufen und außerdem ... außerdem will ich dich nicht in die Sache mit reinziehen.«

Sein Blick sagte ihr, dass er ihr nicht so ganz glaubte. Sie fühlte sich mies. Das Gewicht des Revolvers zog in ihrer Jackentasche. Nein, sie würde ihm nichts davon sagen. Weder von der Waffe noch von dem Geld.

Diese verfluchte Schlampe hatte ihn reingelegt!

Und dass er diesen Scheißcop erledigen musste, war auch nicht geplant gewesen. Wenn sie ihn jetzt schnappen würden, käme er wahrscheinlich sein ganzes Leben lang nicht mehr aus dem Knast. Die drei Jahre waren schon genug gewesen. Nein, die kriegen mich nicht! Nie!

Er schlug aufs Lenkrad. Die Kiste war auch nicht viel besser als die vorherige. Irgendwann würde er mal einen Porsche klauen, unbedingt.

Er riss eine Bierdose auf, warf den Verschluss aus dem Fenster. »Scheiße!« Der Schaum quoll ihm über die Hand, tropfte ihm auf die Hose. Vor Wut hätte er am liebsten die Dose aus dem Fenster geschleudert, aber dann hätte er leider kein Bier trinken können. Also saugte er den Schaum von der Hand und trank ein paar ordentliche Schlucke ab.

»So, Troy, jetzt streng mal dein geniales Hirn an«, sagte er zu sich. »Wie kriegen wir raus, wo sich die Puppe verkriecht?« Das Bier war zu warm, das war das Problem! »Okay, was hältst du davon, Troy, ihrem Surferweichei einen Besuch abzustatten? Vielleicht hat die Puppe ihn ja angerufen?« Er legte den Kopf schief. »Hallo Liebling«, äffte er eine Mädchenstimme nach, »du musst mir helfen! Dieser böse Troy ist hinter mir her! Er verfolgt mich! Er hat schon meinen Beschützer umgebracht! Komm und hilf mir! Ich bin in . . .« Er grinste und schüttete den Rest Bier hinunter. »Genau. Du bist ein genialer Hund, Troy.« Er zerquetschte die leere Dose, warf sie aus dem Fenster und trat das Gaspedal durch. Achthundertzwanzig Kilometer bis Sydney. »Gehn wir ein bisschen surfen!«

24

»Wohnt hier überhaupt jemand?« Sara war ausgestiegen und wunderte sich über die Stille. Noch nicht einmal Vogelstimmen konnte sie ausmachen. Wo sollten die Vögel auch sein? Es gab ja gar keine Bäume. Nur roten Sand, rote Hügel, rote Felsen in der Ferne, ein paar Häuser aus rotem Stein und einen strahlend blauen Himmel.

»So gut wie niemand.« Chris schlug die Autotür zu. Das Geräusch verhallte. »Da drüben ist es, soweit ich mich erinnere.« Er zeigte auf eine Reihe von Häusern. Wie eine staubige Stadt aus einem Western, dachte Sara. Es würde sie nicht wundern, wenn gleich ein Betrunkener aus einem der Häuser torkeln oder eine Gruppe Bankräuber auf ihren Pferden vorbeipreschen würde. Stattdessen kam eine junge Frau in Jeans und T-Shirt aus dem mittleren Haus und winkte. »Hi Chris!« Sie trug in einem Tuch ein Kind vor dem Bauch.

»Alex, das ist Sara», stellte Chris vor. »Sara, das ist Alex.«

»Willkommen in *Silver Town!*«, lachte Alex. Sie hatte ein freundliches Gesicht, rote Locken und ihre Haut war voller Sommersprossen.

»Danke, dass ich eine Weile hierbleiben kann«, sagte Sara.

»Kein Problem, nicht wahr, Ronnie? Wir sind ganz froh über ein bisschen Gesellschaft.« Alex streichelte dem Kleinen über seine Babymütze.

»Du bist ja ganz schön gewachsen!« Chris stieß mit dem Zeigefinger gegen die winzige Faust. Ronnie sah ihn mit großen Augen an.

»Ja, zwei Monate machen was aus!«, sagte Alex und blies sich eine Haarsträhne aus der Stirn. Sie sah erhitzt aus. Wahrscheinlich ist sie wegen des Babys schon stundenlang wach, dachte Sara. »Wie alt ist er?«, fragte sie eher aus Höflichkeit als aus Neugierde. Babys hatten sie noch nie so wirklich interessiert. Andererseits – sie kannte auch keine. Ihre Sozialkontakte hatten sich immer auf ein Minimum beschränkt. Und in Stephens Freundschaftskreis hatte es keine Eltern gegeben.

»Nächste Woche sieben Monate«, antwortete Alex.

Sara versuchte, sich vorzustellen, wie der Kleine vor zwei Monaten ausgesehen hatte, aber es gelang ihr nicht. Sie hatte überhaupt keine Erfahrung mit Babys.

»Hast du was von Pete gehört?«, wollte Alex von Chris wissen.

»Nein«, Chris seufzte, »leider.«

Alex schnaufte und kräuselte die Nase mit den Sommersprossen. »Der Typ ist echt ein Blödmann! Falls du ihn siehst, sag ihm das. Er braucht auch nicht mehr vorbeizukommen. Ich will ihn nicht mehr sehen.«

Chris nickte. »Okay, sag ich ihm.«

»Er ist der Vater von Ronnie«, erklärte sie an Sara gewandt und seufzte. »Eigentlich muss ich froh sein, dass er nichts von sich hören lässt. Er ist ein beschissener Zocker. Verspielt und verwettet seine ganze Kohle, die er so sauer verdient!« Sie schüttelte den Kopf mit den schweren Locken. »Dabei könnte er auch für Ronnie was anlegen. Geld meine ich. Aber er ist total auf dem Egotrip.« Sie seufzte wieder. »Ich begreif's einfach nicht, wie ich auf so einen Typen reinfallen konnte. Wirklich, ich begreif's nicht.« Alex gab Ronnie einen Kuss auf die Wangen. »Selber schuld, wenn er dich nicht haben will, mein Süßer!«

»Darf ich es anfassen?«, fragte Sara.

»Klar.«

Sara nahm ganz vorsichtig das winzige Händchen. Wie zart und zerbrechlich es sich anfühlte.

»Sag schön Guten Tag, Ronnie!«, lachte Alex.

Ronnie machte seinen zahnlosen Mund auf. Sara musste sogar ein bisschen lachen und Alex sagte: »Na ja, wir üben noch!«

»Ich sehe schon, ihr versteht euch. Ich muss wieder zurück. Mein Job«, sagte Chris und verzog das Gesicht.

»Bleib auf einen Kaffee«, schlug Alex vor.

»Sorry, aber . . .« Er schüttelte den Kopf.

»Kommst du wenigstens mal vorbei?«, wollte Alex wissen.

Chris seufzte. »Ich hab kein Auto und das hier ist gestohlen. Ich muss es leider so schnell wie möglich wieder loswerden.«

»Schade, mir geht das Alleinsein manchmal auf die Nerven«, sagte Alex und sah Sara an. »Aber . . . jetzt hab ich ja ein bisschen nette Gesellschaft.«

Sara lächelte und dachte mit schlechtem Gewissen an den Revolver in ihrer Jacke.

»Tja, dann fahr ich wohl besser mal!« Chris nickte Sara zu.

»Danke«, sagte sie, »dass du mich . . . hergefahren hast.«

»Gern geschehen. Alex hat gesagt, dass du bleiben kannst, solange du willst.« Chris lächelte, aber er wirkte ein wenig zögerlich. »Also, Alex, pass auf sie auf!«, sagte er noch und ging los.

»Versprochen.«

»Vielleicht . . .«, fing Sara an und er wandte sich zu ihr um. »Vielleicht sehen wir uns ja mal wieder.«

»Ja«, sagte er, »ja, vielleicht.« Er lächelte ihr zu, drehte sich dann um und ging zum Auto.

»Lass dich nicht erwischen!«, rief Alex ihm nach.

Chris hob die Hand, stieg ein, wendete, hupte und fuhr weg. Eine Wolke aus rotem Sand vernebelte die Sicht, und als sie sich gelegt hatte, war das Auto nur noch ein winziger dunkler Punkt, der schließlich in einem Tal verschwand.

Jetzt erst wandte Sara sich um und bemerkte, dass auch Alex ihm nachgesehen hatte.

»Ich hasse Abschiede«, sagte Alex. »Komm, ich zeig dir, wo du wohnen kannst, und dann mach ich uns einen Kaffee.«

Die ganze Nacht hatte er wach gelegen. Gegrübelt, was er tun könnte. Wo sie sein könnte. Dann war ihm ein Gedanke gekommen. Etwas hatte ihn daran gehindert, es schon früher zu versuchen. Und jetzt wusste er plötzlich, was es gewesen war: Angst vor einer Wahrheit, die ihn schockieren würde. Aber inzwischen war ihm klar geworden, dass die Wahrheit nicht schlimmer als seine Fantasien sein konnte. Er musste der Wahrheit ins Gesicht sehen. Er brauchte Gewissheit.

Es war halb neun morgens. Die perfekte Zeit.

Die Nummer kannte er auswendig. So oft hatte er sie schon auf dem Telefondisplay angestarrt, so oft hatte er in der Nacht von den Ziffern geträumt. Endlich hörte er auf, im Zimmer auf und ab zu laufen, ließ sich auf die Couch fallen, fuhr sein Notebook hoch, rief die Seite *Brisbane Yellow Pages* auf und trug unter der Rubrik Telefonnummer die Ziffern ein. Anschließend klickte er auf *Search.*

Die Sekunden kamen ihm wie eine Ewigkeit vor, bis die Meldung *Wilson Highschool* erschien.

Eine Schule? Hatte sich vielleicht eine gleichaltrige Freundin als Tante ausgegeben? Unlogisch! Sie hätte doch einfach sagen können, ich bin eine Freundin von Sara.

Er überlegte weiter. Die Stimme hatte nicht ganz jung geklungen. War die Tante vielleicht Lehrerin an der Schule? Aber wieso war sie dann am Apparat, als er angerufen hatte? Als Lehrerin saß sie normalerweise nicht am Telefon. Und sie hatte sich auch nicht mit dem Namen der Schule gemeldet, sondern bloß Hallo gesagt. Er betrachtete die Nummer erneut. Vielleicht eine Zweigstelle? Oder eine Verwaltungskraft. Er nahm den Hörer und wählte. Es tutete viermal, dann wurde abgehoben.

»Hallo?«

Eine andere Stimme, definitiv.

»Entschuldigen Sie, mit wem spreche ich?«, fragte Stephen.

»Julie Edwards, Wilson Highschool.«

»Da bin ich jetzt mit einer Nebenstelle verbunden, richtig?«

»Ja, Sie sprechen mit der Verwaltung. Mit wem wollten Sie denn sprechen?«

»Ach, ich habe einen Anruf von einer Kollegin bekommen, von derselben Nummer, aber ich erinnere mich nicht mehr, wie sie heißt.«

»Wann haben Sie mit ihr gesprochen?«

»Vorgestern . . .«

»Vorgestern . . . warten Sie, das war der Dienstag. Dann haben Sie mit Nora Cummings gesprochen. Sie ist immer dienstags und donnerstags da. Ich montags, mittwochs und freitags.«

»Vielen Dank, dann rufe ich am Donnerstag noch mal an.«

»Warten Sie, vielleicht kann ich Ihnen helf. . .« Doch er legte einfach auf. Nora Cummings. Endlich hatte er einen Namen.

Er schnappte sich seinen Laptop und tippte Cummings, Nora in die Suchmaske. Diesmal suchte er nicht nach einem Namen, sondern nach einer Nummer zu einem Namen. Er fand fünfundzwanzig Einträge unter Cummings. Zwölf hatten andere, männliche Vornamen oder der Vorname war mit einem Buchstaben abgekürzt. Er konnte noch nicht einmal diese zwölf aussortieren, denn einer von ihnen könnte ja auch Noras Ehemann sein. Oder ihr Vater oder ihre Mutter oder wer weiß was noch. So kam er nicht weiter. Er überlegte. Wenn er sich heute Nacht auf den Weg machte, könnte er morgen zu Schulbeginn vor der *Wilson Highschool* in Brisbane sein.

Mit einem gestohlenen Auto durch die Gegend zu fahren, machte ihm nicht gerade ein gutes Gefühl. Aber er musste zurück in die Stadt, dort erst könnte er es irgendwo stehen lassen. Nur noch eine knappe Stunde, dann hätte er es geschafft. He, war das nicht *Powderfinger!* Er drehte die Musik lauter. *My Happiness* . . . so ein Zufall, sonst spielten sie doch nie *Powderfinger* im Radio!

Sara – so lange schon hatte ihn kein Mädchen wirklich interessiert. Jedenfalls nicht so wie Sara. Sie hatte etwas, das ihn anrührte. Etwas Verletzliches. Etwas Trauriges. Etwas, das sich nach Liebe sehnte, nach Vertrauen, nach . . . nach einem Leben. Er könnte umdrehen, jetzt, einfach wieder zurückfahren. Steig ein, wir fahren weiter!, würde er zu ihr sagen und sie würde zu ihm steigen und er würde Gas geben und in den Sonnenaufgang fahren.

Dann tu's!, sagte eine Stimme in ihm, überleg nicht so lange, du hast sie doch auch ohne Zögern gerettet! Was hielt ihn zurück? Auf sein Leben in der Stadt, seinen Job könnte er verzichten, er . . .

Er drehte gerade die Musik lauter, als er sie hörte. Die Sirene. Dann sah er das Blaulicht. Zu spät. Er fuhr an den Straßenrand und hielt an. Im Rückspiegel sah er den Polizisten herankommen.

Die Polizeihand klopfte ans Fenster. Er kurbelte es herunter. »Guten Morgen, Sir«, sagte der Polizist mit der Sonnenbrille. »Ist das Ihr Wagen?«

»Nein.«

»Papiere?«

»Hab ich nicht.«

»Steigen Sie aus. Langsam und Hände über den Kopf!«

»Der Typ hat das Malen aufgegeben. Hat eingesehen, dass er kein Talent hat. Keine Ahnung, was er jetzt macht.« Alex hielt ihr die Tür zum letzten Haus in der Reihe auf. »Ist nicht gerade ein Palast.« Ein düsterer Raum mit alten Möbeln tat sich vor Sara auf.

»Es ist okay«, sagte Sara und trat über die brüchige Holzschwelle. Eine Kakerlake huschte über den staubigen Dielenboden unter ein grünbraunes Plüschsofa.

Das Zimmer roch muffig. Immerhin lagen keine Essenreste herum. Bloß ein paar leere Bierflaschen standen auf dem wackligen Couchtisch und auf dem Boden daneben. Als hätte der Bewohner nach dem sechsten Bier den Entschluss gefasst, abzuhauen – und sein Leben zu ändern.

»Ein paar Maler sind noch hier. Manche sind nur monatsweise da«, erklärte Alex. »Tja, man muss hier erst mal sauber machen.« Alex zog an der Schnur, um das schief hängende Rollo vor dem Fenster hochzuziehen. Jetzt flutete Licht herein und Sara fand, dass der Raum im Tageslicht gar nicht mehr so schäbig aussah.

»Hinter dem Wohnzimmer ist die Küche und das Schlafzimmer ist hinter dieser Tür.« Alex ging voraus. Das Baby beobachtete Sara. Als wüsste es, dass mit mir etwas nicht stimmt, dachte Sara und fühlte sich unwohl.

»Na ja, Kochen war wohl auch nicht so sein Ding«, sagte Alex, als sie in der Küche kamen.

Die »Küche« bestand aus einer Elektroplatte auf einer wackligen Backsteinkonstruktion, auf der auch eine Plastikwaschschüssel stand, einem uralten, riesigen Kühlschrank, zwei schäbigen Metallstühlen und einem Metalltisch, von dem die braunrote Farbe abblätterte. An einer Wand hing ein schiefes Regal mit Tassen ohne Griff und gesprungenen Tellern, alle mit verschiedenen Mustern.

Alex drehte den rostigen Wasserhahn über der Plastikschüssel auf. Mit einem Zischen spritzte ein gelblicher Wasserstrahl hervor. »Na, was will man mehr? Und Strom ist auch da.« Sie machte die Kühlschranktür auf und drehte am Thermostat. Mit einem Unheil verkündenden Grollen sprang die Kühlung an. »Keine Angst, explodieren wird er nicht.« Alex grinste.

Sara fürchtete auch eher das Innere des Kühlschranks. Sie hatte nur kurz hineingesehen, aber lang genug, um sich ekeln zu können. Ganze Schimmelteppiche breiteten sich an den Wänden aus.

»Dafür kostet es nichts«, sagte Alex, die ihren Blick bemerkt hatte. »Komm, ich mach uns erst mal einen Kaffee. Dann kann ich dir Putzzeug geben. Ich helf dir auch gern.«

»Ist schon okay«, sagte Sara und schloss die Kühlschranktür. »Ich hab ja sonst nichts zu tun.«

Im Hinausgehen blieb Alex stehen und sah sie stirnrunzelnd an. »Chris hat nur gesagt, dass du eine Weile von der Bildfläche verschwinden musst. Hast du was ausgefressen?«

Sara dachte an den Revolver in ihrer Jackentasche und an das gestohlene Geld – und an Tim und an all das andere . . .

»Schon gut. Musst mir nicht antworten. Ich war mal ein paar Wochen im Gefängnis, weil ich geklaut habe«, sagte Alex mit einem Blick auf ihr Baby. »Ich würde alles tun, um nicht wieder dorthin zu müssen.«

»Ich hätte echt Lust auf einen Kaffee«, sagte Sara.

Alex grinste. »Ich hab auch was zu essen.«

25

He, Troy, du musst ein bisschen langsamer rauchen, dein Vorrat geht aus. Und du willst doch gute Laune haben, wenn du ankommst, oder?« Er drückte den Zigarettenstummel im überquellenden Autoaschenbecher aus.

Noch hundertachtzig Kilometer bis Sydney. Da sitzt man sich ja den Scheißhintern platt! Aber immerhin würde er gleich ein bisschen Spaß haben, wenn er dem Goldjungen einen Besuch abstattete!

Und was, wenn sie ihren Typen nicht angerufen hat? Wenn unser Goldjunge keinen blassen Schimmer hat, wo sie ist?

»Das wäre Scheiße. Allerdings. Hm.« Irgendjemandem wird diese verfluchte Schlampe ja wohl gesagt haben, wohin sie abgehauen ist. Noch zwei Stunden bis Sydney.

Fast elf Stunden war er von Sydney nach Brisbane unterwegs gewesen. Stephen sah auf die Uhr in seinem Bus und unterdrückte ein Gähnen. Er war in einem seltsamen Zustand. Einerseits todmüde, andererseits angespannt und unruhig. Was, wenn Nora Cummings aus irgendeinem Grund nicht zur Arbeit kam? Oder wenn sie absolut nichts mit Sara zu tun hatte? Oder . . . oder wenn Nora Cummings ihm etwas erzählen würde, das er nie wieder vergessen würde, weil es so schrecklich war?

»Hör auf mit dem Mist!«, sagte er zu sich. Er war die weite Strecke nicht umsonst gefahren. »Du gehst jetzt gleich da rein und Ende!«

Er stieg aus, wartete noch, bis die Schulglocke läutete, dann folgte er den letzten Schülern, die ins Gebäude trotteten. Er warf einen Blick auf die Tafel mit dem Lageplan und wusste, dass sich das Büro von Nora Cummings gleich im Erdgeschoss befinden musste, im rechten Gang hinter der dritten Tür.

Die Tür stand einen Spaltbreit geöffnet, aber er sah nur einen Teil des Schreibtischs und ein paar Hände, die eine Akte durchblätterten. Würde Nora Cummings so aussehen wie »Mom« auf dem Foto? Dunkles, kurzes Haar, mit offenen, fröhlichen Augen? Er klopfte.

»Ist offen«, kam es von drinnen. War das die Stimme vom Telefon? Stephen zog die Tür auf.

Die Frau, die ihm entgegenblickte, hatte blondes, schulterlanges Haar, einen bitteren Zug um den Mund und die Augen hinter der dunkel umrahmten Brille wirkten müde.

»Äh . . .« Er hatte sich geirrt. Das konnte nicht die Frau von dem Foto sein.

»Kann ich Ihnen helfen?«

Selbst die Stimme kam ihm jetzt fremd vor. »Ich wollte zu . . . Mrs Cummings.«

»Die bin ich.« Ein dünnes Lächeln huschte über ihr Gesicht.

»Ich glaube . . . wir haben telefoniert.«

»Ja?«

Von Sekunde zu Sekunde wurde er unsicherer. Aber nun war er schon einmal hier. »Wegen . . .« Er setzte sich auf den Besucherstuhl vor dem Schreibtisch und zog das Foto aus der Tasche, legte es vor sie. *Patricia und Mom.*

Nora Cummings blickt darauf und erstarrte. »Was wollen Sie?«, fragte sie mit tonloser Stimme. Plötzlich sah sie viel älter aus.

Mom, also doch, dachte er, rutschte auf dem Stuhl herum, räusperte sich und rückte dann mit der Sprache raus.

»Ich bin Stephen. Sara war mit mir über ein Jahr zusammen. Jetzt hab ich dieses Foto gefunden. Ich will wissen, ob Sara Patricia ist. Und ob das alles mit diesem Typen zusammenhängt, der aus dem Gefängnis ausgebrochen ist.«

Nora Cummings betrachtete das Foto, ohne etwas zu sagen. Ihr Finger berührte vorsichtig die abgebildeten Gesichter. Stephen bemerkte, wie ihre Augen glasig wurden.

»Sie hätte es nicht mitnehmen dürfen«, sagte sie leise.

»Das Foto?«, fragte Stephen.

Nora Cummings schwieg. Schließlich sah sie auf. »Wieso sollte ich Ihnen vertrauen?«

Stephen schluckte. Diese Frau hatte genauso viel Angst wie Sara. »Ich liebe Sara. Ich will sie zurückholen.«

Ein müdes Lächeln flog über ihr blass gewordenes Gesicht. »Ach . . .« Sie schüttelte den Kopf und seufzte. »Es war ein Fehler zu telefonieren. Das hätte ich wissen müssen. Es war zu gefährlich.«

»Was meinen Sie?« Stephen begriff nicht.

Das Telefon auf ihrem Schreibtisch klingelte. Sie sah kurz dorthin, nahm aber nicht ab, schließlich verstummte es.

»Hören Sie, ich weiß, dass ein Typ namens Troy ihr etwas Schlimmes angetan hat. Er ist aus dem Gefängnis ausgebrochen und hinter ihr her. Aber ich lasse nicht zu, dass dieser Typ unser Leben kaputt macht!«

Ein mitleidiges Lächeln zeigte sich auf ihrem Gesicht. »Das haben wir uns auch eingeredet. Er schafft es nicht, uns auseinanderzubringen, unser Leben zu zerstören. Das haben wir uns immer wieder gesagt.« Sie seufzte »Aber wir konnten es nicht verhindern. Genauso wenig wie Sie, Stephen.«

»Ich geb nicht so schnell auf!«

»Ja, das haben wir uns auch vorgenommen, aber irgendwann sieht man ein, dass es keinen Ausweg gibt . . .«

In Stephen kochte die Wut hoch. »Ich bin jedenfalls noch nicht so weit. Ich gebe Sara nicht einfach so auf!«

»Ach, Stephen! Wenn Sie ehrlich sind, müssen Sie zugeben, dass Sie wütend auf Sara sind, weil sie sich Ihnen nicht anvertraut hat. Sie hat Sie belogen! Die ganze Zeit! Da wäre jeder wütend!« Ihre Augen waren schmal wie die einer Katze geworden. Solche Augen hatte Sara auch manchmal gehabt.

»Auf dem Parkplatz vor unserem Haus wurde das Auto gefunden, das er gestohlen und in dem er ein Mädchen vergewaltigt hat. Er wollte sie töten«, sagte er sachlich. »Hat er das auch mit Sara gemacht? Oder sollte ich besser sagen mit *Pat?«* Stephen war über seinen sarkastisch-berechnenden Tonfall erschrocken, doch diese Frau hatte ihren Finger genau in seine Wunde gelegt.

Nora Cummings' Mundwinkel zuckten. Ihr Blick ging in die Ferne.

»Mrs Cummings! Sagen Sie mir die Wahrheit! Ich muss endlich wissen, was passiert ist!«

Allmählich kehrte ihr Blick zurück. »Sind Sie wirklich sicher? Noch können Sie einfach hier zur Tür hinausspazieren und ihr Leben leben, ohne – diese Belastung. Gehen Sie zurück zu Ihren Freunden, lernen Sie ein anderes Mädchen kennen, eines mit einer einfacheren Geschichte. Und genießen Sie Ihre Jugend, Ihre Unbeschwertheit . . .«

Er schüttelte den Kopf. »Nein. Ich will Sara. Oder Patricia. Es liegt mir nichts an einer unbeschwerten Jugend.«

Sie lächelte traurig. »Sie wissen nicht, was Sie aufgeben, Stephen! Sie werfen Ihre Unbeschwertheit so leichtfertig weg.« Ihr Ausdruck wurde hart. »Er hat ihr ihre Jugend genommen.«

Er wartete.

»Gut«, sagte sie schließlich. »Ich habe Sie gewarnt.« Sie erhob sich, ging zur Tür und hängte ein Schild von außen an die Türklinke, auf dem »Bitte nicht stören« stand. Anschließend ging sie zum Fenster und sah hinaus. Dann begann sie zu erzählen.

»Es war ein schöner Frühlingstag. Ein perfekter Tag. Blauer Himmel, nicht zu heiß, ein leichter Wind vom Meer. Wir wohnten in einem kleinen, aber schönen Haus mit netten Nachbarn, in einer ruhigen Straße. Patricia und ich. Patricias Dad und ich waren geschieden. Patricia hatte ein paar Tage Ferien und verbrachte den Tag mit ihrer Freundin Amber bei ihr zu Hause. Ich machte mir keine Sorgen, weil Ambers Mutter sehr zuverlässig war und den Mädchen nicht alles erlaubte. Manchmal brachte sie Patricia auch nach Hause, aber wenn nicht, nahm Patricia den Bus. Die Haltestelle war etwa zehn Minuten von Ambers Haus entfernt.

Wir hatten ausgemacht, dass Patricia den Bus um zwanzig nach fünf nehmen würde, dann wäre sie um sechs Uhr daheim. Um sieben Uhr wollten wir zu Abend essen.

Ich arbeitete halbtags bis vier bei einem Steuerberater, auch an diesem Tag. Als ich aus dem Büro kam, hatte sich der Himmel zugezogen, ganz plötzlich. Ich hatte es gar nicht bemerkt. Jedenfalls hingen dunkle Wolken am Himmel. Hoffentlich kommt Pat nicht in den Regen, dachte ich noch auf dem Heimweg. Zu Hause hatte ich noch zu bügeln. Inzwischen schüttete es. Aber es war ein warmer Regen und ich wollte auch nicht Ambers Mutter anrufen und fragen, ob sie Patricia fahren könnte.

Kurz vor sechs hörte ich auf, räumte die Wäsche in die Schränke und sah schon mal aus dem Fenster. Von dort konnte man auf die Straße sehen, durch die der Bus fuhr. Die Haltestelle befand sich etwa dreihundert Meter weit weg.

Der Regen war nicht mehr so stark, es nieselte jetzt nur noch. Ich warf den Müll in die Tonne vor dem Haus und sah die Straße hinunter. Es war kurz vor sechs und der Bus fuhr vorbei. Er ist wohl ein bisschen früher als sonst oder es ist der vorherige mit großer Verspätung, dachte ich und wartete noch, aber als ich Patricia nicht kommen sah, ging ich wieder hinein. Ich rief sie auf dem Handy an, aber sie ging nicht dran.

In diesem Moment dachte ich zum ersten Mal, dass etwas passiert sein könnte. Ich versuchte es noch einmal, doch da war es dann ausgeschaltet. Vielleicht trifft sie sich heimlich mit einem Jungen, hab ich mir gesagt.« Die Frau lachte kurz bitter auf und verstummte dann, als müsse sie sich erst wieder sammeln.

Stephen saß unbeweglich auf dem Stuhl und ließ Nora Cummings keine Sekunde aus den Augen. Ein Teil von ihm wollte fliehen, hinausrennen, weit, weit weg, wo ihn nichts mehr an Sara erinnern würde. Der andere Teil von ihm wollte endlich die Wahrheit wissen, die ganze Wahrheit.

»Ich rief also Ambers Mutter an«, sprach sie schließlich weiter. »Und als sie sagte, Pat sei um Viertel vor fünf bei Ihnen weggegangen, hab ich mir Amber geben lassen. ›Amber‹, hab ich gesagt, ›bitte sag mir ganz ehrlich, ob Patricia einen Freund hat. Trifft sie sich jetzt heimlich mit einem Jungen?‹ Amber war ziemlich irritiert und sagte dann Nein, von einem Jungen wüsste sie nichts. Da wusste ich, dass etwas passiert war.

Ich probierte es immer wieder auf Patricias Handy, aber es blieb ausgeschaltet. Ich lief die Straße hoch und runter, ich rief die Polizei an. Aber sie konnten noch nichts unternehmen. Und dann erzählten sie mir, dass es doch völlig normal sei, dass eine Fünfzehnjährige mal später nach Hause käme. Es sei ja längst noch nicht zehn.

Ich rief alle möglichen Leute an, die ich kannte, auch Pats Vater. Alle versuchten, mich zu beruhigen. Dann hab ich es aufgegeben und hab einfach gewartet – und . . . und gebetet. Diese Stunden waren die schlimmsten meines Lebens.« Sie drehte sich zu ihm um. Die Strenge um ihren Mund herum war verschwunden und einer tiefen Traurigkeit und Verzweiflung gewichen.

Stephen fühlte einen Kloß in seinem Hals und in seinem Innern zog sich etwas zusammen. »Es tut mir so leid«, sagte er leise und meinte in dem Moment alles. Ihr Schicksal, das von Sara, sein eigenes und das der toten Mädchen, die auch Moms und Dads gehabt hatten, die auf sie gewartet hatten.

Nora Cummings schlang die Arme um sich. »Gegen halb acht morgens klingelte es an der Haustür. Ich sprang auf, ich hatte die ganze Nacht auf der Couch gesessen und das Telefon angestarrt.« Sie schluckte. »Als ich die uniformierte Polizistin gesehen habe, war ich sicher, dass sie tot ist. ›Ihre Tochter Patricia ist auf der Polizeistation‹, hat sie mir gesagt. Ich weiß nicht mehr, was mir da alles durch den Kopf gegangen ist. Sie hatte einen Unfall, sie hat Drogen genommen, sie ist in eine Schlägerei gekommen und ja, an eine Vergewaltigung hab ich auch gedacht.«

Sie sah Stephen in die Augen und jetzt wurde ihr Blick fest und die Strenge kehrte zurück. »Dieser Kerl hat sie nach Hause fahren wollen. Er ist mit ihr zwei Stunden durch die Stadt gefahren, hat immer behauptet, gerade noch etwas erledigen zu müssen, hat sie vertröstet und dabei ihre Angst genossen. Mein Gott, sie war fünfzehn! Auf einem abgelegenen Weg hat er sie schließlich in den Kofferraum gesperrt und dann ist er mit ihr noch mal eine Stunde rumgefahren, raus aus der Stadt. An einem Waldstück hat er angehalten, Patricia mehrmals vergewaltigt und gewürgt, bis er dachte, sie sei tot. Dort hat er sie dann liegen lassen. Im Morgengrauen, als sie wieder wach wurde, ist sie zur Straße gelaufen.« Sie kehrte zum Schreibtisch zurück, stützte sich mit beiden Armen auf die Platte und sah ihm so hasserfüllt in die Augen, dass Stephen unwillkürlich zurückwich. »Wenn ich eine Waffe gehabt hätte, hätte ich ihn im Gerichtssaal erschossen. Obwohl er einen viel, viel grausameren Tod verdient hätte.«

Nora Cummings Stimme war so kalt und entschlossen, dass Stephen erschauerte. »Ich verstehe, was Sie . . .«, sagte er.

»Wie konnte er es wagen, so etwas zu tun!«, schnitt sie ihm das Wort ab. »Wie konnte er nur! Sie konnte ihn anhand einer Verbrecherkartei eindeutig identifizieren. Ein anderes Mädchen war etwa drei Monate vorher entkommen und hatte eine ungefähre Beschreibung geben können. Zwei Tage später hat ihn die Polizei im Haus seiner Mutter verhaftet. Anhand von DNA-Proben wurde er als Vergewaltiger und Mörder in weiteren Fällen identifiziert. Er hat alles gestanden und dafür fünfundzwanzig Jahre bekommen.«

Stephen spürte, wie ihm schwindlig wurde. Wie hatte Sara ihm all das nur verheimlichen können?

Nora Cummings ließ sich in ihren Bürosessel sinken.

»Und wie konnte er es wagen, ihr noch aus der Untersuchungshaft heraus zu drohen? Ich hätte ihn umbringen sollen, irgendwie! Als Patricia Drohbriefe bekam und sich in unserem Garten ein Typ herumtrieb, nahm es die Polizei endlich ernst. Gleich nach dem Prozess wurden wir ins Zeugenschutzprogramm aufgenommen. Bekamen neue Identitäten, neue Pässe, mussten umziehen, durften keinen Kontakt mehr zu Freunden haben und sollten uns auch nicht mehr anrufen – da man ein undichte Stelle bei der Polizei nicht ausschloss.« Sie schüttelte den Kopf. »Und jetzt ist er auch noch ausgebrochen! Gibt es so was? Heutzutage? Wo sie überall weiß Gott was für Sicherheitsmaßnahmen haben! Er schafft es und bricht aus, dieses . . . dieses . . . dieses Monster! Er hat unser Leben zerstört.«

Stephen saß da. Stumm, sprachlos. Er begriff, dass Sara ihm gegenüber so etwas wie ein Eisberg gewesen war, von dem er nur die Spitze, das, was über dem Wasser war, gesehen hatte. Das Eigentliche, das, was Sara wirklich ausmachte, ihr Schicksal, das war für ihn unsichtbar unter der Oberfläche geblieben. Sara – der Name war plötzlich nicht mehr als irgendein x-beliebiger Name, die Erinnerung an sie entfernte sich von ihm, trieb in einem Nebel davon. In wen hatte er sich verliebt? In einen Schein . . .

»Sie fühlen sich hintergangen.« Nora Cummings' Stimme unterbrach seine Gedanken. »Und Sie fragen sich, wem Ihre Liebe gegolten hat. Einem Trugbild? Einer Sinnestäuschung?«

»Ich frag mich, warum sie mir nicht wenigstens nach ein paar Monaten die Wahrheit gesagt hat!«

Ein wissendes Lächeln glitt über ihr Gesicht. »Verstehen Sie nicht: Pat gab es nicht mehr. Sie hatte sich dafür entscheiden müssen, kompromisslos, eine Entscheidung mit allen Konsequenzen. Hätte sie Sie eingeweiht, Stephen, dann hätten Sie nämlich auch in dieser Sache dringesteckt. Vielleicht hätte Sie es mal Ihren Eltern oder einem Freund erzählen müssen. Weil Sie mal jemanden Ihr Herz hätten ausschütten wollen. Und was wäre mit Ihren Eltern und diesem Freund gewesen? Die hätten es vielleicht auch weitererzählen müssen.« Sie schüttelte den Kopf. »Nein, sie musste so handeln, Stephen. Sie hatte keine andere Wahl. Und sie hat sehr darunter gelitten.«

Er versuchte, es einzusehen, aber es fiel ihm schwer.

»Fahren Sie heim, Stephen, und denken Sie über alles nach. Es ist sicher nicht leicht für Sie, Sara jetzt ohne das zu sehen, was ihr angetan wurde. Und sie hat sich sicher in mancher Hinsicht auch anders verhalten, wenn sie mit Ihnen intim war, als wenn sie dieses Erlebnis nicht gehabt hätte. Sie war bis vor Kurzem in Therapie gewesen. Aber ganz unbeschwert wird sie wohl nie sein.«

Er musste an die Momente denken, in denen er das Gefühl

hatte, dass Sara ihm etwas vorspielte oder dass sie nicht bei ihm, sondern in ihrer eigenen Gedankenwelt war.

»Rufen Sie mich an, wenn Sie sich entschieden haben. Sara meldet sich manchmal. Ich werde ihr sagen, dass Sie bei mir waren und über alles Bescheid wissen, und ich werde sie fragen, ob sie Sie wiedersehen will.«

Als er ihr Büro verließ, kam es ihm vor, als würde er taumeln, als zerfiele gleich alles, Fußboden, Wände, Gebäude, Straße, ja sogar Himmel und Luft in das, was sie wirklich wären: Daten in einem Computerspiel. Und am Ende wäre er selbst in Einsen und Nullen aufgelöst.

26

Sara stand am Fenster. Noch nie war sie so weit vom Ozean weg gewesen. Die Landschaft sah hier ganz anders aus. Die Erde war rot, wie abgestreifte Schlangenhaut lagen die Rinden der wenigen Eukalyptusbäume auf dem Boden. In der Ferne erhoben sich kahle Hügel und schroffe Felsen. Durchs Fenster wehte trockene Luft herein. Noch ein Stück weiter fing die Wüste an und in der Nähe breitete sich ein riesiger Salzsee aus. Wo genau, wusste sie nicht. Sie hatte kaum Ahnung von Geografie. Überhaupt hatte sie von ziemlich wenig eine Ahnung, dachte sie jetzt. Die letzten Jahre hatte sie sich für nichts mehr interessiert und auch die Schule aufgegeben. Ihre Zensuren waren immer schlechter geworden und auch die Therapie hatte daran nichts ändern können. Und als sie dann einen neuen Namen bekommen hatte und nach Sydney gezogen war, hatte sie gar keine Lust mehr gehabt, etwas zu lernen. Schule hieß, Blicken und Fragen der Mitschüler ausgesetzt zu sein, und allein der Gedanke daran machte sie panisch. Deshalb hatte sie sich lieber gleich um einen Job gekümmert. Der Job bei *Supercash* war perfekt gewesen. Sie hatte dort mit stummen Waren zu tun und nicht mit neugierigen Menschen.

Aber dann war Stephen gekommen. Sie erinnerte sich genau an diesen Sonntag.

Sie war ein Jahr nach dem Prozess mit einer neuen Identität ausgestattet in ein Wohnheim für Schüler und Studenten in Sydney gezogen. In Sydney lebte ihre Großtante Joy, die sie anfangs öfter besucht hatte.

Hin und wieder ging sie am Wochenende mit Mitschülern zum Surfen zum *Bondi Beach*. Sie wollte neue Freunde finden – einerseits, andererseits fürchtete sie sich vor ihren Fragen. Sie musste immer wachsam sein, um sich nicht zu verraten und aus Versehen ihren alten Namen zu nennen oder zu vergessen, dass ihre Mutter ja bei einem Verkehrsunfall gestorben war. Bald schon merkte sie, dass sich die anderen von ihr fernhielten. Sie mussten sie für ziemlich verschlossen halten, als wäre sie nicht wirklich an einer Freundschaft interessiert. Dabei sehnte sie sich doch so sehr nach Freunden. Nach Gleichaltrigen, mit denen sie das tun konnte, was sie früher auch getan hatte. Über Typen reden, zusammen losziehen, abhängen, von der Zukunft träumen ...

An jenem Sonntag war sie zum zweiten Mal mit zum Surfen gegangen. Sie hatte behauptet, surfen zu können, doch auf der Welle hatte sie die Angst überfallen und sie war in panischer Eile ans Ufer zurückgepaddelt.

Dort saß sie dann allein am Strand und sah den Surfern zu. Da fiel ihr einer auf, der die Wellen mit einer besonderen Ruhe und Coolness nahm. Er paddelte nicht hektisch auf den Wellenkamm, er stellte sich nicht zu früh aufs Board, und wenn er dann die Welle surfte, dann schien das Board Teil seines Körpers zu sein. Er strahlte Sicherheit aus – und vielleicht war es das, was sie zuallererst zu Stephen hingezogen hatte.

Und als er an diesem späten Sonntagnachmittag mit seinem Board unter dem Arm an ihr vorbeiging, da lächelte er sie an und fragte, ob sie nicht surfen wollte.

Was hatte sie geantwortet? Sara musste einen Moment nachdenken. Ja, richtig, sie hatte etwas von einer Verletzung erzählt, die noch nicht richtig verheilt sei und die ihr Schmerzen bereitete. Unwillkürlich verzog sich ihr Gesicht zu einem bitteren Lächeln. Na ja, so ganz gelogen war das ja nicht.

Er hatte sich zu ihr in den Sand gesetzt und dann von seiner Surfverletzung erzählt, als er eine Welle falsch eingeschätzt hatte und sie über ihm zusammenschlagen war, wie er auf den Meeresboden gepresst worden war und mit dem Arm auf einen Stein aufschlug. Der Arm war gebrochen gewesen, aber wenn es den Kopf erwischt hätte, hätte er tot sein können.

»Hast du keine Angst, dass es wieder passieren kann?«, hatte sie ihn gefragt.

Da hatte er ein bisschen gelächelt und gesagt: »Manchmal schon. Aber dann denke ich an all die schönen Erlebnisse und dann geht sie weg, die Angst.«

Und er hatte in den Himmel gezeigt, der sich langsam orange gefärbt hatte. Wie gern sie einfach da sitzen geblieben wäre und den Sonnenuntergang mit ihm bewundert hätte. Aber da war plötzlich wieder diese Panik vor Nähe in ihr hochgestiegen und sie hatte sich hastig von ihm verabschiedet.

Trotzdem war sie am darauffolgenden Sonntag wieder zum Strand gegangen, hatte sich an denselben Platz gesetzt. Und auch er war wieder da gewesen. Und diesmal hatte sie dem Sonnenuntergang mit ihm ein bisschen länger zugesehen . . .

Sara zog die Nase hoch. Sie war am Anfang so nah dran gewesen, ihm die Wahrheit zu sagen. Hätte sie es doch getan! Dann hätte sie ihn nicht verlassen müssen, dann . . .

Sie würde ihn so gern anrufen und ihm sagen, dass es nicht seine Schuld war, aber dann würde er sie fragen, warum sie ihn verlassen hätte. Und darauf konnte sie keine ehrliche Antwort geben.

»Du musst dein altes Leben hinter dir lassen«, hatten sie ihr gesagt. Und sie war zuerst sogar ganz froh darüber gewesen. Ihr Leben war ihr bis dahin nie besonders toll vorgekommen. Also dachte sie, es wäre leicht, es aufzugeben. Aber das war ein Irrtum. Erst im Nachhinein empfand sie so vieles als kostbar und vermisste es. Ihre Mutter zum Beispiel, die sie nervte, weil sie sie jeden Morgen weckte, weil sie nach der Schule wissen wollte, wie es gewesen war, und am Nachmittag fragte, mit wem sie sich treffen würde und ob sie auch alles für die Schule erledigt hätte. Und ihre Freundinnen Amber und Kim vermisste sie auch. Obwohl sie sich oft über sie geärgert hatte, weil sie manchmal so zickig waren. Aber sie fehlten ihr. Und jetzt hatte sie eine so hohe Mauer um sich gezogen, dass niemand mehr zu ihr vordringen konnte. Die Mauer war so hoch, dass sie selbst von drinnen gar nicht mehr nach draußen sehen konnte. Und drinnen war es einsam . . . und kalt.

Sie wandte sich vom Fenster ab. Beinahe hatte sie vergessen, dass sie in dem verdreckten Haus in *Silver Town* stand. Sara ließ ihren Blick durch das Zimmer gleiten. »Tja, dann fang ich mal an.«

Zuerst ließ sie Wasser in den Putzeimer laufen, dann zog sie die Gummihandschuhe an. Das Ekligste zuerst, hatte sie sich vorgenommen, und so fing sie mit dem Kühlschrank an. Nach einer Stunde war sie damit fertig und sogar ganz stolz auf ihre Arbeit. Die nächsten drei Stunden reinigte sie gründlich die Toilette, entfernte die Schmutzränder in der Badewanne, kippte WC-Reiniger in die Kloschüssel, schrubbte die Böden. Anschließend spülte sie das Geschirr aus dem Wandregal ab und klopfte draußen einen alten Teppich aus.

Als sie den Teppich wieder auf den Dielenboden vor dem Sofa legte, fiel ihr Blick auf das etwa einen Quadratmeter große Viereck im Holzboden, das mit einem Metallring versehen war. Ein Geheimfach oder der Eingang zu einem Keller? Zu einem Schacht? Neugierig bückte sie sich, zog an dem Metallring, hob das Stück Boden an und schob es zur Seite. Ein dunkles Loch gähnte ihr entgegen, Modergeruch stieg herauf. Sie hatte in einer Schublade noch ein paar Kerzenstummel und ein Plastikfeuerzeug entdeckt, das nahm sie jetzt, zündete eine Kerze an, kniete sich auf den Boden und leuchtete hinunter. Uh, das war tief. Unten rötliche Erde. Und ein paar leere Säcke. Eine Leiter. Kein Fenster. Nichts. Eine Vorratskammer. Ein Versteck. Oder vielleicht wollte der Vorbesitzer hier nach Silber suchen. Ein unangenehmes Gefühl befiel sie. Sie dachte an den dunklen Kofferraum . . .

. . . *Er hat angehalten. Ich will die Tür aufmachen, aber sie klemmt. Er geht um den Wagen herum, ich denke nur noch, jetzt, ich muss es vorher schaffen, doch ich schaffe es nicht und er macht von außen die Tür auf, zerrt mich an meinen gefesselten Armen heraus, stößt mich zum Kofferraum, klappt ihn auf, sagt: »Los, rein mit dir!« Er ist mit schwarzem Gummi ausgelegt und es stinkt noch mehr nach dem chinesischen Essen, dessen Überreste auf der Rückbank liegen, und nach alten Socken. Mir wird noch übler, ich steige rein, er gibt mir einen Stoß und wirft den Deckel zu. Mein Mund ist auch verklebt, ich kann bloß durch die Nase atmen, es ist so stickig und stinkt und ich denke, ich muss ersticken. Da ist ein schmaler Spalt, weil der Kofferraumdeckel verbeult ist, und ich versuche, mich dorthin zu bewegen, was kaum geht, und meine Nase dorthin zu drücken . . .*

. . . Sie starrte schweigend auf die Bodenöffnung, dann schob sie rasch den Deckel auf die Öffnung und rollte den Teppich darüber, als könnte sie so auch alles andere vergessen.

Sie zog die Gummihandschuhe aus und sah sich um. Fast wohnlich war die Bruchbude geworden. Ihr Blick wanderte erneut zu der Stelle, wo sich das Kellerversteck unter dem Teppich verbarg. Ein grausiger Gedanke kam ihr, den sie schnell verdrängte. Sie ging in die Küche und ließ sich erschöpft auf einem Stuhl nieder. Über dem zweiten Stuhl hing noch immer ihre Jacke. Unübersehbar beulte sich die rechte Tasche aus. Sie nahm das Bündel Geld in die Hand. Drei Fünfziger, fünf Zwanziger. Zusammen zweihundertfünfzig Dollar. Dann legte sie den Revolver auf den Tisch. Der Lauf blitzte in den Strahlen der Sonne. Sechs Patronen saßen in der Trommel. Sechs Chancen.

»Mann, du hast sie gefunden?« Van warf sein Surfbrett in den Sand. »Dean, hast du das gehört? Die sogenannte Tante ist ihre Mutter!«

Dean stellte sein Surfbrett neben sich. »Wie?«

Stephen lehnte sich an die Motorhaube seines VWs. Er war direkt von Brisbane hierher an den Strand gekommen, weil er unbedingt surfen wollte. Er musste einen freien Kopf bekommen. Es war zu viel, was er von Nora Cummings, oder wie sie sonst hieß, erfahren hatte. Und jetzt waren seine Freunde aufgetaucht. Das passte ihm überhaupt nicht.

»Sorry, aber . . . ich kann euch nichts sagen . . .«, fing er an.

»Wie, du kannst deinen Freunden nichts sagen?« Van runzelte die Stirn.

Stephen schüttelte den Kopf. »Nein. Ihr müsst mich verstehen.« Wie sollte er ihnen das alles nur erklären?

»Mann, Alter, was soll dieser Scheiß? Traust du uns nicht?«

»Das hat nichts damit zu tun, aber . . . versteht doch . . .« Einerseits wollte er Saras Geschichte nicht weitererzählen, weil es ihm wie eine Entblößung vorgekommen wäre. Auf der anderen Seite hatte er das Gefühl, ihre schreckliche Geschichte mit jemandem teilen zu müssen – und plötzlich konnte er verstehen, wie schlimm es für Sara gewesen sein musste, nichts erzählen zu dürfen.

»Ja?« Dean und Van sahen ihn mit hochgezogenen Brauen erwartungsvoll an.

Stephen rang mit sich. »Sie ist im Zeugenschutzprogramm«, brachte er schließlich hervor.

Einen Moment starrten ihn die beiden bloß an. Van nickte als

Erster. »Klar, hätten wir uns denken können. Deshalb der neue Name und diese ganze Geheimniskrämerei.«

Dean sah Stephen entsetzt an. »Das heißt . . . dass . . . dass dieser Typ, dieser Troy, ihr tatsächlich was angetan hat? Unser Verdacht hat sich also bestätigt?« Dean wirkte auf einmal leicht grau im Gesicht.

»Ja«, sagte Stephen, »sprich es ruhig aus. Er hat sie vergewaltigt und danach wollte er sie umbringen. Aber sie ist ihm entkommen.«

»Das . . . das ist echt hart«, sagte Dean und rang um Worte.

»So ein mieser Scheißkerl!«, fügte Van hinzu und sah richtig betroffen aus.

»Mann, deshalb hat sie die Panik gekriegt, als sie den Typen in der Bar gesehen hat«, sagte Dean außer sich.

»Ja.« Stephen nickte wieder. Nun war er doch froh, dass seine Freunde bei ihm waren und er diese furchtbare Geschichte nicht für sich behalten musste.

Dean holte Luft. »Mann, das ist . . . und was machst du jetzt?«

»Weiß nicht«, antwortete Stephen und trat mit dem nackten Fuß eine Muschel in den Sand.

»Wie, du weißt nicht?«, fragte Van und stemmte die Arme in die Hüften. »Mann, das ist deine Freundin! Willst du sie einfach so gehen lassen?«

Stephen zuckte die Schultern. »Ihre Mutter wollte sich melden, wenn sie mit ihr gesprochen hat. Wenn Sara mich sehen will, dann gibt sie mir über ihren neuen Aufenthaltsort Bescheid.«

»Wenn sie dich sehen will?«, brauste Van auf. »He Kumpel, du bist doch kein Weichei!« Er knuffte Stephen. »Rette sie! Und wenn du's nicht tust, dann tun es wir, oder Dean?«

Dean nickte unbehaglich.

»Hört auf«, Stephen winkte ab. »Wir sind nicht in einem blöden Film! Erstens weiß ich überhaupt nicht, wo Sara ist, und zweitens . . .« Er zögerte und fügte dann leise hinzu, ». . . weiß ich überhaupt nicht, ob sie will, dass ich sie . . .«

»Klar will sie, dass du sie rettest!«, schnitt ihm Van das Wort ab.

»Ich versteh nicht, wieso dieser Typ immer noch frei rumläuft«, schaltete sich Dean ein. »Es gibt so viele Bullen! Wie kann so ein verdammter Psycho einfach rumspazieren und Mädchen abmurksen und in Kofferräume sperren?«

»Dean hat recht«, Van nickte. »Ich sag euch, warum: Die Bullen kriegen nichts auf die Reihe!«

Stephen hob sein Brett auf und schob es in den Bus.

»Mann, Steph, du bist doch noch trocken wie ein Stockfisch, du warst noch gar nicht draußen«, sagte Van.

»Hab keine Lust mehr«, gab Stephen zurück. Er fragte sich, ob Van recht hatte. Ob er viel zu weich war, um Sara zu retten. Oder ob er Angst hatte. Nicht vor diesem Troy. Sondern davor, Sara zu begegnen. Schon jetzt sah er sie in Gedanken immer in der Gewalt von Troy. Wie er ihr die Kleider vom Leib riss, sie in den Wald schleifte, auf die Erde warf und wie er . . .

»Ciao«, sagte er rasch, kletterte hinters Steuer und ließ den Motor an.

27

Das Telefongespräch ging ihr nicht aus dem Kopf. Sie hatte Alex' Angebot angenommen und von ihrem Telefon aus ihre Mutter in Brisbane angerufen. Weil sie wusste, dass sie sich Sorgen machte. Eigentlich hatte sie die Sache mit Tim nicht erzählen wollen, aber dann war es doch aus ihr herausgeplatzt. Manchmal konnte sie nicht alles für sich behalten. Und während sie so im Reden war, hatte sie dann auch noch ihren Aufenthaltsort preisgegeben. *Silver Town.* Und für einen Moment hatte sie sich sogar erleichtert gefühlt. Doch nur für einen Moment. Denn dann berichtete ihre Mutter voller Aufregung von einer Neuigkeit, die ihr gar nicht behagte.

»Stephen war bei mir«, hatte ihre Mutter in einem fast feierlichen Ton erklärt.

»Das kann nicht sein!«, hatte Sara erwidert. »Unmöglich! Er weiß gar nichts von dir! Er denkt, meine Mutter ist tot!«

Daraufhin hatte ihre Mutter eine ganze Weile gebraucht, um sie davon zu überzeugen, dass es Stephen dennoch geschafft hatte, sie in der Schule ausfindig zu machen. Zum Schluss gab sie dann zu, ihm alles erzählt zu haben. Sara war außer sich geraten, hatte in den Hörer gebrüllt, wie ihre Mutter ihr nur so in den Rücken hatte fallen können.

»Schatz, versteh doch: Er liebt dich. Er will zu dir. Trotz allem, was geschehen ist. Du kannst so glücklich sein! Du musst dich nicht mehr verstellen. Und wenn sie Troy erst mal wieder . . .«

»Die Entscheidung hättest du mir überlassen können!«, hatte Sara ihre Mutter grob unterbrochen.

»Ich weiß, Kleines, aber ... er war hier. Er hat extra den ganzen Weg auf sich genommen und er war so verzweifelt. Glaub mir, er will mit dir zusammen sein. Er liebt dich wirklich.«

Sara hatte nichts darauf erwidert und ihre Mutter hatte sie zu überzeugen versucht, zur Polizei zu gehen.

»Mein Gott! Ruf die Polizei an! Und wenn du es nicht tust, dann tu ich es!«

»Untersteh dich!«, hatte Sara in den Hörer gebrüllt und es noch einmal leise und sehr drohend wiederholt. Ihre Mutter hatte ihr schließlich versprechen müssen, nicht die Polizei zu verständigen.

»Und was willst du in diesem ... diesem *Silver Town* tun? Dich dein ganzes Leben lang verstecken?«

Nein, damit ist es jetzt vorbei, hätte sie am liebsten geantwortet. Aber sie hatte gesagt: »Nur so lange, bis sie ihn geschnappt haben.«

»Du musst wissen, was du tust«, war der abschließende Satz ihrer Mutter gewesen.

Verärgert, nachdenklich und irgendwie auch ratlos hatte sie aufgelegt.

Stephen wusste nun also alles. An den Gedanken musste sie sich erst gewöhnen. Was dachte er jetzt wohl? Sie hatte ihn die ganze Zeit angelogen, ihm etwas vorgespielt. Er war bestimmt wütend. Fühlte sich von ihr hintergangen und betrogen.

Wie hatte ihre Mutter nur einfach so, ohne zu fragen, alles erzählen können! Hatte sie denn nicht über die Folgen nachgedacht? Sara war so wütend und gleichzeitig waren da noch so viele andere Gefühle in ihr. Hass, Trotz – und irgendwie auch ein bisschen Hoffnung. Stephen würde sie lieben, hatte ihre Mutter noch gesagt. Trotz allem, was geschehen ist. Und dass sie sich nicht mehr verstellen müsste.

Hatte sie sich das nicht immer gewünscht? Endlich eine ehrliche Beziehung führen zu können? Keine Geheimnisse mehr. Keine versteckten Handys. Einfach nur . . .

Ach, hör auf, unterbrach sie ihre Gedanken, das sind doch Kleinmädchenträume! Wie soll Stephen mich noch lieben können? Er hat ja noch nicht mal Zeit gehabt, darüber nachzudenken oder darüber zu schlafen. Sie stellte sich vor, wie er gerade mit seinen Kumpels in einer Bar ein Bier nach dem anderen hinunterschüttete, um vergessen zu können, was er heute gehört hatte.

Und selbst wenn es anders wäre . . . Ihre Gedanken stießen an eine Mauer. Nein, sie wollte sich nicht vorstellen, woran er denken würde, wenn er sie küssen oder mit ihr schlafen wollte . . . Würde er dann nicht auch immer *ihn* sehen, wie er sie in den Kofferraum gesperrt, wie er sie durchs Gebüsch geschleift, wie er den Gürtel um ihren Hals gelegt hat?

Ja, je länger sie darüber nachdachte, umso überzeugter war sie, dass Stephen noch gar nicht wusste, was auf ihn zukommen würde. Und früher oder später würde Stephen sicher auch mal darüber nachdenken, was sie gedacht und empfunden hatte, als sie beide miteinander geschlafen hatten. Würde er plötzlich begreifen, dass sie ihm oft etwas vorgespielt hatte, damit er zufrieden war und sie in Ruhe ließ?

Dabei hatte sie sich doch nach Zärtlichkeit gesehnt. Bevor es passiert war, hatte sie Amber beneidet, weil die wenigstens für ein paar Wochen mit Noah gegangen war. Damals hatte sie sich so intensiv ausgemalt, wie es wäre, einen Jungen zu küssen, von ihm gestreichelt zu werden . . . doch danach hatte sie die Vorstellung von körperlicher Nähe zu einem Jungen nur noch in Panik versetzt. Ein ganzes Jahr Therapie hatte es gebraucht, diese Panik abzubauen. Als sie Stephen traf, flammte sie nur noch selten auf. In diesen Momenten zwang sie sich, nicht daran zu denken, was ihr passiert war. Aber das hatte nicht immer geholfen.

Stephen, dachte sie, war sich einfach der langen Kette von Konsequenzen nicht bewusst, als er ihrer Mutter gegenüber beteuert hatte, dass ihm das alles egal wäre, weil er sie liebe. Liebe? Er hatte vielleicht eher Mitleid. Ja, er hatte wahrscheinlich Mitleid mit ihr und verwechselte sein Mitgefühl mit Liebe.

Sara fühlte sich auf einmal so mut- und kraftlos. Sicher lag es auch daran, dass sie letzte Nacht kaum geschlafen hatte. Sie ließ sich auf die Couch fallen und schloss für einen kurzen Moment die Augen – sofort sah sie Stephens Gesicht vor sich. »Er liebt dich«, hörte sie erneut die Stimme ihrer Mutter.

Und ich?, fragte sie sich. Vorausgesetzt Stephen meint es wirklich ernst – will ich denn mit ihm neu anfangen? Werde ich ihm in die Augen sehen können, nach all den Lügen? Hätte ich nicht immer ein schlechtes Gewissen?

All diese vielen Fragen . . . Aber es könnte ja vielleicht auch ganz einfach sein. Sie müsste jetzt nur noch mal die Hand zum Telefon ausstrecken und die Nummer in Sydney wählen und ihm all das sagen, was ihr gerade durch den Kopf gegangen war. Um diese Zeit wäre er zu Hause. Ja, das wäre eine Idee – eine so einfache Idee.

Sie müsste bloß Alex um ihr Handy bitten. . . .

Dean kämpfte mit sich. Die ganze Zeit schon, seitdem Sara einfach so verschwunden war. Da hatte er zum ersten Mal einen Verdacht gehabt. Aber der war so schrecklich, dass er ihn ganz weit weg gedrängt hatte. Doch nun ließ er sich nicht mehr verdrängen. Irgendwie hatte er gehofft, dass sich die ganze Angelegenheit als harmlos herausstellen würde. Aber es sah nicht danach aus. Und als sie dann vor ein paar Tagen zusammen im Internet den Artikel gefunden und sein Bild gesehen hatten, da war es klar gewesen, da hatte er ihn erkannt.

Das alles ging ihm durch den Kopf, als er neben Van herging.

Er hätte absagen sollen, als Van ihn fragte, ob er auf ein paar Bier mitgehen würde. Doch er musste es jemandem sagen, er hielt es nicht mehr aus.

Ihm war übel, seine Beine zitterten und schon mehrmals war er gestolpert. Wenn er jetzt eine Kanone hätte, dann . . . hätte er sie sich an den Kopf gesetzt und abgedrückt. Ganz sicher. Was war er nur für ein Mensch? Er könnte es nie, nie wiedergutmachen.

Van stieß ihm den Ellbogen in die Seite. »Bist du jetzt stumm geworden oder was?«

Dean blieb stehen. Jetzt. Jetzt oder nie. »Scheiße, Van, ich war's! Ich hab sie verraten!«

Van war abrupt stehen geblieben. »Was? Noch mal bitte.«

Und dann brach es nur so aus ihm hervor. Alles musste raus.

»Es war dieser Typ auf Facebook. Mann, ich hab einfach so rumgesurft. Verstehst du, es war ein blöder . . . Zufall!« Er merkte, dass er angefangen hatte zu schreien, und schaute sich erschrocken um.

»Mann, jetzt mal der Reihe nach, Alter. Und ein bisschen leiser. Ich bin nicht schwerhörig. Du hast also rumgesurft.«

»Ja und da bin ich irgendwie auf ein Bild gestoßen. Und, he Van, ich wette, dir wär es genauso gegangen . . .«

»Was?« Van hielt ihn an der Schulter fest. »Was, Dean?«

»Na ja, das war sie. Das war Sara, da auf dem Foto im Internet. Nur dass sie eine andere Haarfarbe hatte. Dunkel. Aber das Gesicht, die Augen, der Mund. Van, ich sag dir, ich war ganz sicher. Und dieser Typ schreibt, dass er sie vermisst, dass er ihr noch so viel zu erklären hat, dass er es nicht so gemeint hat und dass er, na ja, dass es ihm leidtut und er will, dass sie Freunde werden . . .«

»Moment mal«, Vans Stimme bekam etwas Drohendes, »soll das heißen, du hast diesem unbekannten Typen gesagt, dass die Frau, die er sucht, jetzt mit Stephen – *unserem Kumpel* Stephen zusammen ist?« Van stürzte sich auf ihn und schleuderte ihn gegen eine Hauswand. »Heißt es das? Dean, hä, heißt es das?«

Dean nickte schwach. Das hatte er ja erwartet, sollte er ihn nur fertigmachen, er hatte es verdient, er war so, so erbärmlich . . .

Vans Augen waren jetzt ganz dicht an seinem Gesicht und er konnte die roten Adern im Weiß sehen. Van hatte ihn so fest gegen die Wand gepresst, dass er sich nicht mehr regen konnte.

»Du hast Sara *und* Stephen verraten?«, schrie ihn Van an. »Du hundsgemeiner . . .«

»Halt, nein, Van, bitte, warte, so war es nicht!«, hörte er sich flehen.

»Ach, wie war's denn dann?«

»Van, bitte . . .«, kam schon wieder diese Jammerstimme aus seinem Mund und er konnte nichts dagegen tun.

»Was?«

»Bitte, ich kann's dir erklären.«

»Dann mal los!«

28

Es regnet. Ganz plötzlich. Dabei ist sie vor einer Stunde noch mit Amber in deren Swimmingpool gewesen. Ihr Haar ist noch feucht. Und ihre Haut riecht noch ein bisschen nach Chlor. Die Bushaltestelle ist bloß ein paar Gehminuten entfernt, zwei Straßenecken weiter. Sie ist hungrig. Freut sich auf die Pizza mit ihrer Mom und auf Fernsehen. Sie hat die Bushaltestelle gleich erreicht. Kein Fußgänger ist unterwegs. Wind ist aufgekommen und es regnet stärker.

Das Auto kam von hinten und rollt nun plötzlich neben ihr her, auf gleicher Höhe. Das Fahrerfenster ist heruntergelassen und ein junger Mann im schwarzen T-Shirt sitzt hinter dem Steuer.

»He, soll ich dich ein Stück mitnehmen? Zwei Kilometer weiter auf der Hauptstraße ist ein Unfall passiert, ein Lkw ist in den Bus reingekracht. Es gab ein paar Verletzte. Die Straße ist gesperrt. Bis die einen Ersatzbus schicken – und bis der hierher durchkommt, kann's ewig dauern!«

»Das macht nichts«, antwortet sie. Sie weiß, dass sie nicht zu Fremden ins Auto steigen soll.

»Na ja, du bist ja jetzt schon ganz durchweicht vom Regen.«

»Kein Problem«, beharrt sie.

Er fährt immer noch neben ihr her. »Aber hast ja recht. Man sollte nicht zu Fremden ins Auto steigen.« Er klappt das Handschuhfach auf. »Hier, falls dir das eine Hilfe ist.«

Sie blickt auf einen Ausweis. State Police Detective Robert Zemecki *steht da neben einem Foto und einem Stempel. Sie hat noch nie einen Polizeiausweis gesehen. Während sie noch auf das laminierte Stück Papier starrt, geht sein Telefon.*

»Detective Zemecki! Ja, ich weiß, bin gerade an der Unfallstelle ge-

wesen. Wo? Ja, ich komme sofort. In Ordnung, Sir!« Er legt auf. »Wo wohnst du?

»Ipswich Road«, sagt sie automatisch.

»Ich muss zu 'nem Tatort. Ladendiebstahl. Ich komm durch die Ipswich Road. Steig ein!«

Stärkerer Wind kommt auf, böig peitscht er den Regen vor sich her. Sie friert. Sie ist hungrig. Das mit dem Unfall hört sich echt an. Bis jetzt ist der Bus ja auch wirklich noch nicht gekommen. Dabei müsste er seit fünf Minuten da sein.

Er beugt sich hinüber zur Beifahrertür, will sie von innen öffnen. »Sorry, ich hab heute eine echte Schrottkarre aus dem Fuhrpark zugeteilt bekommen.«

Sie zögert.

Der Ausweis liegt neben der Gangschaltung. Im Fußraum und auf dem Rücksitz liegen alte Essenspackungen. Es riecht nach chinesischem Essen. In Krimis sitzen die Polizisten auch immer in solchen fahrenden Müllhalden, denkt sie, hakt die Fakten ab, die dafür sprechen, dass alles in Ordnung ist, alles so ist, wie er sagt und wie es aussieht.

Sein Handy klingelt wieder.

»Ja, Zemecki? Bin schon auf dem Weg. Die Typen von der Spurensicherung sollen diesmal ein bisschen sorgfältiger sein, sag ihnen das. Beim letzten Mal haben sie sich ja einen sauberen Fehler geleistet!« Er legt auf. »Manche Kollegen nehmen ihren Job auf die leichte Schulter. Komm, wir müssen los! Noteinsatz!«

Sie macht die Tür auf. Setzt sich.

»Schnall dich an, sonst krieg ich noch Ärger mit den Kollegen vom Verkehr!« Er grinst.

Sie mag sein Grinsen nicht. Sie mag den Geruch nicht. Aber sie will jetzt so schnell wie möglich nach Hause. Und wenn er zu einem Einsatz muss, dann fährt er ja auch schnell dorthin, sagt sie sich, zieht die Tür zu, legt den Gurt an. »Danke.«

»Keine Ursache.« Er gibt Gas.

Zuerst fährt er den vertrauten Weg, allerdings nicht so schnell, wie sie erwartet hat, was sie irritiert. Dann biegt er ab, obwohl er geradeaus weiterfahren müsste. »Sie könnten geradeaus weiter . . .«, wagt sie zu sagen.

»Jaja, ich weiß, aber da haben sie die Ampelschaltung verändert. Ohne Blaulicht komm ich da nicht so schnell durch.« Er grinst wieder.

Sie atmet auf, als sie endlich doch in die Ipswich Road einbiegen. Sie sieht schon ihr Haus und dann sogar ihre Mom, die dort vor der Tür steht. Es ist auch schon Viertel nach sechs. »Hier ist es!«, sagt sie. Doch er fährt einfach weiter.

»Ich dachte, so ein Tatort könnte dich auch interessieren, oder? Wir sind gleich da.«

»Aber . . . dann muss ich meiner Mom . . .« Sie zückt schon das Handy.

Da nimmt er es ihr einfach aus der Hand und steckt es ein.

Spätestens jetzt hat sie begriffen, dass er nicht die Absicht hat, sie einfach nach Hause zu fahren.

Ihr wird schlecht.

Er schlägt ihr ins Gesicht.

Sie schreckte auf und realisierte, dass es schon dämmerte. Sie brauchte ein paar Sekunden, um zu begreifen, wo sie war. In *Silver Town,* richtig. Und dann wusste sie auch wieder, wie sie hergekommen war. Und dass sie überlegt hatte, Stephen anzurufen, es aber nicht getan hatte. Plötzlich wurde die Luft dick wie Sirup – und dann kam sie wieder, die Erstickungsangst. Das Würgen in ihrem Hals, die Enge . . . Sie schlug die Decke zurück, stürzte zum Fenster und riss es auf. Jetzt sog sie gierig die kühle Abendluft ein. Der Halbmond zeigte sich schon am Himmel und würde später in der Nacht die verlassenen Häuser mit seinem kalten Licht bescheinen. Schräg gegenüber im Haus von Alex war es ruhig, aber Licht brannte. Sie lauschte.

Grillen zirpten und es hörte sich an wie elektrische Leitungen, die in der Hitze ächzten. Ganz weit entfernt heulte ein Hund. Vielleicht ein wilder, streunender, der Angst vor der nahenden Nacht hat, dachte sie, so wie ich. Nachts kamen sie, die Geister, die schrecklichen Bilder, und spielten ihr vor, dass alles gleich noch einmal genauso passieren würde.

Der Nachmittag bei Amber, der Weg zur Bushaltestelle, der Regen. Sein Auto. He, steig ein . . .

Da – hatte sich da draußen nicht gerade etwas bewegt? Ihre Augen strengten sich an, um in den langen Schatten der Häuser und Mauern etwas zu erkennen. Ihr Herz schlug schneller und härter. War es nur ein Tier – oder . . . oder war es *er*? Wenn er mich in Melbourne gefunden hat, warum soll er mich nicht auch hier finden? Auch wenn es unlogisch erschien, dass er sie hier aufspüren konnte, vielleicht hatte sie irgendetwas nicht bedacht. Irgendetwas übersehen? Eine Spur, die sie hinter sich herzog, ohne es zu wissen?

Da, da war es wieder, das Huschende, dort im Schatten, links von Alex' Haus. Der Revolver fiel ihr ein. Sie ging zum Bett, bückte sich und hob ihn vom Boden auf, wo sie ihn griffbereit hingelegt hatte, als sie vorhin ins Bett gegangen war, um ein bisschen zu schlafen.

Mit dem Revolver in der Hand kehrte sie zum Fenster zurück. Angestrengt versuchte sie, im spärlichen Licht etwas zu erkennen. War da eben nicht ein Knacken? Wie Schritte auf trockenen Ästen? Aber wo lagen hier Äste? Oder hab ich mich geirrt? War es bloß eine Grille?

Je mehr sie sich konzentrierte, umso mehr Geräusche hörte sie. Gerade noch hatte sie die Stille erschreckt und jetzt wurde sie ganz verrückt vor lauter Zirpen und Knirschen und Heulen und Knacken.

Zitternd schlug sie das Fenster zu. Sie ging zur Tür und vergewisserte sich, dass die Kommode noch genau so davorstand, wie sie sie platziert hatte. Zur Tür käme keiner rein. Das war sicher. Aber die Fenster waren ein Problem. Mühelos könnte er die Scheiben einwerfen und hereinklettern. Sie fuhr herum. Was war das? Ein Scheppern? Ihre Finger umklammerten den Revolver.

Es ist unmöglich, beruhigte sie sich, er kann nicht wissen, dass du hier bist. Doch sie glaubte sich selbst nicht.

Sie ging in die Küche und holte eine Cola aus dem Kühlschrank und ließ sich auf den Küchenstuhl sinken. Der Revolver wog schwer in ihrer Hand. Sie legte ihn vor sich auf die Tischplatte. Durch den löchrigen Küchenvorhang fiel das Mondlicht herein und ließ das Metall silbern schimmern. Eine ganze Weile betrachtete sie die Waffe. Sie musste an Gwen aus dem Bus denken und daran, was sie über die Angst gesagt hatte. *Du wirst die Angst nur los, wenn du dich ihr stellst. Sonst bist du immer eine Gejagte.*

Sie wollte, dass die Angst endlich aufhörte. Ja, sie wollte, dass dieses Leben endlich aufhörte. Dieses Leben voller Ängste. Sie fürchtete die Nacht, sie fürchtete Kofferräume, sie fürchtete *ihn,* Freundschaft, Nähe . . . Liebe. War sie in den letzten drei Jahren wirklich einmal glücklich gewesen? Richtig glücklich – ohne die Angst im Nacken sitzen zu haben?

Sie hatte keine Freunde, keine beste Freundin, keine Zukunftspläne – und Stephen . . . Stephen hatte sie auch verloren. So wollte sie nicht mehr leben. Sie musste alldem endlich ein Ende machen.

Ihre Hand griff zum Revolver und hob ihn langsam auf. Sie spannte den Abzugshahn. Es wäre gar nicht so schwer, *ihn* – nein, Troy Hogan zu töten. Nur – wie lockte sie ihn hierher? Er hatte einen Bruder, der ihn vergötterte. Andy. Andy Hogan. Und sie kannte eine Journalistin. Sie brauchte ein Telefon. Unbedingt. Jetzt.

Er stellte die Bierflasche ab, zog die Schachtel aus dem Ärmel seines T-Shirts, schnippte eine Zigarette heraus, steckte sie sich in den Mund und ließ das Zippo aufschnappen. Er hörte das Papier und den Tabak in der Flamme knistern. Er grinste und sog den Rauch tief in die Lunge. Das war eines der wenigen Vergnügen im Knast gewesen. Qualmen. Er ließ sich auf die Couch fallen, legte die Beine auf den Tisch und wartete.

Der Arsch lässt sich Zeit. Was macht er eigentlich den ganzen Tag? Er stand auf und sah zum Fenster hinaus auf den Parkplatz. Sein Scheiß-Surferbus stand immer noch nicht da.

Er trank aus der Flasche, nahm einen letzten Zug und drückte den Zigarettenstummel auf der Sessellehne aus. Schöner Brandfleck im Stoff.

War easy gewesen, in die Wohnung einzubrechen. Das Surferweichei hatte ja noch nicht mal das Sicherheitsschloss zugemacht. Jetzt wartete er schon fast eine Stunde auf ihn. Was machte das Arschloch nur so lange?

Er nahm das Messer, das ausgeklappt vor ihm auf dem Tisch bereitlag, und reinigte seine Fingernägel. Darauf hatte seine Mutter immer Wert gelegt. Wenn er schmutzige Fingernägel hatte, gab's nichts zu essen. Einen Sekundenbruchteil sah er sie auf dem Küchenboden liegen, dann inmitten der Beutel mit Erbsen, Pommes und Hamburgern in der Tiefkühltruhe, dann verdrängte er die Erinnerung. Vorbei ist vorbei.

Dann hörte er ein Motorengeräusch. Klang nach einem alten VW-Bus. »Na bitte, da kommt ja unsere kleine Wasserratte«, sagte er zufrieden und rammte das Messer ins Polster.

Stephen bog auf den Parkplatz ein und parkte den Bus in einer Lücke zwischen einem weißen Mercedes und einem goldfarbenen Toyota. Eine Weile saß er einfach so da. Die schrägen Strahlen der untergehenden Sonne fielen durch die Windschutzscheibe und aus den Autoboxen kam Dean Geyer. *If you don't mean it, don't say you love me, it you don't mean it* ... Und da dachte er daran, wie Sara ihm manchmal gesagt hatte, ich liebe dich, und dann angefangen hatte zu weinen. Warum weinst du, hatte er gefragt, doch sie hatte ihm nie eine Antwort gegeben.

Er hörte auch noch den nächsten Song – *The Astronaut* von *Something for Kate. I can hear you – on a clear night I can see you* ...

Vom Rückspiegel baumelte der kleine Stofftiger, den Sara bei der Eröffnung eines Musikladens geschenkt bekommen hatte. »Er beschützt uns«, hatte sie gesagt und ihn dann gleich dorthin gehängt.

Warum hatte das alles passieren müssen? Warum war alles so verdammt schwierig? Er wäre so gerne mit Sara glücklich gewesen. Aber immer wieder war sie plötzlich schweigsam oder traurig geworden und er hatte nie verstanden, wieso. Oft hatte er geglaubt, er hätte einen Fehler gemacht. Nora Cummings' Stimme drängte sich in seine Gedanken.

Er schloss die Augen und sah Sara im Auto von diesem Troy sitzen, wie er sie angrinste und an ihrem Haus vorbeifuhr, während ihre Mutter wartete – und Saras Angst immer größer wurde. Er sah, wie dieses Monster Sara in den Kofferraum zwang, er sah Sara, die vor Angst zitterte, weil sie ahnte, was mit ihr passieren würde.

»Gemeines Schwein!«, brachte er wütend hervor. Wenn er all das gewusst hätte!

Dean und Van hatten recht, er musste Sara zu Hilfe kommen. Er würde sie nach Hause und diesen Typen hinter Gitter bringen.

Er wählte Nora Cummings' Privatnummer. Vielleicht hatte sich Sara ja inzwischen gemeldet.

29

Erst lass mich los, ja?«, bat Dean.

Ein paar Passanten waren vorbeigegangen, aber niemand hatte sich eingemischt, nachdem Van bemerkt hatte, es sei eine Auseinandersetzung zwischen Freunden – und Dean auch noch blöd gegrinst hatte.

Van löste endlich seinen Griff und Dean fasste sich an die Kehle. »Ich hab's nicht gleich gemacht«, sagte Dean schnell, »ich . . . ich wollte . . .«

»Du wolltest was?« Van stand noch immer drohend vor ihm.

»Sicher sein, dass . . . dass sie es auch tatsächlich ist.«

Van schüttelte den Kopf. »Du bist noch schlimmer, als ich dachte.«

»Mann, Van, der Typ klang so . . . verzweifelt und da musste ich an Chrissie denken, die mich auch sitzen gelassen hat und einfach so abgehauen ist und ich, ich hab mein Leben nicht mehr auf die Reihe gekriegt.«

»Gleich fang ich an zu heulen.«

Dean redete weiter. »Und dann war da noch die Sache mit . . .« Oh Mann, jetzt musste er alles gestehen. Er holte tief Luft. »Ich . . . wie soll ich's sagen . . . Ich hab Schulden gehabt. Na ja, ich hab ein bisschen gezockt.« Jetzt war es endlich raus. Und er fühlte sich noch schrecklicher.

»Gezockt? Wo? Im Casino oder was?«, wollte Van wissen.

Dean schnaufte, kratzte sich am Kopf und sagte schließlich: »An der Börse. Ich hatte mir Geld geliehen und dann ist der Deal danebengegangen. Die Scheißaktien sind nicht gestiegen, sondern gefallen! Van, ehrlich, weißt du, wie es ist, wenn plötzlich Typen von einem Inkasso-Unternehmen vor deiner Tür stehen und dir erst einen Finger brechen und dir androhen, dass sie dir die restlichen neun brechen, wenn du die Kohle nicht in einer Woche hast?«

»Du bist so blöd, Dean! Zocken!« Wieder schüttelte Van den Kopf. »Geld leihen! Mann, Dean, ich hab immer gedacht, du bist ein helles Köpfchen, aber . . .« Er stieß ihm mit der Faust an die Stirn. Dean zuckte zurück.

»Jeder hat seine Laster, Van, du bist auch kein Heiliger! Was ist mit deiner Sauferei, he? Denkst du, ich weiß nicht, dass du dir jede Nacht die Kante gibst? Du hast ein Alkoholproblem. Und zwar kein kleines.«

»Ach und du nicht?«

Dean schüttelte den Kopf. »Nicht so schlimm wie du. Ich muss nicht jeden Tag 'ne halbe Flasche Schnaps allemachen.«

Van sagte nichts. Dean redete weiter. »Also, es war eine todsichere Sache. Heute Aktien für zweitausend kaufen, übermorgen für viertausend verkaufen. Ich hätte auf einen Schlag meine dreitausend an diesen Kredithai bezahlen können.«

»Du hast dem Typen die Adresse von Sara verraten und er hat dir zwei Mille auf die Kralle gegeben?«

Dean nickte. »Die Sache hat funktioniert. Van, ich kann dir was abgeben! Ich hab noch fünfhundert übrig.«

»Ich will dein Scheiß-Verrätergeld nicht!«

Dean schluckte. »Van, ehrlich, ich wusste ja nicht, was dieser Typ für einer ist und was er vorhat. Ich hab gedacht, sollen die mal miteinander reden und klären, was es zu klären gibt. Ich hab an Chrissie gedacht und hätte es auch gern gehabt, wenn ich . . . wenn wir uns noch mal getroffen hätten . . .«

»Oh Mann, Dean! Du hast Sara einfach so verraten? Du bist

ein mieses Schwein, Dean. Und ich frage mich, wie blöd ich war, dich zum Freund zu haben.« Er wandte sich zum Gehen.

»Van, bitte, hör mir zu. Ich will es wiedergutmachen. Wirklich! Aber erst sollst du noch wissen, dass ich nicht allein schuld war.«

Van blieb stehen. »Ach. Läuft noch so ein Arschloch wie du hier rum?« Er sah sich demonstrativ um.

Dean seufzte wieder. »Es war ein alter Bekannter. Der Freund einer Freundin von Chrissie. Na, der Exfreund. Ich wusste, dass er im selben Supermarkt wie Sara arbeitet. Und ich hab ihn gefragt, ob . . . ob die auf dem Foto Sara ist.«

»Warum hast du denn nicht Stephen gefragt? Bei der Gelegenheit hättest du ja auch mal fragen können, ob ihm das recht wäre. He und noch einfacher: Warum hast du nicht Sara gefragt, ob sie diesen Typen überhaupt sehen will?«

»Mann, Van, ich hab die Kohle gebraucht.«

»Und, was hat dieser ›alte Bekannte‹ gesagt?«

»Hal hat's bestätigt. Ich glaube, er war scharf auf Sara und hat ein bisschen in ihrer Handtasche oder so rumgewühlt. Da hat er wohl in ihrem Geldbeutel ein Familienfoto gefunden, auf dem sie so ähnlich aussah wie auf dem Bild, das der Typ ins Netz gestellt hat. Na ja, auf alle Fälle hab ich ihm dann erzählt, wo ich die Anzeige gefunden hab – und ihm . . . fünfhundert abgegeben.«

»Großzügig.« Vans Augen funkelten zornig.

»Ich sagte doch, ich hatte Schulden und . . .«

»Stimmt, die Gorillas vom Inkasso-Unternehmen hätten dir deine Patschhändchen gebrochen.«

»Mann, Van, hast du schon mal Leute gesehen, denen man alle Finger gebrochen hat?«, schrie Dean jetzt, »das sind Krüppel, Van! Die können keinen Bleistift mehr halten oder auf einem Scheißcomputer tippen!«

»Wirklich tragisch, Dean. Wirklich tragisch!«

»Hör auf, mich zu verarschen. Mann, wenn ich gewusst hätte, wohin das führt, dann . . .«

»Dann hättest du dir die Fingerchen brechen lassen, wolltest du das sagen?«

Dean schwieg und starrte auf seine Füße.

Van schüttelte wieder den Kopf, legte Dean dann seine schwere Hand auf die Schulter und sagte, ein wenig über ihn geneigt: »Kumpel, du bist ein echtes Arschloch. Und blöd dazu. Aber wie die Dinge liegen, hast du vielleicht doch noch eine Chance, nicht in der Hölle zu landen.« Dean sah ihn völlig verdattert an.

»Nur eine Chance«, sagte Van und sein Blick wurde eindringlich. »Du musst Sara da raushauen.«

»Da raushauen?«

»Ja, raushauen. Schnapp dir Troy. Rette Sara.«

»Was?!«

»Mach's wieder gut! Falls es nicht schon zu spät ist.«

Das war zu viel! »Sag mal, hast du sie nicht mehr alle?«, fuhr Dean Van an. »Dieser Typ ist ein Mörder und Vergewaltiger und aus dem Knast ist er auch ausgebrochen! Meinst du, zu dem kann ich einfach so gehen und . . .«

»Nee, du musst dich schon ein bisschen anstrengen. Du bist doch ein Zocker, Dean, oder nicht? Das müsste dir doch Spaß machen, ein bisschen Risiko . . .«

Definitiv würde er das nicht tun. Dean schüttelte den Kopf. »Ich geh zu den Cops.«

Van packte ihn am Arm. »Und, willst du dich bei denen ausflennen?«

Wieder schluckte Dean. Ihm war so übel.

»Du musst Troy in eine Falle locken«, sagte Van.

»Und wie?«, fragte Dean matt.

»Fehlt's dir plötzlich an Durchblick? Du musst Kontakt zu ihm aufnehmen, ihn irgendwohin locken und dann kannst du gern die Cops bestellen.«

»Und . . . und wie zum Teufel soll ich das machen?« Allmählich wurde er wütend auf Van.

»So wie beim letzten Mal, per Mail – oder hat er im Internet eine Telefonnummer angegeben? Hä?« Van versetzte ihm einen Knuff in die Seite. »Guck nicht so wie 'n verdammter Fisch!«

»Du weißt nicht, was du da sagst, Mann. Der Typ hat Mädchen umgebracht, er hat . . .« Dean zögerte. »Sollten wir nicht auch Stephen einweihen?«

»Stephen?! Der macht Hackfleisch aus dir! Kannst froh sein, wenn er dich überhaupt noch anguckt, wenn du Sara gerettet hast. Mann, Kumpel, wach auf! Kapier's endlich«, Van pikste seinen Finger in Deans Brust, »du bist schuld! Du! Und du rufst diesen Kerl jetzt an und sagst ihm, dass du weißt, wo Sara ist.«

Dean nickte nur. Ihm war mittlerweile alles egal. Er hatte keine Widerstandskraft mehr. Er wollte bloß, dass das alles bald ein Ende hatte.

»Er will natürlich, dass du es ihm am Telefon sagst. Aber darauf lässt du dich nicht ein. Kapiert?«

Dean nickte. Van überlegte. »So, jetzt müssen wir nur noch einen guten Treffpunkt finden. Und wenn's so weit ist, sagen wir den Cops Bescheid.«

Dean nickte. »Danke.« Van hatte ihm das Leben gerettet. Vielleicht war doch noch nicht alles verloren. Vielleicht konnte er ja doch noch etwas wiedergutmachen.

Die Zigarettenglut hatte ein weiteres Loch in die Couchlehne gebrannt. »Kannste als Kunstwerk behalten«, murmelte er und gähnte. Wenn dieses Surferweichei jetzt nicht gleich hier reinschneit, schlag ich ihm die Scheißbude kurz und klein!

Er hatte genug gewartet. Drei Jahre im Knast hatte er gewartet, um sie endlich fertigzumachen. Mir entkommt keine so ohne Weiteres, keine von euch Schlampen!

Wie redest du, Troy, hörte er die Stimme seiner Mutter, *solche Wörter nimmt man nicht in den Mund. Und außerdem bist du schmutzig. Sieh mal deine Fingernägel an. Hast du deine Unterwäsche gewechselt? Deine Socken? Putz dir die Zähne! Dein Hemd stinkt! Du stinkst! Geh und wasch dich! Sonst gibt's kein Essen!*

»Halt deine verdammte Fresse!«, schrie er und warf die Bierflasche an die Wand.

Die letzten Strahlen der Abendsonne spiegelten sich in der Heckscheibe des Autos, das vor ihm parkte. Seine Hand wollte den Zündschlüssel drehen. Er hatte so lange auf Nora Cummings eingeredet, dass sie ihm endlich den Ort genannt hatte. *Silver Town.* Wenn er jetzt losfahren würde, wäre er am Morgen da. Klar, er war todmüde, aber egal, das würde er schon schaffen. Er stellte sich Saras überraschten Blick vor, wenn er plötzlich da wäre. Ich liebe dich, Sara, würde er sagen. Ich weiß alles. Du musst mir nichts mehr verheimlichen.

Und Sara würde ihn umarmen und weinen.

Also, los, sagte er sich, in ein paar Stunden wäre er da.

Seine Hand wollte gerade den Zündschlüssel drehen, da fiel ihm ein, dass er noch Geld brauchte. Oben in der Wohnung lagen hundertfünfzig Dollar in der Küchenschublade. Er zog den Schlüssel aus dem Zündschloss und stieg aus.

30

Mann, du hättest es uns beiden auch einfacher machen können!« Troy lachte auf. »Das Problem ist, dass die meisten irgendwann den Helden spielen wollen. Aber, Kumpel«, er beugte sich ein wenig vor. »Leider sind die meisten keine Helden.« Er lachte wieder. Sein eigenes Lachen machte ihm gute Laune. Mann, war er ein toller Typ! Er lehnte sich wieder zurück und rauchte. »Weißt du«, sagte er und machte eine ausholende Geste, »das schaffen nicht viele, aus dem Knast auszubrechen. Da gehört schon ein bisschen Grips dazu!« Er tippte sich an die Stirn und grinste. »Ach, das Leben kann so schön sein, oder, Stephen?« Sein Opfer gab einen verärgerten Laut von sich, geknebelt und gefesselt war er zu mehr nicht in der Lage. Troy lachte. »Ganz deiner Meinung, Stephen!«

Er trank seinem Opfer gerade seinen Vorrat an Cola und *Bundaberg*-Rum weg. »Ich würde dir ja gern ein Gläschen anbieten, aber . . . ich glaube, dann fängst du wieder an zu schreien und das gefällt mir nicht!« Er lachte und füllte das nächste Glas. Das dritte. Das letzte. Den Rest würde er mitnehmen. Auf seine Fahrt. »Silver Town also«, sagte er gedehnt. »Wirklich, du hättest es mir gleich sagen sollen, das wäre so viel einfacher gewesen.« Er kratzte sich. Immer wenn er sich wohlfühlte, musste er sich kratzen. Da konnte er nichts machen. Aber inzwischen lachte ihn keiner mehr deswegen aus. Keiner wagte es mehr. Er trank das Glas aus und erhob sich.

»Ach, bevor ich's vergesse: Soll ich Sara noch einen Gruß von dir bestellen? Nein? Schade. Sie wird enttäuscht sein, dass ihr toller Surferboy sie so im Stich lässt.« Er lachte dröhnend. Mann, was war das für ein zusammengeschnürter Jammerlappen da vor ihm auf dem Boden. »Und noch was: Nur damit du's weißt – vielleicht begegnet man sich ja noch mal in diesem Scheißleben. Also: Ich hätte dich auch locker kaltmachen können. Wär das Einfachste gewesen. Aber, he, ich hab heute meinen guten Tag. Deshalb spendier ich dir noch 'ne schöne Dröhnung. Wenn du Glück hast, bist du in ein paar Stunden hinüber, und dann, Kumpel, bist du mir scheißegal.« Er zog die Spritze auf und jagte dem sich in seinen Fesseln aufbäumenden Stephen eine Ladung Diazepam in die Vene.

»Goodbye, dude!«, rief er, schnappte sich die Autoschlüssel, zog die Tür hinter sich zu und rannte die Treppe hinunter.

Dean klappte langsam das Handy zu. Es lief alles schief.

»Was hat er gesagt?«, fragte Van ungeduldig. »Warum hast du nicht gesagt, wo du ihn treffen willst? Mann, jetzt sag schon!«

»Ob wir ihn verarschen wollen, hat er gefragt, und dann hat er gelacht.« Dean schüttelte den Kopf. »Er kann doch nichts von unserem Plan gewusst haben!«

»Ich hab ihm nichts gesagt.«

»Das hab ich doch nicht gemeint.«

»Das will ich hoffen. Aber was machen wir jetzt?«

Dean schluckte schwer. »Also, er kann das nur gesagt haben, weil . . . weil . . .«

». . . weil er schon weiß, wo sie ist«, beendete Van den Satz und Dean nickte schuldbewusst.

»Verfluchte Scheiße!«

»Mann, Van, was machen wir denn jetzt?«, schrie Dean seinen Freund verzweifelt an.

Schlaflos hatte sie die ganze Nacht im Bett gelegen, den Revolver unter dem Kissen. Jetzt saß sie am Küchentisch und wartete, bis die Sonne über den Giebel von Alex' Haus gestiegen war. Dann wäre sie sicher wach.

Noch gestern Abend war Sara zu Alex gegangen, um sich ihr Telefon auszuleihen. Eva Jacobs hatte für den *Brisbane Observer* den Prozess beobachtet und mit ihr ein paar sehr intensive Interviews geführt. Sara mochte die Journalistin und vertraute ihr. Als sie Eva am Telefon um einen Gefallen gebeten hatte, hatte diese sich sofort hilfsbereit gezeigt. Und bereits eine Stunde später hatte sie zurückgerufen und Sara mitgeteilt, dass sie Andy Hogan ausfindig gemacht hatte. Ein Freund hätte auch gleich bei ihm angerufen und ihm Saras Aufenthaltsort verraten.

Sara hatte Eva eine Exklusivstory versprechen müssen. Allerdings nur unter der Bedingung, dass die Journalistin erst nach *Silver Town* kommen würde, wenn Sara ihr das Okay dafür gäbe. Natürlich hatte Sara ihr nichts von ihrem wahren Plan verraten. Eva hätte ihr natürlich abgeraten und ihre Hilfe verweigert. Sara hatte so getan, als würde sie mit der Polizei kooperieren und als ginge es um eine Falle, in die sie Troy locken wollten. Es tat ihr leid, Eva so hintergehen zu müssen, aber sie hatte keine andere Wahl. Sie musste es endlich zu Ende bringen.

Jetzt konnte Sara nur noch hoffen, dass Andy seinen älteren Bruder noch genauso bewunderte wie vor drei Jahren – bei den Aussagen, die er während des Prozesses über seinen tollen großen Bruder gemacht hatte, hatte sich Sara der Magen umgedreht. Wenn Andy erst wusste, wo sie war – und darauf basierte ihr Plan –, dann wusste *er* es auch bald.

Ihr blieb währenddessen nichts anderes übrig, als zu warten – und Vorbereitungen zu treffen.

Ein erster Sonnenstrahl blitzte übers Dach. Sie stand auf und lief zu Alex hinüber. Sie klopfte, aber es rührte sich nichts.

Noch nicht einmal Ronnie schrie. Da entdeckte sie Alex hinter der Häuserreihe beim Wäscheaufhängen.

»Morgen, gut geschlafen?«, fragte Alex und mühte sich mit einem großen Bettlaken ab.

»Geht so.« Sara half ihr, es über die Wäschespinne zu werfen. Ronnie spielte auf einer Decke.

»Weißt du, wo man hier Haushaltssachen bekommt?«

Alex nahm die Wäscheklammer aus dem Mund und grinste. »Geschirr und so? Willst du etwa hier sesshaft werden? Ich kann dir nur raten, lieber abzuhauen, sonst hängst du irgendwann fest wie ich.«

»Ich meine Draht und Klebeband«, sagte Sara, ohne auf Alex' Worte einzugehen, »stabiles Klebeband.«

Alex bückte sich und nahm sich das nächste Wäschestück aus dem Korb, ein blau gestreiftes Badehandtuch. »Wenn du was zu reparieren hast . . .«

»Ich brauche bloß Klebeband und Draht.«

Alex warf ihr einen skeptischen Blick zu. »Ich seh mal nach, was ich habe, sonst müssen wir es beim nächsten Einkauf mitbringen.«

»Ich brauche es ziemlich bald.«

»Ich hab gesagt, ich seh gleich nach«, wiederholte Alex ungehalten.

»Okay. Ich . . . ich meine, können wir dann gleich nachsehen, sobald du hier fertig bist?« Sara hielt ihr das nächste Handtuch aus dem Korb entgegen.

Alex hob die Augenbrauen und nahm das Handtuch. »Bist du immer so?«

»Was meinst du?«, fragte Sara irritiert.

Alex klemmte das Handtuch mit zwei Wäscheklammern fest, während Sara auf eine Antwort wartete. Die kam, als sich Alex schließlich zu ihr umdrehte und sagte: »Penetrant.«

»Entschuldige«, sagte Sara betroffen. »Tut mir leid. Ich bin nur gerade etwas, na ja, gestresst.«

Alex hob Ronnie auf und deutete auf den leeren Wäschekorb. »Schon gut. Nimmst du den mit?«

Da glaubt jemand wohl, er kann mich verarschen! Troy lachte und schlug aufs Lenkrad. Die Kiste von diesem Surferboy war ja noch klappriger als die letzte Karre, die er hatte. Immerhin wurde sie nicht gesucht. Bis Goldjunge von seinem Trip aufwachte, auf den er ihn geschickt hatte, war er längst mit der kleinen, frechen Schlampe fertig. Wenn er überhaupt aufwachte . . .

Und seine Kumpels, diese Matschbirnen, glaubten doch wohl nicht im Ernst, dass sie es mit ihm aufnehmen konnten!

Diesmal kann sie mich nicht verarschen, die kleine Schlampe!

Die Wut köchelte langsam in ihm hoch. Diesmal entkommt sie mir nicht! Diesmal schickt sie mich nicht in den Knast!

»Ich hab noch 'ne Rechnung offen, Puppe!« Diesmal würde er ganz besonders aufpassen. Er tastete in seiner Jackentasche nach dem langen Klappmesser. »Damit treib ich dir die Flausen aus dem Kopf!«, sagte er. »Du Schlampe!« Er riss den Stofftiger vom Rückspiegel. »Ist das hier ein Kinderwagen oder was?«

Er stellte sich schon vor, wie sie voller Freude auf den VW-Bus zulaufen würde. Und wie sie dann schreien würde, wenn sie sein Gesicht sah!

Er lachte und nagelte den Plüschtiger mit dem Messer auf den Beifahrersitz.

»Scheißplan!«, schimpfte Dean, als sie die Treppen hochliefen, »warum geht Stephen nicht ans Telefon? Vielleicht hat er schon mitgekriegt, dass ich . . . dass ich Sara verraten habe.« Seit fast zwei Stunden hatte er es immer wieder probiert. Dabei ging Stephen IMMER an sein Handy.

»Quatsch, wie soll denn das gehen?«, sagte Van, der zuerst oben war.

Dean blieb auf der Treppe stehen und zuckte die Schultern. Er fühlte sich so mies. Mit jeder Stufe rückte der Moment näher, in dem er Stephen die Wahrheit sagen musste. Ihm war klar geworden, dass er Stephen sonst nie wieder in die Augen sehen könnte.

»Komm schon!«, brummte Van und drückte auf die Klingel. Schon als sie unten geklingelt hatten, hatte niemand geöffnet. Nur weil jemand aus dem Haus gekommen war, hatten sie schließlich doch reingekonnt.

»Vielleicht sollten wir einfach wieder gehen und ihn noch mal anrufen«, sagte Dean. Dann könnte er dieses unangenehme Geständnis ein bisschen aufschieben.

»Jetzt zieh nicht den Schwanz ein, Dean!«

Van klopfte mit seiner großen Faust an die Tür. Nichts.

»Okay«, sagte Van, »wir brechen sie auf.«

»Du, du willst einfach so in Stephens . . .«

»Nicht einfach so! Hier stimmt was nicht! Und ich hab ein verdammt schlechtes Gefühl!«

»Aber wir könnten doch die Polizei . . .«, versuchte es Dean.

»Hör endlich mit den Scheißbullen auf!«, herrschte Van ihn an. »Die müssen doch tausend Formulare ausfüllen und abstempeln lassen, bis die die Tür aufmachen dürfen. Und außerdem wollen die von uns alles haargenau erklärt haben.« Van trat einen Schritt zurück. »Fertig?«

Dean holte Luft, stellte sich neben Van und nickte. Bei drei traten sie zusammen die Tür ein. Sie sprang beim ersten Versuch auf.

»Stephen!«, schrie Van und stürzte voraus.

31

Komm nur rein. Ich hab auf dich gewartet!« Sara richtete den Revolver auf die Tür. »Und schön hinter dir zumachen. Sonst zieht's.« Sie zeigte mit dem Lauf in die Küche. »Los, da rein. Ein bisschen schneller. Ich hab nicht den ganzen Tag Zeit. Setz dich. Da, auf den Stuhl.« Mit der linken, freien Hand hielt sie die breite Rolle Klebeband und ging in die Küche. »So und jetzt streck die Hände aus und falte sie. Brav, ganz brav! Sei ein lieber Junge!« So, gleich bist du wehrlos! Ihr Herz klopfte aufgeregt.

Jetzt das Klebeband um die Handgelenke, um die Füße und die Stuhlbeine und dann noch über seinen Mund. Oder zuerst über den Mund? Und wie sollte sie das machen, ohne den Revolver abzulegen?

Seufzend musterte sie den leeren Stuhl. Sie sah ihn schon dort sitzen, mit Klebeband gefesselt und geknebelt. Eine ganze Weile würde sie ihn dort schmoren lassen. Ich könnte ab und zu aus der Küche gehen und wieder reinkommen und ihm den Lauf auf die Stirn setzen. Sie zielte auf eine imaginäre Stirn. »Peng! So schnell und schmerzlos hättest du es wohl gern. Keine Chance! Du sollst leiden. Du sollst so leiden wie ich. Du sollst Angst haben. So viel Angst, dass du dir in die Hose machst und dir wünschst, du hättest mich niemals getroffen. Und mir niemals das angetan, was du mir angetan hast. Aber dazu ist es zu spät. *Pay Day!* Was hast du gewinselt? Ich soll dich gehen lassen? Ha! Hast du mich gehen lassen? Nein! Du hast es genossen, an meinem Zuhause vorbeizufahren und mich nicht aussteigen zu lassen. Meine Mom stand sogar an der Tür. Ich hab sie gesehen. Ich hab ihr besorgtes Gesicht gesehen. Sie hat auf mich gewartet und ich kam nicht!« Ohne den Revolver von dem imaginären Punkt wegzurichten, holte sie sich eine Cola aus dem Kühlschrank, klemmte sie unter den Arm, schraubte sie auf und trank ein paar Schlucke.

»Nur ein kleiner Umweg. Dann hast du mir ins Gesicht geschlagen. Weißt du, wie dunkel und stickig es in einem Kofferraum ist? Nein? Du hast ja noch nie in einem gelegen. Aber ich weiß es. Weil du mich dort eingesperrt hast.

Zuvor sind wir von der Straße in einen Feldweg gefahren.

Ich hab gedacht, jetzt passiert es. Und dann . . . danach, lässt du mich laufen. Die Tür ging nicht auf von innen, ich konnte nirgendwohin laufen. Du hast den Motor abgestellt und aus dem Handschuhfach eine Rolle Klebeband genommen. Graues, flexibles Klebeband, und hast mir erst den Mund zuklebt und dann die Hände damit gefesselt. Weißt du, wie es sich anfühlt, kaum noch atmen zu können? Dann hast du mich aus dem Auto gezerrt, den Kofferraum aufgemacht und mir befohlen, mich da reinzulegen. Du hast mich geschlagen, weil ich es nicht tun wollte, und hast mich schließlich reingeworfen, wie ein lebloses Paket. Du hast den Deckel zugemacht und bist weitergefahren. In dem Moment ist mir klar geworden, dass du mich nicht laufen lassen wirst. Denn ich hab dich ja gesehen. Ich könnte dich genau beschreiben. Du würdest mich töten.«

Hastig trank sie einen Schluck aus der Colaflasche. Ihr Hals fühlte sich trocken und eng an.

»Mit jedem Atemzug wird die Luft da drin dicker. Du weißt nicht mehr, ob sie noch für den nächsten reicht. Weißt du, wie es ist zu ersticken?« Er saß da vor ihr, auf dem Küchenstuhl, sie sah ihn ganz, ganz deutlich. Sie sah sein fieses Grinsen. »Das wird dir noch vergehen, dein Grinsen. Du wirst es noch kennenlernen, das Gefühl, gleich zu ersticken! Ich konnte durch einen ganz schmalen Schlitz nach draußen sehen. Ich hab versucht, mich aufzurichten, mich gegen den Deckel zu stemmen, ich hab versucht dagegenzuschlagen und hab gehofft, dass der Fahrer hinter uns etwas bemerkt. Ich war so verzweifelt ... so verzweifelt ...« Sie sah ihn wieder auf dem Stuhl hocken, gefesselt, ihr ausgeliefert. »Du bist immer weitergefahren und plötzlich merkte ich, wie wir abbogen. Von einer schnellen Straße wieder in einen holprigen Feldweg. Durch den Schlitz konnte ich nichts mehr sehen. Es war dunkel geworden. Meine Mom wartete seit sicher vier Stunden auf mich. Sie hat die Polizei verständigt, hab ich mir dauernd gesagt, die Polizei sucht mich schon überall, sie müssen gleich kommen, gleich ... und im selben Moment hab ich gewusst, dass sie mich nicht suchen. Weil sie auch gar nicht wissen, wo sie suchen müssen. Der Kofferraum ging auf, du hast mich rausgezerrt, über den steinigen Boden geschleift. Ich hab Autos gehört, die Straße war nicht so weit weg, aber ich konnte keine Schweinwerfer sehen und auch keine Sterne. Über uns waren Äste, du hast mich ins Gestrüpp gezogen, durch Plastiktüten, leere Flaschen und Dosen und da lag eine alte, eklige Matratze. Dorthin hast du mich geworfen, mir mit dem Messer die Kleider weggeschnitten und dann hast du mir deinen Gürtel um den Hals gelegt ...« Sie musste wieder trinken, das Brennen in ihrer Kehle wurde unerträglich. »... und dann hast du mir das Klebeband vom Mund gerissen, aber ich konnte nicht mehr schreien, obwohl es so wehgetan hat, so weh ... Was? Was hast du gesagt? Ich verstehe dich nicht mit dem Klebeband. Warte, ich mache es dir ab, damit du es mir deutlich sagen kannst.« Sie vollführte eine Bewegung, als würde sie etwas abreißen. »So, bitte, ich bin ja kein Unmensch ... was?« Sie lachte laut auf. »Ich werde es nicht wagen, dich umzubringen?« Ihr Lachen wurde noch lauter. »Moment, ich bin noch nicht fertig! Erst kleb ich dir deinen Mund wieder zu. Es kommt sonst nur noch mehr Mist raus! So, erledigt.« Sie schluckte, ihr Herz hämmerte schnell und hart. Alles war wieder da: die Todesangst, die Wut, die Verzweiflung ... Sie musste husten, sie spürte den Gürtel um ihren Hals so deutlich. »Du hast gedacht, ich bin tot. Ich bin ohnmächtig geworden. Als ich zu mir kam, war alles dunkel um mich herum und überall auf meiner Haut war etwas Feuchtes, Schweres. Irgendwann hab ich es geschafft, mich zu bewegen. Du hast mich unter Blättern, Erde und Zweigen verscharrt, hast gedacht, ich bin tot. Ich bin auf allen vieren gekrochen, irgendwohin, ich konnte nichts sehen, da war bloß dieses ferne Dröhnen von der Straße. Und wenn er noch hier ist?, hab ich mich gefragt. Ich bin weitergekrochen, bis ich gemerkt habe, dass ich an derselben Stelle, einem spitzen Felsen, schon einmal war, ich bin im Kreis gekrochen, orientierungslos. Ich hab geheult ... ich hab gefroren ... ich ... ich bin weitergekrochen und irgendwann wurde es heller und ich konnte endlich wieder etwas sehen. Ich schlug mich durchs Gestrüpp und kam an die Matratze und ... da war überall Blut und da hab ich an mir heruntergesehen, ich war nackt und klebrig von Blut und Erde. Ich hab's zur Straße geschafft. Aber ich wollte nicht zu einem Mann in ein Auto steigen, nicht noch einmal. Ich hab mich hinter Büschen versteckt. Erst als ein Lkw kam, bin ich losgelaufen. Ein Lkw mit einem Riesenfirmenlogo. Ich hab gedacht, der würde sich nicht trauen, mir was zu tun. Da wär er seinen Job los. Der Lkw hat angehalten und mich zur Polizei gefahren.« Sie verstummte. Sie merkte, dass sie zitterte. »Also, hör mir gut zu. Ich sag es nur ein Mal, ja?« Sie beugte sich ein wenig mit dem Revolver nach unten. »Ich hab noch nie, noch nie in meinem Leben etwas ernster gemeint als das: Ich werde dich töten. Aber langsam. Mir fällt da ein Film ein. Den hab ich mit meiner Freundin Amber angeguckt, als ihre Eltern nicht da waren. Amber hab ich nie wiedersehen können. Wegen dir. Weil ich meine Identität ändern musste. Aber das nur nebenbei. Wo waren wir? Richtig. Beim Film. Es war ein Kriegsfilm, es kamen Asiaten und Amerikaner vor, Dschungel und Hubschrauber. Und da saßen irgendwann mal zwei gefangene Soldaten an einem Tisch in so einer Hütte und mussten sich abwechselnd den Revolver an die eigene Schläfe halten und abdrücken. Es war nur eine Kugel in der Trommel. Tolles Spiel, oder? So was hab ich mir für dich vorgestellt. Nur mit dem Unterschied, dass es nur einen Gefangenen gibt. Nämlich dich. Jedes Mal, wenn ich in die Küche zurückkomme, dreh ich die Revolvertrommel, setze den Lauf auf deine Stirn und drücke ab. Vielleicht hast du Glück und die Kugel sitzt schon in der ersten Kammer. Wer weiß das schon? Oder soll ich dich lieber in das Loch unter dem Fußboden sperren und verhungern lassen? Was meinst du? Ich könnte auch eine giftige Schlange zu dir hinunterwerfen, hier soll's etliche davon geben . . .«

»Hallo, bist du da?« Alex' Stimme riss sie in eine andere Wirklichkeit. Gleich darauf klopfte es.

Hastig suchte sie nach einem Platz, wo sie den Revolver verschwinden lassen konnte. »Gleich!«, rief sie und schob ihn unters Sofa, dann machte sie die Tür auf.

»He, du schließt ab? Ich hab schon gedacht, du bist weg, weil die Tür zu war.« Alex hatte Ronnie auf dem Arm.

»Ach ja . . . nein, ich . . .«, stammelte sie.

Alex machte einen Schritt über die Schwelle. »Hey, du hast ja schon geputzt! Kann ich dir noch was helfen?«

»Nein . . . alles erledigt!« Sie warf schnell einen Blick über die Schulter zum Sofa, nein, der Revolver blitzte nicht darunter hervor.

»Dann hab ich den ja umsonst mitgebracht.« In der freien Hand schwenkte Alex einen roten Plastikeimer.

»Na ja . . .« Einen Moment lang dachte sie, sie müsste *ihn* aus der Küche verschwinden lassen, so intensiv hatte sie sich das eben vorgestellt.

»Wow! Ist echt sauber!« Alex ließ bewundernd ihren Blick durchs Zimmer schweifen. »Also, ich hasse putzen. Ich schieb es immer auf. Und die Wäsche erst! Die Waschmaschine schleudert nicht mehr. Aber ich kann mir keine neue leisten. Und mit dem Kleinen hat man immer dreckige Sachen, hast es ja gesehen.« Sie seufzte und strich dem Baby übers Haar. »Stimmt's, Ronnie?«

»Beim Putzen vergeht die Zeit«, sagte Sara und dachte an ihre Jobs an der Supermarktkasse. »Und außerdem kann man dabei seine Gedanken ordnen.« Und Rachepläne schmieden, hätte sie hinzufügen sollen.

»Tja, ich glaub, bei mir gibt's nicht viel zu ordnen«, sagte Alex und lachte auf. »Es ist einfach das reinste Chaos«, sie tippte sich an die Schläfe, »da oben, meine ich. Ich hab echt keine Ahnung, wie es weitergehen soll. Ich kann ja nicht ewig hierbleiben.«

»Hm. Manchmal ergibt sich auch was«, erwiderte Sara. »Ich meine, etwas, an das man nie gedacht hat.«

»Stimmt«, sagte Alex, »aber bei mir hat so was immer nur noch alles schlimmer gemacht.«

»Willst du einen Kaffee?«, fragte Sara.

Als sie in die Küche kamen, sah Sara ihn dort immer noch auf dem Stuhl mit Klebeband gefesselt. Willst du auch mal?, hörte sie sich sagen und sah sich Alex den Revolver geben. Alex lachte und sagte: Klar, gern – setzte den Revolver auf seine Stirn und spannte den Hahn . . .

»Ich kann dir auch einen Tee machen«, sagte Sara und vertrieb die Fantasie mit aller Macht.

»Mir wär auch 'ne Cola recht.« Alex setzte sich auf . . . seinen Stuhl.

»Danke. Schön, dass du da bist.« Alex lächelte und nahm die Cola in Empfang. »Manchmal ist mir nach ein bisschen Abwechslung. Den ganzen Tag mit dem Kleinen allein . . .« Sie schraubte die Flasche auf. »Da verliert man irgendwie den Bezug zur Welt. Tja, ich häng hier jedenfalls fest. Immerhin bezahlt mich die Alte, obwohl sie nie da ist. Und ich hab 'ne Wohnung. Es gibt nicht viele, die gern an 'ne alleinstehende Achtzehnjährige mit Baby vermieten.«

Sara hatte sich auf den anderen Stuhl gesetzt. »Ja, verstehe ich.«

»Hast du einen Job gehabt?«, wollte Alex wissen.

»Ja, in 'nem Supermarkt, an der Kasse.«

Alex neigte den Kopf. »Hm. Hast du . . . hast du Geld genommen?«

Ja, von einer alten Tankstellenpächterin, wollte Sara sagen. Aber danach hatte Alex ja nicht gefragt. »Nein.«

Alex nickte und trank wieder. Ronnie krabbelte auf dem Boden herum. »Ich hab mir mein Leben anders vorgestellt«, sagte Alex kopfschüttelnd. »Ronnie ist süß und ich könnte ihn nie hergeben, aber . . . aber ich hätte gern vorher noch ein bisschen mehr Spaß gehabt. Verstehst du, was ich meine?«

Sara nickte.

»Ich kann mir alles abschminken. Ausgehen. Mit Typen rummachen . . . wer will schon eine mit Kind?« Sie starrte auf die Flasche in ihrer Hand. »Pete hat mir was vorgemacht. ›Klar behalten wir das Baby‹, hat er gesagt. ›Ist doch kein Problem!‹ Und das Ultraschallbild hat er angeguckt und Tränen in die Augen gekriegt. Wieso hätte ich ihm *nicht* glauben sollen?« Sie schüttelte den Kopf. »Er hat's bloß einen Monat durchgehalten. Einen Monat, in dem er nicht richtig schlafen konnte, weil Ronnie geschrien hat. Babys schreien nun mal. Das war doch klar. Er ist total aggressiv geworden! Hat rumgebrüllt, mich geschlagen, nur noch rumgemault, bis ich's nicht mehr ausgehalten hab und abgehauen bin. Na ja, schließlich bin ich dann hier gelandet.« Sie schob die Flasche weg. »Du glaubst gar nicht, wie ich Pete ... hasse. Er hat mir mein Leben gestohlen.«

Sara schluckte.

»Hast du auch Pech mit Typen gehabt?«, fragte Alex.

»Ja, könnte man so sagen«, sagte sie vage.

Aus dem Wohnzimmer war ein lauter Plumps zu hören. Alex sprang auf. »Ronnie! Mann, ich hab ihn total aus den Augen ...« Sie stürzte aus der Küche. »He, mein Schatz, was hast du denn ...?« Sara hörte Alex aufschreien und stürzte hinter ihr ins Wohnzimmer.

Zu spät. Alex stand mit dem Revolver in der Hand vor der Couch. Ihr Gesicht wechselte gerade die Farbe. Von Rot zu Weiß.

»Gib ihn mir!« Sara streckte die Hand aus.

Aber Alex richtete die Waffe auf Sara. Sie war plötzlich ganz ruhig. »Wenn ich damals eine Knarre gehabt hätte ... weißt du, was? Ich hätte Pete erschossen. Bestimmt.«

»Alex ... der ist geladen!«, versuchte es Sara noch mal, aber Alex reagierte nicht. »Ich wär für mindestens zehn Jahre in den Bau gewandert. Ronnie wäre hinter Gittern aufgewachsen.« Sie sah zu Ronnie hinunter, der sich neugierig mit dem metallenen Fuß der Couch beschäftigte.

»Oder ich hätte ihn weggegeben, adoptieren lassen ...« Sie schüttelte den Kopf und ließ die Waffe sinken, nahm sie am Lauf und gab sie Sara.

Spätestens jetzt wäre sie Alex eine Erklärung schuldig. Sie räusperte sich. »Es ist jemand hinter mir her. Er ist krank, durchgeknallt, gefährlich. Er will sich an mir rächen. Um genau zu sein: Er will mich umbringen.«

»Klingt nicht gerade nach 'ner Romanze«, erwiderte Alex trocken. »Ist es dein Ex?«

Sara schüttelte den Kopf. »Nein! Mein Ex, ich meine, Stephen, weiß nichts von der Sache. Ich ... ich hab es ihm nie erzählt ...« Sie stockte. Alex hob die Augenbrauen, wartete offenbar auf mehr.

Sara holte Luft. »Na ja, ich ... ich war deswegen im Zeugenschutzprogramm und ...«

»Wie, mit neuem Namen, neuem Pass und so?«, fragte Alex jetzt neugierig.

Sara nickte. »Er ist aus dem Gefängnis ausgebrochen und hat mich aufgespürt.« Sie zuckte die Schultern und dachte, wie absurd das alles war. »Er ist besessen davon, mich zu finden.«

»Warum?«

»Um sich zu rächen. Ich hab ihn hinter Gitter gebracht.« Wie leicht ich das auf einmal aussprechen kann, dachte sie. Aber sie erschrak nicht darüber, sondern ihr wurde klar, dass sie entschlossen war, ihren Plan durchzuziehen.

Alex sagte eine Weile nichts, nahm dann ihren Sohn auf den Arm. Schließlich sah sie Sara an. Ihr Ausdruck hatte sich verändert. »Weißt du, Chris ist ein guter Kerl. Er hat mir geholfen, als es so schwierig wegen Pete war. Ich hab gesagt, es ist okay, dass du herkommst und so lange bleibst, wie du willst. Aber ...« Alex drückte Ronnies Kopf an ihre Brust. »Ich muss auch auf ihn aufpassen. Und wenn es irgendwie gefährlich für uns wird, weil du hier bist, dann ...«

Sara hatte kapiert. »Ist okay.«

»Wirklich, versteh das nicht falsch, aber ich hab auch ihn ...«

»Ist schon klar. Wirklich.« Sara bemühte sich zu lächeln, aber es gelang ihr nicht.

»Warum verständigst du nicht die Polizei?«, fragte Alex. »Du kannst sie gleich von meinem Telefon aus ...«

»Danke«, sagte Sara, »gleich, ich ... ich komm gleich rüber.«

»Okay.« Alex wandte sich zum Gehen.

»Warte«, rief Sara ihr nach. »Du hast recht. Ich will euch nicht in Gefahr bringen. Ich geh weg.«

»Und die Polizei?«

Sara schüttelte den Kopf. Alex' Blick wanderte zum Revolver in Saras Hand. »Ist dir klar, dass du damit leben musst? Und wenn die Albträume danach nicht aufhören? Warst du schon mal eingesperrt, im Gefängnis?«

Sara antwortete nicht.

»Hör zu, ich weiß nicht, was der Kerl dir angetan hat, aber ... du kannst es nicht auslöschen, auch wenn du ihn umbringst.«

»Nein, ich kann es nicht auslöschen, aber ich kann ihn spüren lassen, wie es ist, was er mir angetan hat.«

»Wozu? Willst du ihn zu einem besseren Menschen machen? Willst du, dass er dich um Verzeihung bittet? Was würde dir das nützen, Sara?«

Sara antwortete nicht. Keine Ahnung, ob ihr das nützen würde, aber es würde endlich ihre Wut besänftigen. Ihre wahnsinnige Wut! Und sie müsste keine Angst mehr haben.

»Oder willst du genauso sein wie er?«

Sara konnte darauf nicht antworten. Darum ging es nicht. Es ging um ... Genugtuung. Rückzahlung. Gerechtigkeit!

»Willington ist nicht so weit von hier«, sagte Alex. »Ich kann dich dorthin fahren. Da gibt's Zimmer. Und vielleicht sogar einen Job.«

Sara ließ ihren Blick durch die sauber geputzte Wohnung schweifen. »Am besten, wir fahren gleich.«

Alex nickte.

»Ich brauch nicht lang zum Packen«, sagte Sara.

»In 'ner halben Stunde?«

»Okay.«

Alex ging und machte die Tür hinter sich zu. Sara ließ sich auf die Couch sinken, den Revolver in der Hand.

32

»Stephen!« Van kniete neben seinem leblos daliegenden Freund. »Wach auf!«

Saurer Biergeruch und Zigarettenqualm hingen in der Wohnung, an der Wand über dem Fernseher klebte gelbliche Flüssigkeit. Wahrscheinlich Bier, dachte Dean, denn auf dem Teppich lagen die Scherben einer Bierflasche. Die Couch war aufgeschlitzt, gelber Schaumstoff quoll aus den Polstern wie Innereien. Und Stephen ... er musste Stephen vorher noch geschlagen haben, seine Nase war geschwollen, über sein Gesicht lief Blut, über den Augenbrauen hatte er eine Platzwunde.

»Er hat ihm was verpasst!« Van hielt Stephens Arm. Deutlich konnte Dean den Bluterguss an der Vene in der Armbeuge erkennen.

»Ruf den Notarzt!«, schrie Van ihn an. »Sofort!«

Dean zuckte zusammen, wählte aber dann von seinem Handy aus den Notruf.

»Stephen, he, mach die Augen auf! Los, mach die Augen auf!« Van tätschelte Stephens Wangen, doch Stephen zeigte keine Reaktion. »Scheiße, Mann, Dean! Er atmet nicht!«

In den endlosen Sekunden zwischen den Freizeichen wurde Dean klar, dass er es nie wiedergutmachen könnte.

»Ich weiß auch nicht, was los ist!« Entnervt stieg Alex aus dem Auto, das nicht anspringen wollte. »Gestern bin ich noch gefahren.« Sie machte die Motorhaube auf.

»Ich versteh leider gar nichts von Autos«, sagte Sara. Wenn Troy sie jetzt überraschen würde? Konnte er überhaupt so schnell hier sein? Würde er seinem Bruder glauben? Und – wenn sie nicht mehr hier wäre, dann schwebten womöglich Alex und Ronnie in Gefahr . . .

»Mit den Basics kenn ich mich aus, aber das war's auch schon.« Alex überprüfte Kabel und Schläuche.

»Vielleicht kein Benzin mehr?«, meinte Sara und versuchte, sich ihre Nervosität nicht anmerken zu lassen.

»Nee, das hätt ich auf der Tankuhr gesehen.«

»Und wenn sie kaputt ist?«

»Hm, ich weiß nicht, vielleicht.« Alex blies sich eine Strähne aus der Stirn.

»Hast du irgendwo einen Reservekanister?«, fragte Sara. Sie fühlte sich wie auf glühenden Kohlen. Aber vielleicht hatte Andy ja die Information gar nicht weitergegeben oder Troy hatte den Köder nicht geschluckt . . .

Alex ließ die Motorhaube runterfallen. »Mist, ich hab ihn letztes Mal nicht aufgefüllt.«

Es war heiß. Die Kleider klebten auf der Haut.

Sie saßen fest.

Alex wischte sich mit dem Handrücken den Schweiß von der Stirn. »Ich rufe Danny an, er kann dich vielleicht holen.«

»Danny?«

»Elektriker in Willington. Ich hab noch was gut bei ihm. Er hat mir einen Kurzschluss eingebrockt.«

»Hm und ihm kann man trauen?« Sie sollte also wieder zu einem Fremden ins Auto steigen.

»Er ist vielleicht nicht der beste Elektriker, aber sonst absolut cool. Ich ruf ihn an, ich hoffe nur, dass er gerade nicht viel zu tun hat.«

Wenn sie nach Willington fuhr, dann müsste sie unbedingt

Eva Bescheid geben. Nicht dass Troy Hogan hier nach ihr suchte . . .

Warum funktionierte dieses verfluchte Auto nicht? »Danny ist in Adelaide!«, rief Alex und warf ihr Handy in ihre Umhängetasche. »Das gibt's doch nicht! Was machen wir denn jetzt?« Sie klang verzweifelt. Ihr Blick wanderte zu Ronnie, der auf dem Boden herumkrabbelte. Als sie den Kopf wieder hob, sah sie Sara entschlossen an. »Du musst die Polizei verständigen. Wenn du es nicht tust, tu ich es.«

Und was ist mit meiner Rache?, dachte Sara. Und was ist, wenn deswegen Alex und Ronnie etwas geschieht?

»Ich ruf sie an«, sagte sie. Sie streckte gerade die Hand nach dem Handy aus, als Alex erschrocken in Richtung der Hauptstraße deutete.

Sara drehte sich um und sah eine rötliche Staubwolke, die schnell näher kam.

»Und wenn er das ist?« Alex schnappte Ronnie. »Du hättest nie hierher kommen dürfen!«, rief sie Sara zu. »Nie!«

Jetzt war keine Zeit für solche Diskussionen. »Schnell«, rief Sara, »unter dem Teppich im Wohnzimmer ist ein Versteck! Los, beeil dich!«

Alex machte einen Schritt auf Sara zu und blieb vor ihr stehen. »Eins schwör ich dir: Wenn Ronnie was passiert, dann . . . dann bring ich dich um!«

Sara packte ihren Arm. »Ronnie wird nichts passieren. Und uns auch nicht. Das schwör ich. Und jetzt schnell!«

Sie liefen rüber zu Saras Haus, stürzten ins Wohnzimmer, Sara riss den Teppich weg, Alex zog an dem Metallring und gemeinsam schoben sie den Deckel beiseite.

»Uh, da stinkt's!«, rief Alex.

»Schnell rein!«, drängte Sara, »ich hol euch gleich wieder raus.«

»Bleibst du draußen?«

»Jemand muss den Teppich wieder drüberlegen.«

Alex wollte noch etwas sagen, doch Sara schob schon den Deckel über die Öffnung, rollte den Teppich darüber und holte aus ihrer Reisetasche, die noch in der Küche stand, Revolver und Klebeband. Die Rolle legte sie in der Küche auf den Kühlschrank. Das Motorengeräusch kam rasch näher. Sie steckte den Revolver am Rücken in den Hosenbund und zog trotz Hitze die Jacke darüber. Dann atmete sie tief durch. Eine seltsame Ruhe hatte sie erfasst. Ihre Gedanken waren glasklar, sie hatte volle Kontrolle über ihre Körperbewegungen. Und zugleich sammelten sich all ihre Kräfte, warteten nur darauf, endlich zu explodieren. Wie eine Raubkatze auf der Lauer, dachte sie. Dann trat sie hinaus in die heiße, pralle Sonne.

Sie glaubte kaum, was sie da sah, und im ersten Moment wusste sie nicht, ob sie sauer auf ihre Mutter sein sollte, weil sie ihm offenbar verraten hatte, wo sie sich versteckte. Aus der Staubwolke tauchte ein grüner VW-Bus auf. Stephen!

Sie wollte ihm schon entgegenlaufen, da fielen ihr Alex und Ronnie ein. Keinen Moment länger sollten sie in dem muffigen Verlies bleiben müssen. Sie lief wieder ins Haus, rollte den Teppich weg und schon den Deckel zur Seite. Aus der dunklen Tiefe starrte Alex sie entsetzt an.

»Keine Sorge, es ist nur Stephen!«, beruhigte sie Sara und half ihr heraus.

»Stephen? Dein Freund? Woher weiß er, dass du hier bist?« Alex setzte Ronnie auf den Fußboden und klopfte sich die staubige Erde von den Hosen. »Mann, ist das stickig da unten!«

»Ich glaube, meine Mutter hat's ihm verraten!« Sara zuckte die Schultern. »Na ja, diesmal vergeb ich ihr!« Sie musste sogar ein bisschen lächeln. »Ich geh schnell raus . . .«

»Noch mal Glück gehabt!«, rief ihr Alex noch nach, doch da

war sie schon an der Tür. Der grüne VW-Bus parkte vor dem Haus.

War Stephen schon ausgestiegen?

»Stephen!« Sie riss die Beifahrertür auf. Niemand. »Stephen?« Wohin konnte er gegangen sein? Da fiel ihr Blick auf den Sitz. Dort lag der kleine Tiger vom Rückspiegel, mit aufgeschlitztem Bauch.

»Hallo Puppe!«, sagte die Stimme hinter ihr.

33

Sara versteinerte. Eine dunkle Glocke senkte sich über sie und alle entsetzlichen Erinnerungen, jedes Detail war wieder präsent. Als würde diese Glocke all das in ihrem Innern Verborgene mit Gewalt an die Oberfläche saugen.

»Na, dreh dich doch um, Puppe!« Sein Lachen war genau so, wie sie es in Erinnerung hatte.

»Ronnie!«, hörte sie Alex schreien. Alex war also auch schon aus dem Haus gekommen . . .

»Du bleibst stehen!«, befahl seine Stimme.

»Nein!«, schrie Alex. Noch immer hatte sich Sara nicht umgedreht, sie konnte sich nicht bewegen. Es war wie ein Albtraum, aus dem man nicht aufwachen konnte. Dann, ganz langsam, wandte sie sich um. Und sah in sein grinsendes Gesicht.

»He, blond steht dir echt gut!«

Sara starrte ihn an. Das war nicht möglich. Er hatte Ronnie hochgehoben. Und hielt ein Messer an seine Kehle.

»Lass mein Baby los!«, schrie Alex hinter ihm und machte einen Schritt auf ihn zu.

»Bleib, wo du bist! Ich mein's ernst!« Er drückte die Klinge an Ronnies Hals, der zu weinen anfing.

»Lass . . .«

»Halt die Klappe, Rotfuchs! Deinem kleinen Racker hier passiert nichts, wenn ihr tut, was ich sage.«

Sara hielt Alex zurück, die jetzt fast neben ihr stand.

»Ich bring dich um, wenn du Ronnie . . .«, sagte Alex hasserfüllt.

Er lachte. »Also ehrlich, seh ich so aus, als ob ich auf Babys stehe? Ich meine, so richtige Babys? Patty weiß das besser, nicht wahr? Oder jetzt heißt sie ja Sara.«

Sara spürte Hass und Wut in sich brodeln, wie sie zu einem kochend heißen Strom anschwollen, der an die Oberfläche drängte und explodieren wollte . . . Der Lauf des Revolvers drückte hart in ihren Rücken. Er hatte ihn unter der Jacke immer noch nicht gesehen.

»Machen wir's uns drinnen doch gemütlich.« Er machte eine Bewegung mit dem Kinn zum Haus. »Nach euch, Puppen!«

Alex warf Sara einen verzweifelten Blick zu, Sara hoffte bloß, dass Alex nichts von dem Revolver sagte. Solang er das Messer an Ronnies Kehle drückte, konnte sie kein Risiko eingehen. Sie mussten tun, was er sagte. Ihre Hände waren plötzlich eiskalt.

Er schloss hinter ihnen die Tür. Sara erschrak, Alex hatte die Klappe nicht zugemacht.

»Wirklich nett hier!« Sein Blick wanderte durch den Raum und blieb an der Bodenöffnung hängen. »Ein schönes Versteck! Bis da mal jemand reinguckt . . . Auf die Couch mit euch!«

Sara fing an zu zittern. Wenn er sie in das Bodenloch sperren würde . . . es war wie der Kofferraum . . .

»Lass mein Kind frei!«, schrie Alex wieder und wollte zu Ronnie, doch Sara hielt sie zurück.

»Uups? Hat jemand was gesagt?« Er nahm das Messer von Ronnies Kehle.

Was hatte er jetzt vor? Doch da schrie Alex schon auf, als er eine blonde Locke abschnitt und auf den Boden fallen ließ. »Hinsetzen!«

»Tu, was er sagt«, sagte Sara zu Alex.

»Aber er hat mein Kind!«

»Tu es!«, schrie Sara jetzt. Wenn Alex die Nerven verlor, würde er Ronnie töten. Da war sie sicher. Alex ließ sich steif neben ihr auf der Couch nieder.

»Danke, Puppe. Wir verstehen uns eben, nicht wahr?« Seine Augen blitzten. »Na, ist mir die Überraschung gelungen?«

»Was hast du mit Stephen gemacht?«, fragte Sara und bebte vor Zorn und Angst und Hass.

»Dein Goldjunge träumt ein bisschen.«

»Was hast du gemacht!« Sara sprang auf.

»Sara!«, schrie Alex. Er hatte Ronnie fester gepackt.

Sara setzte sich wieder. Wie konnte sie ihn nur dazu bringen, Ronnie loszulassen? Dann könnte sie diesen Kerl endlich abknallen.

»Hör auf deine Freundin, Puppe.«

»Die Polizei ist unterwegs!«, bluffte Alex.

Er lachte. »Ja, wenn das so ist, dann müssen wir uns ein bisschen beeilen.«

»Lass uns gehen, dann sagen wir den Bullen auch nichts«, sagte Alex mit zitternder Stimme.

Troy lachte laut. »Natürlich nicht! Ich glaub euch aufs Wort. Die da«, er sah Sara an, »hat mir gewaltig den Spaß verdorben. Drei Jahre Knast! Das war nicht nett von dir, Puppe.«

»Lass Alex und das Baby frei. Sie haben damit nichts zu tun!«

»Oh, doch, jetzt haben sie was damit zu tun.« Er fuhr mit dem Messer an Ronnies Kehle auf und ab. »Sonst würdest du bestimmt nicht so brav da auf der Couch sitzen. Zugegeben, es macht Spaß, dich so zu jagen, wie ein Kaninchen. Kaninchen sind süß. Mit ihrem kleinen weißen Püschelchen und ihren weichen Ohren. Als Kinder haben wir welche gejagt, mein Bruder und ich. Und dann haben wir sie an der Garagentür aufgehängt. Mit den Hinterläufen zuerst. Um ihnen das Fell abzuziehen. Unsere Mom konnte prima Kaninchenbraten machen. He, Puppe, langweilt dich etwa meine Geschichte? Ich kann dir auch eine andere erzählen. Zum Beispiel, was ich gleich mit Rotfuchs und ihrem kleinen Racker anfangen werde.«

»Was willst du?«, presste Sara hervor. Bleib ruhig. Irgendwann lässt er Ronnie los und dann . . .

»Leider ist ja beim letzten Mal was dazwischengekommen. Also, ich hab mir Folgendes gedacht: Rotfuchs steigt mal da runter.« Er wies mit dem Kinn zum Loch.

Alex blieb sitzen.

»Los oder dein Ronnie hat gleich ein Ohr weniger!«

»Nein!« Alex sprang auf und ging zur Öffnung.

»Husch, husch, ein bisschen schneller.«

Alex kletterte hinunter.

Sara zitterte vor Wut. Der Revolverlauf in ihrem Kreuz fühlte sich glühend heiß an. Sie brannte darauf, ihn zu töten, sich endlich zu rächen für das, was er ihr und den anderen Mädchen angetan hatte. Keine Sekunde würde sie zögern, aber noch war es zu gefährlich für Alex und Ronnie.

Alex' Kopf war in der Öffnung verschwunden.

Er trat heran und schob mit dem Fuß den Deckel darüber. Sara hörte nur noch Alex' ersticktes Flehen.

Gleich, gleich ist es so weit . . .

»Halt!«

»Hast du was gesagt, Puppe?« Er stand auf der Bodentür.

»Du kannst deinen Spaß haben. Aber du musst erst die beiden freilassen.«

Er lachte. »Seit wann bestimmst du die Regeln, Puppe? Nein, wir machen es so: Du kommst jetzt zu mir und diesem Balg und dann fahren wir 'ne Runde.«

»Nein!« Nicht um alles in der Welt würde sie wieder zu ihm in ein Auto steigen.

»Nein?« Seine Stimme wurde drohender.

»Ich will nicht, dass das Baby dabei ist.«

Er hielt Ronnie immer noch an sich gepresst und die Messerklinge so, dass er dem Kind jeden Moment die Kehle durchschneiden könnte.

»Dahinten ist ein Schlafzimmer. Lass das Baby hier.«

Er lachte wieder. »Ich bin doch nicht blöd. Und du auch nicht. Du willst mich in eine Falle locken.«

»Du bist blöd! Glaubst du im Ernst, ich könnte dich in eine Falle locken? In welche denn? Hier ist niemand, das hast du ja wohl abgecheckt.«

Er musterte sie. »Dein Freund ist ein Loser, stimmt's?«

Sie zitterte und vor Kälte spürte sie ihre Hände kaum noch. »Wieso?«

»Er hat dich verraten. Dein Sonnyboy. Allerdings musste ich ein bisschen nachhelfen.«

Dann hatte sein Bruder Andy ihn gar nicht verständigt? Dann war ihr Plan mit Eva schiefgelaufen?

»Übrigens – falls es dich interessiert –, einer seiner Kumpels hat dich verpfiffen. Ich hatte im Internet eine kleine Suchanfrage aufgegeben. Und dieser Typ war ziemlich sicher, dass du ›meine kleine Freundin‹ bist . . . Der Drecksack hat dafür zweieinhalb Riesen kassiert. Und noch mal einen für den Supermarkttipp in Melbourne. Das war echt nett von dir, Puppe, so 'nen Hinweis zu geben.«

Was? Ihr wurde übel. Van? Dean? Aber die wussten doch nichts von dem Supermarkt . . . Warum nur kreuzte nicht Eva doch hier auf? Einfach so, weil sie eine verdammte, neugierige Journalistin war?

»Hallo, ich höre gar nichts mehr von dir! Steht dein Angebot noch?« Er lachte und ließ Ronnie auf den Boden hinunter.

Jetzt! Das war der Moment! Mit steifen Fingern riss sie in Sekundenschnelle den Revolver hinter ihrem Rücken hervor, zielte.

»Bleib, wo du bist!«

Er lachte. »Hab ich mir's doch gedacht! Pass auf, Troy, hab ich mir gesagt, die süße Puppe denkt, sie ist cleverer als du.«

Ihr Finger am Abzug zuckte. Schieß!, schieß doch endlich!, befahl ihr die Stimme. Da riss er Ronnie wieder hoch. »Wär doch richtig schade um den kleinen Fratz, oder?« Er zwickte dem Baby in die Wange. Es fing zu schreien an. »Oh, jetzt brüllt es auch noch. Ehrlich gesagt, konnte ich Babys noch nie ausstehen!« Er lachte auf seine fiese Art und zwickte dem Baby noch zweimal in die Wange. Es brüllte immer lauter. »Was glaubst du, wie es brüllt, wenn ich gleich was anderes mit ihm mache! Lass sofort die Knarre fallen!«

Saras Hand mit der Waffe zitterte so, dass sie sie mit der anderen Hand stützen musste. Schieß endlich!, sagte die Stimme wieder, ziel auf seinen Kopf!

Sie hatte noch nie geschossen und so, wie sie zitterte, konnte sie sowieso nicht zielen und außerdem . . . hielt er Ronnie jetzt vor sein Gesicht.

»So, Püppchen, genug geflirtet, kommen wir zur Sache. Es ist ganz einfach«, er hielt die lange, blitzende Messerschneide an Ronnies Kehle. »Entweder tust du jetzt genau, was ich sage, oder das verfluchte kleine Balg . . .«

»Lass das Baby los! Lass es los!« Ihre Stimme überschlug sich.

Er grinste wieder und zog noch mal die Klinge über Ronnies Hals. »Ist kaum größer als ein Karnickel, was?« Er lachte laut, Ronnie schrie wie am Spieß und Sara zielte auf seinen Kopf – vor den er jetzt Ronnie hielt.

»Wenn du jetzt abdrückst, wird sich seine Mutti sicher freuen!«

»Halt die Schnauze!«, schrie sie. »Lass das Baby los, es hat mit dem Ganzen hier nichts zu tun!«

»Genau! Wie die meisten! Keiner will was mit irgendwas zu tun haben. Alle sind ja so unschuldig! Oder?«

»Bestimmt nicht so unschuldig wie deine Mutter!«, platzte sie heraus.

Schlagartig hörte er auf zu grinsen. »Lass meine Mutter aus dem Spiel!«, knurrte er.

»Genau, sie hat ja auch mit allem nichts zu tun. Oder? Hast du sie deswegen umgebracht?«

»Halt 's Maul!«, schrie er und presste die Klinge an Ronnies Hals. »Oder ich schneid diesem Mistbalg jetzt die Kehle durch!«

Sein Gesicht war rot vor Wut und seine Augen traten gefährlich hervor. Sara zögerte keinen Moment, ihm nicht zu glauben.

»Schmeiß die Knarre weg! Los!«, herrschte er sie an. »Ich sag's nicht noch einmal!«

Sie warf den Revolver auf den Boden und schubste ihn mit dem Fuß von sich. Ihre Hoffnung war dahin.

»Na also.« Er grinste wieder, setzte das Baby unsanft auf dem Boden ab, gab ihm einen Tritt, dass es durch die Tür nach draußen rollte, und warf die Tür zu. Sara hörte auf zu atmen.

»So, jetzt sind wir endlich unter uns. Das kleine Vorspiel hätten wir uns auch sparen können, oder?« Mit herausfordernd langsamen Schritten und seinem fiesen Grinsen kam er auf sie zu.

Wie sie ihn hasste! Ihr Blick ging zum Revolver. Sie müsste auf den Boden hechten . . . jetzt . . .

»Wag nicht mal, dran zu denken!«, herrschte er sie an und stürzte in dem Augenblick auf sie zu, als sie lossprang. Er bekam ihr Handgelenk zu fassen, sein Griff schraubte sich fest, ihre freie Hand war nur ein paar Zentimeter vom Revolver entfernt, sie müsste bloß . . . doch er riss an ihrem Handgelenk, zerrte sie weg – beinahe, beinahe hätte sie es geschafft. Sie schaffte es nicht mehr, sich aufzurichten, kniete jetzt auf dem Boden.

Er stand vor ihr und schlug ihr ins Gesicht. Seine Hand brannte auf ihrer Wange. »Du hast mir 'ne Menge Scherereien gemacht, Puppe.« Er riss sie hoch. Sie drehte den Kopf weg, um nicht seinen sauren Atem riechen zu müssen. Er stank nach Bier und Zigaretten.

Er schlug sie wieder. »Sieh mich gefälligst an, wenn ich mit dir rede!«

Sie spuckte ihm voller Wut ins Gesicht. Ungläubig starrte er sie an. Wischte reflexartig die Spucke weg. Da nahm sie alle Kraft und Wut zusammen, riss sich mit einer Hand los, warf sich zur Seite, zur Couch, bekam den Revolver zu fassen, drehte sich um – und schoss.

Er schrie auf. Sie hatte ihn am Oberarm getroffen, aus seinem Hemd sickerte rot das Blut, er starrte erst auf den Fleck auf seinem Ärmel, dann wanderte sein Blick zu ihr. Es schien, als würde er erst allmählich begreifen, was passiert war. Genauso wie sie. Sie hatte zum ersten Mal in ihrem Leben auf jemanden geschossen. Noch hallte der Knall in ihren Ohren. Eine seltsame Erregung hatte sie ergriffen. Ihr Herz schlug schnell, aber sie hatte keine Angst mehr. Ihre Hand zitterte kaum noch und ihre Gedanken waren scharf, klar und kalt wie Splitter aus Eis. Noch fünf Kugeln.

Sie zielte auf sein rechtes Bein.

»He, spinnst du!« In seinen Blick kehrte die irre Raserei zurück, wie damals, als er über ihr war. In dem Waldstück. Als er den Gürtel um ihren Hals gelegt hatte und zuzog.

»Nein! Du Miststück!«, schrie er.

Sie drückte ab. Noch vier.

Der Schuss schleuderte ihn auf den Boden, schreiend vor Schmerz hielt er sich das Knie. Ihr Zittern hatte vollkommen aufgehört. Sie war jetzt absolut ruhig. Noch nie hatte sie sich so stark gefühlt. Und noch nie so fremd. Langsam trat sie einen Schritt näher, richtete den Lauf auf sein anderes Bein.

»Nein, nein!«, schrie er, wollte wegrobben. Sie drückte ab.

Peng! Der Schuss ging knapp neben sein Bein, schlug in den Holzboden ein. Splitter flogen. Noch drei. Sie schoss noch mal, traf sein Schienbein. Noch zwei. Diesmal schrie er nur kurz. Sie zielte wieder.

»Nein«, flüsterte er.

Sie sah auf ihn hinab, betrachtete ihn, als würde sie ihn zum ersten Mal in ihrem Leben sehen. Er war totenblass. Aus seinen Wunden floss das Blut, sickerte auf den Boden. »Nein, bitte ... nicht! Bitte ...«

»Das hab ich auch gesagt, damals. Erinnerst du dich?«, sagte sie und ihre Stimme zitterte kein bisschen.

Er nickte mehrmals. »Bitte ... nicht ...«

»Ja, genau, das hab ich gesagt. Und was hast du gemacht?«

Er schluckte. Seine Lippen bebten.

»Ich hab dich was gefragt! Was hast du gemacht?«, schrie sie ihn an und zielte weiter mit dem Revolver auf ihn. Noch zwei Kugeln ...

Er murmelte etwas.

»Lauter, ich hab nichts gehört!«

»Ich ... ich. ... hab. ... dich. ... gewürgt«, stammelte er.

»Du hast mich angelogen. Hast dich an meiner Angst aufgegeilt, du perverses Schwein, als du an meinem Haus vorbeigefahren bist! Du hast mich aus deinem Auto gezerrt und mich in deinen beschissenen Kofferraum gesperrt, wo ich kaum Luft bekam. Weißt du, wie es ist, wenn man glaubt zu ersticken?«

Sie stieß ihm den Lauf in den Mund. Noch zwei Kugeln.

»Genau, du weißt es nicht! Und dann bist du zu diesem Waldstück gefahren und hast mich aus dem Kofferraum gezerrt. Es war dunkel. Weißt du, wie das ist, wenn man glaubt, jetzt stirbt man?«

Sie nahm den Revolver aus seinem Mund und schoss neben sein Bein. Noch eine Kugel.

Er schrie auf.

»Du hast mich erniedrigt und dann wolltest du mich töten, mich dort liegen lassen wie ein Stück Müll! Du hast mein Leben zerstört!«

In seinem Schritt wurde der Stoff dunkel.

»He, jetzt hast du dir in die Hose gemacht«, sagte sie kalt. Sie zielte genau dorthin, ihr Finger am Abzug zuckte. Die letzte.

»Nein, bitte!«, brachte er mühsam hervor.

»Wieso sollte ich Mitleid mit dir haben?«, sagte sie und hob den Revolver, zielte genau zwischen seine Augen. Gleich würde sie ihm ein Ende machen. Gleich würde sie sich endlich befreien!

Töte ihn, hallte die Stimme in ihr, töte ihn . . . Es ist deine letzte, einzige Chance . . . noch eine Kugel . . . dann ist es endlich zu Ende . . . los, schieß schon! Los . . .

»Bitte . . .« Seine Stimme war nur noch ein leises Flehen. ». . . nicht, bitte, bitte . . . nicht . . .!«

Seine Augen . . . Sie hielt inne. Plötzlich war ihr, als würde sie aus einem Albtraum erwachen. Noch nie hatte sie in solche Augen geblickt. Noch nie hatte sie solche Angst gesehen, das war . . . Todesangst.

Was geschah in diesem Moment mit ihr? Sie konnte es nicht in Worte fassen. Sprach eine Stimme zu ihr? Spürte sie plötzlich Entsetzen über sich selbst? Oder Großmut? Mitleid? Erbarmen? Trauer? Vielleicht von allem etwas. In dem Moment wusste sie es nicht. Jedenfalls fühlte sich die Waffe plötzlich tonnenschwer und eiskalt an, sie ließ sie sinken, drehte sich um und ging hinaus.

Wie hell es draußen war. Sie holte tief Atem und schloss die Augen. Wenn ich sie wieder öffne, will ich in den Himmel sehen.

34

Sie öffnete sie und sah in einen weiten hellblauen Himmel, über den weiße Wolken wie Wattebäusche trieben.

»Gib ihn mir«, sagte eine bekannte Stimme hinter ihr. Sie drehte sich um.

Chris? Ja, Chris. Er streckte die Hand aus. Wie kam er hierher? Wieso ist er hier? Ohne Zögern überließ sie ihm den Revolver. Sie konnte ihn kaum noch heben. »Was . . . was machst du hier?«, fragte sie und ihre Stimme klang, als käme sie von ganz weit her.

»Sie haben mich angehalten, gestern auf dem Weg nach Hause. Ich hab ihnen von dem toten Polizisten erzählt und von dir. Sie haben mir nicht geglaubt. Haben gedacht, ich erfinde alles, um zu vertuschen, dass ich in einem gestohlenen Auto unterwegs bin. Sie haben mich über Nacht in eine Zelle gesperrt. Heute Morgen hatten sie dann endlich alle Infos aus Melbourne. Danach sind wir gleich losgefahren.« Er wandte sich um. Sara folgte seinem Blick. Zwei Streifenwagen parkten vor Alex' Haus, das Blaulicht kreiste, drei Polizisten eilten mit gezogener Waffe auf sie und Chris zu. Eine Polizistin hielt Ronnie auf dem Arm.

»Er braucht einen Arzt.« Sie wies zum Haus.

»Ist er da drin?«, fragte einer der Polizisten. Sie konnte nur noch nicken.

»Und Sie? Sind Sie okay?«, fragte er. Sie nickte wieder und sah ihnen nach, wie sie ins Haus gingen.

»Ich hätte ihm beinahe dasselbe angetan wie er mir«, sagte sie leise.

»Du wolltest dich rächen, oder? Wolltest es ihm heimzahlen, dass er dein Leben zerstört hat«, sagte Chris.

»Ja. Indem ich ihm seins zerstöre. Ich wollte, dass er mich anfleht, und dann wollte ich ihm seine Hoffnung nehmen. So wie er mir. Aber dann . . .«

Etwas war geschehen, in jenem Moment. »Sein Gesicht war plötzlich meins. Und es war alles so, wie es war, als er den Gürtel um meinen Hals gelegt hatte und zuzog. Nur dass ich diesmal beides war. Er und . . . ich. Da hab ich in seine Augen gesehen. Und seine Augen waren . . . meine.«

Etwas fiel von ihr ab, etwas Dunkles, Schweres, das sie seit jenem Tag mit sich herumgeschleppt hatte. Zurück blieb Traurigkeit über die verlorenen Jahre, die verlorenen Freundinnen, über Stephen . . .

»Was ist mit Stephen?«, fragte sie. »Und Alex ist noch in dem Kellerversteck! Und hoffentlich geht es Ronnie gut.«

»Ich glaube, du musst dir um die beiden keine Sorgen mehr machen«, sagte Chris.

Ein Polizist begleitete Alex aus dem Haus. Sie war staubig und ihr Gesicht vom Weinen rot und geschwollen. Als sie an Sara vorbeiging, wandte sie ihren Blick ab. Ich kann es ihr nicht verübeln, dachte Sara, ich hab sie in diese Situation gebracht. Aus dem Polizeiauto kam Babygeschrei. Alle waren gerettet. Bis auf . . .

»Stephen, jemand muss nach Stephen sehen!«

Der Polizist neben Alex drehte sich um. »Wir haben eine Nachricht für Sie.«

Sie erfuhr, dass Van und Dean Stephen gefunden und die Polizei verständigt hatten. Er lag im Krankenhaus und war außer Lebensgefahr. Troy hatte ihm die Nasenscheidewand, drei Rippen und vier Finger gebrochen. Und ihm schließlich einen lebensbedrohlichen Schuss des Schlafmittels Diazepam verpasst. Wenn ihn seine Freunde nicht so schnell gefunden hätten, hätte er womöglich nicht überlebt.

»Er hat wahnsinnige Schmerzen ausgehalten, bis er gesagt hat, wo ich bin. Ich schulde ihm eine Erklärung.« Sie sah in Chris' Gesicht, der in die Sonne blinzelte.

»Er liebt dich«, sagte er und trat einen Stein in den Staub. »Und du?«

»Ich . . .« Sie brach ab. »Ich glaub, ich weiß gar nicht wirklich, wer er ist. Oder wer ich bin.« Sie zuckte die Schultern. »Ich, ich weiß nicht, wie es sich anfühlt, jemanden zu lieben. Ich hab nicht den Mut dazu gehabt.«

Ein Dröhnen näherte sich und Sara sah hinauf in den Himmel, wo ein Helikopter wie eine große Libelle heranschwebte. Er landete hinter den Streifenwagen und Sara sah zu, wie Arzt und Sanitäter mit einer Trage ins Haus eilten. Als sie gleich darauf Troy heraustrugen, fielen ihr Alex' Worte ein.

Ist dir klar, dass du dann damit leben musst?

Wie hätte sie sich jetzt gefühlt, wenn sie ihn getötet hätte? Troy sah sie nicht an, als er an ihr vorbeigetragen wurde. Eigentlich war sie ganz froh darüber. Nicht, dass sie sich noch vor ihm fürchtete, aber sie wollte sein Gesicht nicht mehr sehen. Nie mehr. Sie wollte es vergessen. Genauso wie das, was er ihr angetan hatte.

»Der kommt so schnell nicht mehr raus«, hörte sie Chris neben sich sagen, »diesmal sperren sie ihn richtig weg.«

Ja, das hoffte sie.

Die Rotorblätter des Helikopters drehten sich wieder schneller und lauter. Jemand zog von innen die Tür zu und schon hob der Pilot ab. Sara legte den Kopf in den Nacken und sah den Helikopter kleiner werden, bis der Punkt mit dem Blau des Himmels verschmolz und es wieder still war.

Ein Polizist kam auf sie zu.

»Sara? Wir haben ein paar Fragen. Die Kollegen in Melbourne erwarten Sie schon.« Er wies zum hinteren der beiden Wagen.

»Ja, ich komme. Ich muss . . .«, sie sah Chris an, ». . . mich noch verabschieden.«

Der Polizist nickte und ging voraus zum Auto.

Chris hatte die Hände in die Taschen gesteckt und blinzelte in die helle Sonne. Auch sie musste blinzeln und plötzlich brannten ihre Augen.

Sie dachte daran, wie sie ihm zum ersten Mal an der Haltestelle begegnet war, wie misstrauisch sie gewesen war und wie sie im Pub über Musik geredet hatten . . . und wie er dann da gewesen war und ihr geholfen hatte, ohne Fragen zu stellen. Er hatte ihr einfach vertraut.

»Danke, danke für alles«, sagte sie schließlich.

Er errötete. »Gern geschehen.«

Sie wollte noch viel, viel mehr sagen, aber sie fand keinen Anfang und so umarmte sie ihn kurz, und bevor er sie festhalten konnte, löste sie sich wieder, drehte sich um und ging mit schnellen Schritten davon. Aber auf ihrem Rücken spürte sie etwas Warmes und sie wusste, es war sein Blick.

»Alles in Ordnung?«, fragte der Polizist am Steuer, als sie einstieg. Sie nickte und er startete den Motor und fuhr los.

Da wandte sie sich noch einmal um. Durch die Heckscheibe konnte sie ihn sehen, wie er immer noch dortstand, ihr nachblickte und winkte, so lang, bis ihr die Staubwolke die Sicht nahm.

Dann sah sie nach vorn, wo sich das intensive Blau des Himmels über eine weite, sonnige Landschaft spannte.

Manuela Martini

Sommernachtsschrei

Franziska kehrt an den Ort zurück, an dem das unfassbar Schreckliche geschehen ist. Vor einem Jahr hat sie während der Sommerparty am See ihren Freund umgebracht. Aber die entscheidenden Minuten sind in ihrer Erinnerung wie ausgelöscht. Warum nur ist dieser furchtbare Unfall passiert? Als Franziska Licht in das Dunkel bringen will, steht plötzlich ihr eigenes Leben auf dem Spiel.

Krystyna Kuhn

Aschenputtelfluch

Idyllisch liegt das Internat Ravenhorst in einem Seitental. Doch als sich eine der Schülerinnen vom Glockenturm stürzt, wandelt sich die Idylle in einen Albtraum. Warum hat sich Kira in den Tod gestürzt? Jule, eine der Neuen im Internat, macht sich auf die Suche. Aber sie stößt bei ihren Mitschülern auf eine Mauer des Schweigens. Bis sich die Ereignisse zu wiederholen scheinen.

Arena

232 Seiten. Klappenbroschur.
ISBN 978-3-401-06385-0
www.arena-verlag.de

Krystyna Kuhn
Das Tal – Season 1

Das Spiel (Bd. 1)

bereits erschienen

Eine hippe Einweihungsparty im Bootshaus: So feiern die Freshmen ihre Ankunft im Grace-College. Doch dann beobachtet der stille Robert das Unfassbare: Ein Mädchen läuft in tiefer Nacht in den See. Sie wird von einem merkwürdigen Strudel erfasst und ertrinkt. Am nächsten Morgen ist tatsächlich ein Mädchen spurlos verschwunden. Aber Angela kann nicht in den See gelaufen sein. Denn Angela sitzt seit ihrer Geburt im Rollstuhl.

304 Seiten. Klappenbroschur.
ISBN 978-3-401-06472-7
www.arena-verlag.de

Die Katastrophe (Bd. 2)

erscheint im August 2010

Katie hat nur ein Ziel. Den Gipfel des Ghosts, jenes legendären Dreitausenders, der das Tal überragt. Unheimliche Mythen ranken sich um den Berg, seit dort in den 70er Jahren eine Gruppe von Jugendlichen verschwunden ist. Und doch machen sich Katie und ihre Freunde auf den Weg. Aber am Berg wird sehr schnell klar, wer zum Freund wird, wer ein Feind ist ...

304 Seiten. Klappenbroschur.
ISBN 978-3-401-06473-4
www.das-tal.com

Arena